WILD GIRL

Audren

WILD GIRL

Albin Michel litt'

22, rue Huyghens, 75014 Paris
www.albin-michel.fr

Loi n° 49-956 du 16 juillet 1949
sur les publications destinées à la jeunesse.

Pour Chris, le *wild boy*

Note de l'auteur

Ce roman est une fiction. Vous ne trouverez le nom des personnages principaux sur aucun registre des naissances du Montana et vous ne situerez la ville de Tolstoy sur aucune carte.

En revanche, les villes des alentours, les tribus indiennes, les détails géographiques, économiques, historiques, sociologiques, scolaires et culinaires sont réels. Le voyage périlleux du Massachusetts au Montana, le *Board of National Popular Education,* le *Homestead Act,* la société postale *Holladay Overland Mail and Express Company,* les mines d'or d'Alder Gulch, les *road agents,* le *Montana Post* et ses deux directeurs, les *Vigilantes, Wallace Street,* le théâtre et l'arbre aux pendaisons de *Virginia City :* tout cela a véritablement existé. Grâce à un important travail de documentation, j'espère avoir pu rester très proche de la réalité du quotidien des pionniers sur le territoire du Montana.

1

– Voilà, c'est ici, dit Belvadara Johanson. Ce n'est certainement pas le luxe de votre Massachusetts, mais j'espère que ça vous conviendra.

Milly Burnett inspira l'air du Far West à pleins poumons, tout en contemplant sa nouvelle école : un chalet construit en rondins, au milieu d'une cour en terre battue, clôturée par une élégante barrière blanche. Sur la façade était clouée une planche de bois brut sur laquelle on pouvait lire : *École de Tolstoy.*

Miss Burnett avait eu le choix entre trois postes dans le territoire du Montana : Virginia City, une petite capitale de l'or en pleine croissance – mais Milly avait eu peur d'y retrouver les inconvénients des villes de l'Est –, Independance, un village d'altitude, recouvert par la neige chaque hiver, dont le nom lui plaisait pourtant plus que tout, et Tolstoy, le juste compromis, un bourg de taille moyenne, situé non loin de Virginia City dans une vaste vallée verdoyante entourée de forêts denses et de montagnes.

Elle sourit et remarqua :

– Tolstoy, c'est vraiment un drôle de nom pour une ville, vous ne trouvez pas ?

– Je ne m'étonne plus de rien. Ici tout est permis. Le premier qui s'installe quelque part baptise le lieu à sa convenance.

Milly raconta, en riant, que sa carriole était passée par *Brothel Junction*[1]. Mrs Johanson feignit de n'avoir rien entendu.

– Je crois que je vais me plaire ici, ajouta la jeune voyageuse.

– Ce ne sera pas facile tous les jours. Mais la vie n'est facile nulle part, de toute façon, déclara Belvadara Johanson.

Le vent soufflait, des nuages blancs et dodus se poursuivaient dans le ciel d'un bleu éclatant. Jamais sur la côte Est Milly n'avait vu de cieux si purs. Comme elle restait le nez en l'air, sans parler, Mrs Johanson poursuivit :

– L'école vous plaît, Miss Burnett ?

Milly se contenta de hocher la tête puis demanda à visiter le lieu.

---

1. Carrefour du bordel.

Mrs Johanson grimaça.

– Le printemps est déjà là, mais les dernières neiges viennent de fondre et la cour est encore boueuse. J'ai peur que vous n'abîmiez vos chaussures et le bas de votre belle robe. Je vais demander aux hommes de poser des planches de bois pour vous faciliter l'accès.

– Pensez-vous ! On ne va pas faire de chichis ! s'exclama Milly, et elle avança en souriant vers la porte de l'école.

Son pied droit s'enfonça dans la gadoue, mais elle n'hésita pas à laisser le gauche s'y enfoncer aussi. Elle marcha gracieusement, malgré tout, sous le regard sidéré de Belvadara Johanson qui, elle, hésitait encore à faire un pas au-delà de la barrière. L'institutrice constata malheureusement que la porte était fermée à clef.

Mrs Johanson reconnut qu'elle n'avait plus le choix. La bienséance la condamnait à salir ses bottines. Elle plongea à son tour les pieds dans la boue et se força à sourire, elle aussi.

– Les joies du Grand Ouest ! remarqua-t-elle. Mon Dieu ! Il va tout de même falloir rendre cette cour praticable pour vos élèves demain !

– Je commence dès demain ? Un dimanche ? s'étonna Milly. N'étions-nous pas convenues d'une journée de congé pour m'installer et me reposer du voyage ?

Milly Burnett était bien élevée, mais elle ne laissait jamais quiconque la contrarier.

– Le plus tôt serait le mieux. Je pensais qu'une classe du dimanche exceptionnelle aurait pu être une bonne occasion de vous présenter aux parents et aux élèves, répondit Mrs Johanson. Notre ancienne institutrice, Miss Pembleton, s'est mariée le semestre dernier. Elle n'a pas respecté les deux ans de célibat imposés par le *Board of National Popular Education*, et n'a donc plus le droit d'enseigner. Depuis, personne ne l'a remplacée.

Milly trouvait cette loi ridicule. Pourquoi les institutrices devaient-elles rester célibataires les deux premières années de leur contrat ? Et pourquoi renonçaient-elles souvent à leur métier lorsqu'elles se mariaient ?

– La femme doit seconder son mari, tout de même ! argua Mrs Johanson d'un ton sec, tout en cherchant la clef dans la poche de sa cape.

Milly insista pour obtenir sa journée de repos avant de prendre ses fonctions. Mrs Johanson bafouilla quelques secondes, sans doute déroutée par l'aplomb de la jeune femme. Elle avait du mal à soutenir son regard intelligent et direct. Elle accepta finalement de repousser la rentrée des classes d'une « petite journée ». Ce fut l'expression qu'elle employa. Si bien que Miss Burnett se demanda si le lendemain allait être tronqué de quelques heures. La jeune femme aimait le pouvoir divertissant des mots. Elle tenait son « journal des amusements » dans lequel elle répertoriait chaque jour ce qui l'avait fait sourire. Ce soir, elle ne manquerait pas d'y noter la ville de « Brothel Junction » ni la « petite journée » de Belvadara Johanson.

Belvadara avait les cheveux blond cendré et de petits yeux clairs et vifs qu'elle plissait sans cesse comme une myope, si bien que ses tempes étaient striées de rides. Milly pensa qu'elle avait certainement fait un effort vestimentaire pour l'accueillir. D'ailleurs, Mrs Johanson l'avait fait patienter un bon quart d'heure devant chez elle, en hurlant régulièrement, par la fenêtre du premier étage : « Voilà, j'arrive, j'arrive ! »

Elle voulait se montrer sous un jour élégant et s'était pomponnée à la hâte dès qu'elle avait aperçu Milly.

Il paraissait impensable à Miss Burnett que des pionniers fussent aussi apprêtés au quotidien. Mrs Johanson portait une robe en velours vert foncé sous une courte cape assortie. Elle avait bouclé quelques mèches de ses cheveux et déposé un soupçon de rouge framboise sur sa toute petite bouche ronde et pincée. Ses ongles étaient parfaitement propres et polis, ce qui surprit Milly. Elle s'était imaginée vivre dans la crasse et la poussière pour les années à venir, et l'Ouest lui sembla presque trop civilisé, trop convenable – comme elle détestait ce mot.

Mais elle se rassura immédiatement en observant l'état déplorable de ses chaussures.

Mrs Johanson évoqua le mois des moissons, les vacances qui reviendraient trop vite et le peu de temps qui restait aux enfants pour profiter de l'école avant que certains parents les rappellent aux champs.

– J'ai vu quelques fermes en arrivant, mais je croyais que la population des environs était constituée essentiellement de mineurs, s'étonna Miss Burnett. À l'Est, on parle beaucoup de la ruée vers l'or.

– Les chercheurs d'or n'ont, en général, ni femmes ni enfants ! Mais il nous faut bien des agriculteurs pour nourrir tous ces célibataires. Des agriculteurs et des épiciers ! Avec la loi du *Homestead Act,* tout le monde peut réclamer ses 160 acres et en devenir propriétaire gratuitement, du moment qu'il les cultive… Et ceux qui ne les cultivent pas achètent le terrain à un prix dérisoire ! Les gens ne se privent pas, je vous assure. Pourquoi se priveraient-ils d'ailleurs ? On est bien ici.

Mr Johanson tenait l'épicerie générale de la ville, au rez-de-chaussée de leur maison. Milly ne l'avait pas encore rencontré parce que le magasin était fermé à l'heure où elle était arrivée. Dans cette boutique, on trouvait à peu près tout ce qui pouvait être nécessaire, sauf le pain de John Witherspoon, le boulanger. Milly avait d'ailleurs profité de sa charrette pour achever son voyage de 4 miles depuis Virginia City.

Belvadara Johanson peina à faire tourner la grosse clef dans la serrure.

– Il faudra peut-être mettre de l'huile. Nous en vendons à la boutique, dit-elle, sans que Milly parvienne à savoir si elle comptait la lui offrir ou la lui faire acheter.

L'école était constituée de deux pièces attenantes séparées par une cloison de bois. Dans la première salle, ensoleillée grâce à deux fenêtres latérales et à un œil-de-bœuf ouvert sur le mur du fond, deux tables doubles et six bancs étaient installés symétriquement de chaque côté de l'allée principale. Un gros poêle en fonte noire trônait au milieu de la pièce. Dans la seconde, un lit étroit, recouvert d'un *quilt* en patchwork et d'un gros duvet, une armoire très rustique peinte en vert et bleu, un vaisselier, un guéridon protégé d'une nappe épaisse, une cuvette et une large bassine dans laquelle un corps mince comme celui de Milly pouvait éventuellement se baigner, ainsi qu'une cuisinière à bois, qui faisait aussi office de poêle, composaient l'appartement de fonction. Sur les murs perpendiculaires, deux fenêtres à petits carreaux et leurs jolis rideaux fleuris bordés de croquet blanc égayaient la pièce.

– Les draps et les serviettes sont dans l'armoire, expliqua Belvadara Johanson. On y range aussi la trousse de secours destinée aux petits bobos des enfants.

Milly croisa les doigts pour que personne ne se blesse. Elle avait beaucoup de mal à soigner les plaies et à voir du sang depuis que l'un de ses frères avait perdu le bout de son annulaire en essayant d'entailler des châtaignes avec une hachette. Le morceau de doigt sur la table, le sang, les cris, tout cela était resté gravé en elle, comme un cauchemar. La vue de la moindre coupure provoquait chez elle un malaise immédiat et il était désormais hors de question qu'elle mange des châtaignes grillées.

– Quant au petit cabanon dans la cour, dit Mrs Johanson, il vous sera aussi certainement utile, à vous comme aux élèves.

– Ce sont les toilettes ? demanda Milly.

– Que voulez-vous que ce soit ? répondit l'élégante d'un air peu commode.

Milly craignit soudain de retrouver ici ce qu'elle avait souhaité fuir à tout prix. Elle s'attendait à rencontrer des femmes libres, sauvages, indépendantes, et voilà qu'à peine arrivée le prototype de l'épouse bien-pensante, prisonnière de son éducation étriquée, surgissait tel un diable hors de sa boîte, comme si ce modèle d'être humain était malheureusement devenu inévitable, même au bout du monde.

– De quel côté mettrez-vous les garçons ? s'inquiéta Mrs Johanson. Je vous demande cela parce que j'ai quatre garçons.

– À vrai dire, je n'ai pas encore pensé à cela, avoua Milly.

– Pensez-y, pensez-y, Miss Burnett ! Dès demain, vous rencontrerez vos garnements.

– Après-demain, rectifia Milly sèchement. Combien aurai-je d'élèves ?

Belvadara Johanson parut embarrassée :

– Huit… Pour l'instant, ils ne sont plus que huit. Mais les choses ne peuvent qu'évoluer.

Milly s'étonna de ce petit effectif comparé à la taille de la ville. Mrs Johanson lui confia que Miss Pembleton, une femme par ailleurs très distinguée, avait été sans doute un peu trop sévère. Elle précisa :

– Je veux dire qu'elle n'hésitait pas à se servir souvent de la baguette de noyer. Personnellement, je ne suis pas contre. Mais certains parents ne supportent pas que l'on lève la main sur leurs marmots.

– Je les comprends. Je ne pourrais pas envisager de frapper qui que ce soit.

– Dans ce cas, je vous souhaite bien du courage. L'expérience vous apprendra sûrement que l'on n'éduque pas les enfants avec des caresses. À ce soir, Miss Burnett. Je vous convie à un petit dîner d'accueil avec les commerçants de Tolstoy. Mes garçons passeront vous déposer votre malle tout à l'heure.

Mrs Johanson repartit en tentant de s'enfoncer le moins possible dans la boue, ce qui lui donnait une démarche de volatile et faisait ressortir ses jambes courtes et son imposant postérieur. Milly referma la porte derrière elle et se pressa d'allumer le poêle. L'école était si froide…

Sur les murs étaient fixées de jolies patères en fer forgé pour permettre aux enfants d'accrocher leurs vestes. Mais il manquait un tableau noir et du matériel spécifique à l'enseignement. Pas de pot à crayons, pas de livres, à part une bible, pas de règles ni de cahiers. Milly ouvrit la commode en espérant y dénicher un trésor, mais elle ne découvrit qu'une petite boîte en fer dans laquelle étaient rangés une bouteille d'alcool à 90 degrés et un rouleau de gaze. Elle se réjouit d'avoir pensé à apporter le *McGuffey Reader,* la bible des méthodes d'apprentissage de la lecture, conseillée par le *Board of National Popular Education.* Elle trouva aussi deux tasses émaillées et une couverture blanche et rose, bien pliée, qu'elle remit immédiatement à sa place.

Dans le tiroir de son bureau, elle eut tout de même le plaisir de repérer un encrier à moitié plein, une plume, deux crayons, une gomme, un canif et un cahier neuf.

L'école était située à l'extrémité de la ville, au bout de la rue principale. D'ailleurs, il n'existait qu'une rue dans le bourg. Une rue dans laquelle se regroupaient les commerces : la banque, le maréchal-ferrant, le bureau des télégraphes, la boulangerie, trois saloons, le charpentier, les pompes funèbres, le salon de coiffure, le salon de thé et le bureau du shérif. Les maisons, aux façades de bois, étaient principalement construites sur cette artère, mais on trouvait aussi des cabanes de mineurs plantées un peu n'importe où aux alentours, et des exploitations agricoles, plus loin dans la vallée. Milly était passée devant, en charrette. Elle avait croisé des troupeaux de buffles et des hordes de chevaux sauvages. Le paysage était époustouflant : de larges montagnes saupoudrées de neige, des lacs d'eau pure dans lesquels se reflétait le ciel, des plaines colorées et rieuses à perte de vue, des rivières tumultueuses, de l'espace, de l'air. Les oiseaux semblaient plus libres ici que partout ailleurs.

2

Milly avait voyagé pendant plus de trois mois. D'abord en train pour regagner Buffalo, puis en bateau sur le lac Érié, et cela jusqu'à Detroit. Là, elle avait pris un autre train pour New Buffalo et traversé le lac Michigan jusqu'à Chicago. Un troisième train l'avait conduite jusqu'à LaSalle, puis un *prairie schooner* avait parcouru les plaines de l'Illinois et de l'Iowa jusqu'au Nebraska. Il s'agissait d'un chariot couvert, spécialement conçu pour transporter les pionniers et leurs affaires personnelles sur des milliers de kilomètres. Il résistait aux intempéries, aux bosses, aux trous et à la boue des pistes de l'Ouest. Ces grosses et solides diligences pouvaient contenir une tonne et demie de bagages. On trouvait à peu près la même chose dans chaque chariot : les malles des voyageurs remplies de leurs vêtements et objets les plus chers, mais aussi des couvertures, des matelas de plumes, des toiles à poser à même le sol, des oreillers, des cordes, des pistolets, des couteaux, des outils, une trousse de secours très complète et une boîte pleine de remèdes médicinaux, des bougies en quantité, des lanternes, de la nourriture – essentiellement de la farine, du bacon, de la poudre à lever, des haricots secs, du maïs, du bœuf séché, des fruits secs, du vinaigre, du sucre, du riz, du thé et des condiments. Sous le wagon était attaché un gros récipient dans lequel on conservait du lait. Milly était gourmande. Elle souffrit de la pauvreté des menus. Tous les matins à l'aube, elle avalait un café, un morceau de bacon et du pain, celui qui avait été cuit la veille sur le feu du campement et dont la pâte avait été préparée par les voyageuses pendant le trajet. Pendant la halte du déjeuner, le *nooning*, il fallait de nouveau se contenter de pain et de bacon, auxquels on ajoutait des haricots rouges en conserve. Des « soupes portables » étaient servies de temps à autre. On les gardait surtout au cas où la nourriture serait venue à manquer. Il s'agissait de conserves, faites maison, de bouillon concentré et gluant de veau ou de poulet. Parfois, un potage frais ou un gibier cuit au barbecue venait égayer le menu du soir, et même, de temps en temps, une tourte aux pommes. Mais Milly rêvait de gâteaux raffinés et du poulet à la crème de sa mère. Elle s'accommoda malgré cela de tous les repas, pris à l'extérieur, au milieu de plaines désertiques, dans ces paysages grandioses, qui lui permettaient d'oublier ce qu'elle était en train d'avaler.

Dans le convoi composé de douze chariots, chacun avait un rôle spécifique. Certains cherchaient du bois à chaque arrêt et allumaient le feu du campement, d'autres veillaient à ce que les provisions soient toujours suffisantes, d'autres encore préparaient les repas ou s'occupaient des enfants. Le convoi de ce qu'on appelait aussi les « wagons couverts » emprunta des routes boueuses, sur lesquelles les chariots s'embourbèrent souvent. Les buffles étaient les bêtes les plus à même de sortir les véhicules de la gadoue. Pour cette raison, les *prairie schooners* étaient tractés à la fois par du bétail et des chevaux, même si cela ralentissait leur course.

Vinrent ensuite les pistes sableuses et poussiéreuses. Les cheveux et les visages des voyageurs étaient recouverts d'une sorte de poudre grise. Il fallait se protéger le nez avec des foulards pendant le transport pour éviter les problèmes respiratoires et la sensation pénible d'avoir ingurgité des cuillères de farine. Milly apprécia cependant l'une des haltes dans une région vallonnée. Le paysage changeait enfin. Le guide du convoi lui fit suivre le trajet en pointant la piste du doigt sur une carte sommaire qu'il gardait précieusement. Ce soir-là, l'air était tiède, le soleil n'était pas encore couché. Milly et ses compagnes de voyage cueillirent des bouquets de fleurs dans une prairie très verte, puis elles purent nager et se laver dans une rivière fraîche. Cela faisait si longtemps qu'elles n'avaient pas pris de bain. À la nuit tombée, les hommes sortirent leurs guitares et leurs harmonicas et quelques voyageurs se mirent à chanter autour du feu. Certains même prirent un grand plaisir à danser. Milly se joignit à la *square dance*[1] sans se faire prier.

Malheureusement, quatre jours plus tard, un vieil homme et une femme à peine trentenaire, qui voyageaient dans un même chariot, moururent, tous deux atteints de problèmes intestinaux et de fortes fièvres. On voulut les enterrer dans des conditions respectables. Cela retarda évidemment le convoi. On les enveloppa dans de belles étoffes et les hommes creusèrent, avec difficulté, des trous dans une terre dure et caillouteuse, à quelques centaines de mètres de la piste. Sur leur croix on cloua une planche de bois, sur laquelle étaient gravés et peints en noir leur nom et la date de leur décès. On ne connaissait pas la date de naissance du vieillard. Sous leurs noms, un homme cloua une autre petite planche. Il avait écrit à la peinture blanche « pionniers pour l'éternité ». Il semblait fier de sa trouvaille. Personne ne commenta cet ajout.

1. La *square dance* est une danse pratiquée en quadrille, soit quatre couples formant chacun l'un des côtés d'un carré (*square* en anglais).

Les deux autres personnes qui avaient partagé le *prairie schooner* avec les malades furent mises à l'écart du reste du groupe pendant quelque temps. On craignait qu'elles n'aient été contaminées par leurs deux compagnons de voyage.

Milly se demanda si elle ne devait pas faire demi-tour. Fallait-il qu'elle s'impose un voyage aussi dangereux et éprouvant, simplement pour assouvir une naïve soif de liberté et d'aventure ? N'existait-il pas de moyens moins périlleux d'atteindre son but ? N'avait-elle pas tout pour être heureuse au Massachusetts ? Une famille aimante, diverses possibilités de travail, de nombreux prétendants, des amis amusants et intelligents, un confort matériel satisfaisant ?

Elle passa une nuit à réfléchir, enroulée dans une couverture, assise au pied de son wagon, sur le périmètre du grand cercle formé par tous les chariots. On les avait installés ainsi pour créer une intimité rassurante. Elle regardait les étoiles qui semblaient scintiller plus fort que jamais, et la lune sur laquelle passaient tranquillement quelques petits nuages effilochés. Elle entendait le cri des bêtes sauvages au loin et, tout près, le ronflement de ses amis de voyage. Malgré les images des visages des deux défunts qui l'obsédaient sans cesse, malgré les questions qui ne cessaient de lui traverser l'esprit, malgré la saleté de ses cheveux et de ses ongles, malgré les orages, la boue, malgré tout ce qui l'incommodait, la fragilisait, l'affaiblissait, curieusement, elle se sentit à sa place. Plus les heures passèrent, plus elle fut convaincue qu'elle devait continuer sa route. Jamais ailleurs elle n'avait vécu de tels moments. La nouveauté, voilà ce qu'elle venait chercher. La routine, voilà ce qu'elle fuyait. Elle ne parvenait pas à s'expliquer plus précisément ce qui avait motivé son départ. Son désir d'exil répondait à un bouillonnement interne permanent, une curiosité, une gourmandise, une force de vie peu commune. Elle voulait retrousser ses manches pour fabriquer son bonheur.

Elle finit par s'endormir sans avoir changé de place. Un chien vint se coucher à côté d'elle. Il ne restait que deux ou trois heures avant que les femmes du campement s'agitent de nouveau pour préparer le petit déjeuner. Au matin, les voyageurs exprimèrent tous leur crainte de tomber malade à leur tour. Un couple et leur fille, âgée de 4 ans, abandonnèrent le convoi à mi-chemin, tant le voyage les avait éprouvés. Ils n'iraient pas d'une seule traite au bout de leur rêve. À défaut du Montana, ils avaient décidé de s'arrêter à Des Moines, où ils connaissaient un vieux pasteur qui saurait probablement les aider à s'aménager une nouvelle vie. Les wagons étaient ainsi remplis d'êtres que la pauvreté ou le mal de vivre avait rendus courageux et rêveurs. Ils se lançaient aveuglément dans l'aventure, allaient de surprise en surprise, de désenchantement en désenchantement. Certains tenaient bon, d'autres revoyaient leurs idéaux au fur et à mesure de leur progression.

Milly n'était pas partie avec la volonté de s'enrichir. Elle n'avait pas non plus l'idée qu'elle allait apporter son « savoir » aux enfants de l'Ouest. Elle partait pour partir, pour voyager, pour expérimenter, et sans doute pour vérifier qu'elle était aussi forte que ce qu'avait toujours prétendu son père. Elle rejoignit finalement Omaha au Nebraska, où vivait Zachariah, l'un de ses cousins éloignés. Là, elle se reposa deux jours et reprit des forces avant de remonter le Missouri à bord d'un bateau à aubes. Elle dut cependant repousser les avances insistantes de Zachariah. Il s'était installé à Omaha comme pharmacien et comptait bien trouver une femme pour lui tenir compagnie et entretenir sa jolie maison de ville. Milly avait fini par lui mentir et lui raconter qu'elle était déjà « presque fiancée » à un accastilleur du Massachusetts.

– Un accastilleur ! s'était exclamé le cousin. Cela ne s'accorde absolument pas avec votre personnalité, Milly. Vous ne pouvez tout de même pas devenir la femme d'un accastilleur !

« Pas plus que celle d'un pharmacien » avait pensé Milly, mais elle s'était tue parce qu'elle connaissait les bonnes manières. Elle ne pouvait pas s'autoriser à blesser cet homme qui l'avait reçue si généreusement.

Jusqu'à la ville d'Omaha, Milly avait fait le voyage en train, en bateau et à bord d'un chariot qu'elle partageait avec deux futures institutrices : Lizzy Flemming et Lucia Grey. Le *prairie schooner* était conduit par un couple de commerçants. Ils avaient proposé leurs places libres au *Board of National Popular Education*, le bureau chargé du recrutement des professeurs. Les trois jeunes femmes s'étaient rencontrées à Lexington, leur ville, quinze jours avant le départ pour apprendre à se connaître un peu mieux. Elles avaient donc fait tout leur voyage ensemble. Les volontaires pour enseigner à l'Ouest étaient toujours très jeunes et convaincues de l'importance de leur mission. Le pays avait besoin d'elles, les enfants avaient besoin d'elles. Dieu les avait convaincues de partir. Seules les candidatures des jeunes femmes évangélistes ou converties à la religion évangélique étaient d'ailleurs acceptées. En effet, les institutrices devaient théoriquement se charger de l'éducation religieuse de leurs élèves. Les évangélistes avaient compris qu'elles étaient très utiles à la propagation de leur doctrine aux quatre coins des États-Unis. Milly avait été une exception. La meilleure amie de sa mère venait d'être promue au poste de responsable du recrutement et elle avait coché la case « religion évangélique » du dossier de Milly, avant même que la jeune fille l'ait eu entre les mains. Milly avait souvent de la chance. C'était sa religion à elle. Elle croyait en sa bonne étoile qu'elle avait surnommée « Angela ». Angela était son guide, son poisson pilote, et s'arrangeait toujours pour que les événements tournent à l'avantage de Milly. Cette dernière n'oubliait jamais de la remercier, discrètement. Seuls ses proches étaient au courant de l'existence d'Angela. Milly ne dévoilait sa fantaisie qu'aux personnes qui pouvaient la comprendre. « C'est une perte de temps de parler chinois à quelqu'un qui n'a jamais appris la langue », disait-elle.

Les jeunes femmes qui partaient vers l'Ouest étaient en général plus croyantes que Milly. Elles quittaient leur famille, guidées par la volonté de Dieu. Elles souhaitaient le servir en enseignant et en évangélisant la région qui les accueillait. Ces aventurières avaient aussi une vision plutôt romantique de l'Ouest et un fort désir d'indépendance et de nouveauté. Milly, elle, ne souhaitait pas plus servir Dieu que son pays. Elle voulait s'épanouir et être heureuse dans une partie du territoire où tout lui semblait encore possible.

Milly n'avait pas beaucoup de points communs avec Lizzy. Elle la trouvait trop bien-pensante, trop religieuse et trop « fille » à son goût. Cependant, elle s'était bien gardée de laisser paraître ses sentiments car elle savait que le voyage serait long. Lizzy était de surcroît et malgré tout une fille généreuse et excessivement enthousiaste, ce qui rendait les épreuves de cette transhumance plus faciles à accepter. Milly préférait la conversation de Lucia, l'autre jeune femme, une veuve de 24 ans, « forte, épatante et amusante » – ainsi que Milly l'avait décrite dans son carnet de voyage. Accompagnée de son très jeune fils Walter, Lucia avait aussi attendu le bateau à Omaha, tandis que Lizzy, elle, s'était arrêtée là pour regagner une ville proche où elle était attendue pour enseigner. Milly, Lucia et Walter s'étaient donc retrouvés tous les trois à bord du *Chippewa*, et cela jusqu'à Fort Benton. La fin du voyage n'avait pas semblé trop terrible à Milly. Pourtant, le bateau était tombé en panne deux fois, des personnes étaient encore mortes de cette fièvre que l'on ne parvenait pas à diagnostiquer, et l'on avait commencé à croire à une épidémie. On conseillait aux voyageurs de rester enfermés dans leurs minuscules cabines, ce qui, avec un enfant en bas âge, s'était montré assez compliqué. Milly avait passé la moitié de ses journées à tenter de distraire Walter. Il commençait à marcher, et rêvait de sortir gambader sur le pont.

Les amies s'étaient quittées en se promettant de se revoir au plus vite. Cependant, les voyages étaient si longs à l'époque qu'il était difficile de prévoir de proches retrouvailles.

Lucia était partie s'installer à quelques kilomètres de Fort Benton tandis que Milly passait deux jours seule dans cette ville militaire, au dernier étage d'un petit hôtel assez coquet, tenu par une vieille femme tout aussi coquette. Milly s'était doutée que ce lieu n'était pas un simple hôtel parce qu'elle voyait des filles courtement vêtues circuler dans les couloirs tapissés de velours, et des hommes entrer et sortir à toute heure du jour et de la nuit. Mais Milly ne s'encombrait pas de ce qui aurait pu poser des problèmes à d'autres. L'accueil chaleureux et les attentions maternelles de la patronne lui convenaient parfaitement après les jours fatigants qu'elle venait de vivre. Dans sa petite chambre rose et verte, elle avait attendu la diligence pour Virginia City. Trois cents miles à parcourir encore. Cette fois, elle ne connaissait personne parmi les voyageurs. La diligence s'arrêtait dans des relais où Milly passait ses nuits. Ces quinze jours supplémentaires sous une pluie battante la fatiguèrent. Il fallut souvent pousser le chariot embourbé. Cinq Indiens vinrent aussi perturber le voyage. Ils hurlaient en poursuivant la diligence.

– Une intimidation, rien de plus, constata le chauffeur. Ne vous inquiétez pas. On va les calmer.

Il s'arrêta et remit une petite bourse à l'un des hommes. Les Indiens repartirent au pas, l'air satisfait.

– Ils ne sont pas méchants, annonça-t-il. Je connais cette tribu. Ils sont souvent dans le coin. Quelques dollars les apaisent à tous les coups. Disons qu'avec la compagnie on prévoit ça dans le prix de vos tickets. C'est une sorte de taxe pour pouvoir emprunter tranquillement cette route. Et c'est un peu normal, après tout, on est chez eux...

Milly n'était cependant pas rassurée. À l'Est, on l'avait mise en garde à propos des Indiens, et leurs attaques de convois avaient souvent été évoquées dans la première partie du voyage. Pourtant, jamais jusqu'ici elle n'avait pensé que les tribus avaient de véritables raisons de se rebeller contre l'arrivée des pionniers. La réflexion du chauffeur lui ouvrit soudain les yeux. L'homme lui dit qu'elle avait été très chanceuse d'avoir pu traverser l'Iowa et le Nebraska sans rencontrer de guerriers sioux car leurs récentes attaques sur les convois et les trains avaient fait de nombreuses victimes. Angela ne parut pas surprise. Milly murmura « merci Angela » avant de reprendre la lecture du roman qui l'accompagnait depuis Fort Benton.

Milly avait dépensé beaucoup d'argent pour venir du Massachusetts. Elle avait pu économiser cette somme en travaillant au théâtre de sa ville, où elle était ouvreuse, quatre soirs par semaine. Cela lui avait permis, en outre, d'assister à de nombreux spectacles et de rencontrer des acteurs, des metteurs en scène et, parfois même, des auteurs.

De Virginia City, Milly put regagner la petite ville de Tolstoy grâce à John Witherspoon, le boulanger. Ce jour-là, en effet, il était, par chance, descendu à la grande ville pour faire des provisions de farine.

Évidemment, Angela n'était, ici encore, pas étrangère au fait que Milly avait rencontré John « par hasard ». L'homme discutait devant le *general store,* un magasin qui faisait à la fois office d'épicerie, de boulangerie, de quincaillerie et de mercerie, où elle s'était arrêtée pour acheter un soda et des cookies, afin de tenir le coup pendant les derniers miles qu'il lui restait à parcourir. Elle avait demandé à l'épicier s'il existait une compagnie de diligences qui assurait la liaison avec son point de chute. Il lui avait ri au nez, comme si sa demande était inappropriée et ridicule.

– Voyez plutôt avec le grand type devant la boutique ! Il va peut-être pouvoir vous aider ! avait-il lancé.

– Ouf ! Merci, Angela, avait murmuré Milly lorsque l'homme avait chargé sa malle sur sa charrette.

– De rien, ma petite dame, si je peux aider, tant mieux, avait répondu le boulanger, machinalement.

Malgré les toilettes qu'elle avait pu faire, ses deux bonnes nuits de sommeil à Fort Benton et les haltes dans des auberges plutôt confortables, Milly se sentait de nouveau sale et fatiguée par ces derniers jours de voyage. Cependant, le froid ne l'engageait pas à s'éloigner du poêle. Elle finit par pousser son lit jusqu'à la principale source de chaleur, dans la salle de classe. Elle ôta ses bottines terreuses, desserra son corset sans pour autant retirer son manteau, et s'allongea.

– « Dans ce cas, je vous souhaite bien du courage », dit-elle tout haut, en imitant la voix de Mrs Johanson.

Elle s'endormit.

Milly Burnett était la fille de Moira et Peter Burnett, enfants d'immigrés catholiques irlandais. Peter était avocat, Moira enseignait l'anglais aux colons dans une école financée par l'Église congrégationaliste. Le couple avait toujours lutté pour la mixité religieuse, l'abolitionnisme et la parité hommes-femmes. Peter était l'un des rares hommes à avoir signé la « déclaration de sentiments » de Seneca Falls[1], en 1848. Cela expliquait sans doute le féminisme précoce de Milly. Il ne s'agissait pas d'une réaction à une éducation trop stricte, mais de la juste prolongation des valeurs ancrées et transmises au sein de sa famille. En ce début de printemps 1867, Milly venait de fêter ses 19 ans ; elle rêvait d'un monde meilleur et d'aventures.

---

1. La Convention de Seneca Falls, qui se tint en juillet 1848 à Seneca Falls (dans l'État de New York), fut la première convention américaine pour les droits des femmes. Elle réunit des figures marquantes du mouvement féministe américain et des représentants du mouvement abolitionniste. Elle se conclut par la signature de la « déclaration de sentiments », considérée comme l'acte fondateur du mouvement féministe américain.

3

Lorsqu'elle entendit frapper à la porte, Milly eut un moment de confusion. Où se trouvait-elle ? Comme elle avait rarement dormi au même endroit depuis des semaines, il lui arrivait désormais de se réveiller dans un état de panique, tant il lui fallait quelques longues secondes pour réaliser qu'elle était ailleurs et se souvenir de son dernier trajet. Jamais pourtant depuis son départ elle n'avait regretté sa chambre de jeune fille. Milly se réjouissait que les jours ne se ressemblent plus. Les déplacements, la progression vers l'Ouest l'avaient excitée plus encore que l'approche de Noël lorsqu'elle était enfant. Mais aujourd'hui elle était arrivée. C'était ici qu'elle allait désormais ouvrir les yeux chaque matin. Et ici, chaque matin serait différent, chaque instant serait intéressant. Une fois son égarement dissipé, elle s'assit sur le coin de son lit, refit approximativement son chignon, lissa le tissu froissé de sa jupe et s'écria :

– Entrez ! C'est ouvert !

Les deux garçons de Mrs Johanson saluèrent poliment leur future institutrice. Ils apportaient la grosse malle de Milly. Leurs chaussures à eux s'étaient enfoncées complètement dans la boue tant le bagage était lourd. Ils restaient donc à l'extérieur, de peur de salir le sol de leur école.

–Bonjour ! Comment vous appelez-vous ? demanda Milly.

Le cadet, plus téméraire que son frère, répondit :

– Moi, c'est Farell et mon frère s'appelle Liam.

– Jolis prénoms. Je suis Milly Burnett.

– On sait, poursuivit le petit. Il paraît que vous êtes un peu moins distinguée que Miss Pembleton.

– Ah, ah ? s'étonna-t-elle. Je suppose que c'est votre maman qui vous a dit cela.

Farell hocha la tête.

– Mes frères et moi, on n'aimait pas Miss Pembleton, précisa Liam. C'est tant mieux si vous êtes pas comme elle.

– Il paraît aussi que vous savez ce que vous voulez. Mais qu'est-ce que vous voulez, en fait ? poursuivit Farell.

Milly s'approcha des enfants en souriant :

– Le bonheur, je suppose, et la liberté… ça, j'en suis certaine.

Les enfants ne surent que répondre. « Bonheur » et « liberté » étaient pourtant des mots qu'ils connaissaient, mais ils ne saisirent cependant pas le sens de la phrase de Milly. Ils eurent simplement l'impression qu'elle s'était adressée à eux comme à des adultes. Cela les flatta et les effraya à la fois.

Ils poussèrent la malle devant eux, évitant ainsi d'entrer dans la pièce.

– Défaites vos chaussures si vous avez peur de salir, dit Milly, mais entrez, je vous en prie ! Ne restez pas à la porte. Je n'ai pas grand-chose à vous offrir. Je suis désolée… un biscuit peut-être ?

Pendant qu'ils délaçaient leurs chaussures montantes, Milly ouvrit son sac et en sortit un sachet de cookies.

– Ils viennent de Virginia City. Ça vous dit ?

Les enfants tendirent la main. Ils restaient debout, l'un contre l'autre, très sages et un peu gauches.

– Dites-moi, Farell et Liam, vous vous plaisez dans le territoire du Montana ?

– Oui, mademoiselle, répondirent-ils en chœur.

– Qu'est-ce que vous aimez à Tolstoy ?

Liam s'entortillait les doigts et se mordait la lèvre supérieure. Farell observait tout autour de lui comme si une réponse se cachait là, dans la salle de classe.

– Ben… On s'amuse bien, dit Farell finalement.

– Oui, c'est vrai, confirma le plus grand.

– Pensez-vous que je vais bien m'amuser, moi aussi ?

Ils se regardèrent, l'air étonné. Une institutrice pouvait-elle poser une pareille question ?

– Maman a dit qu'elle vous attend à la maison pour le souper, dit courageusement Liam, le moins bavard. Elle a fait une tourte aux myrtilles.

– Mais comme c'est pas la saison, elle a dû prendre une de nos conserves. Même que c'est moi qui avais ramassé ces myrtilles. Il y aura aussi une tourte aux pommes, précisa Farell.

– ... et une surprise pour vous...

– Mais tais-toi! chuchota le petit en écrasant le pied de son frère. On n'a pas le droit de dire.

Milly fit mine de ne pas avoir entendu. Elle ouvrit sa malle et s'écria:

– Tout est arrivé intact. Je n'en reviens pas... Je n'en reviens pas, répéta-t-elle très doucement comme si ces mots avaient soudain pris un tout autre sens.

Les enfants saluèrent leur institutrice, relacèrent leurs chaussures, traversèrent de nouveau le terrain boueux en soulevant les pieds le plus haut possible, et s'éloignèrent en courant, sans doute pressés d'aller relater leur rencontre à leurs proches.

– La maîtresse est très gentille! s'écria Farell en entrant dans l'épicerie générale de son père, la plus belle boutique de Tolstoy, disait-on.

Phil Johanson était très bricoleur. Il avait réussi à reproduire, à partir d'un dessin trouvé dans un magazine, la copie conforme d'une épicerie réputée de Pennsylvanie: des étagères et un comptoir en bois sombre et ciré, des murs recouverts de larges planches de bois peintes alternativement de bordeaux et de blanc, un sol carrelé rose et des rideaux de velours assortis pour encadrer la vitrine, un lustre de verre et sa trentaine de bougies, des présentoirs en fer forgé pour les fruits et les légumes, des cloches de verre pour les gâteaux, les confiseries, les fromages. Sur la gauche, en entrant, dans une petite pièce attenante à la porte d'entrée, on trouvait un rayon quincaillerie très organisé. Mr Johanson aimait que chaque chose soit à sa place. Sa boutique était toujours impeccablement rangée. Derrière la caisse, aux touches cuivrées, était encadrée une grande affiche comportant tous les prix de la partie épicerie :

Tabac : 1,50 dollar
Pommes séchées : 35 cents
Haricots rouges : 30 cents
Huile : 2,50 dollars
Beurre : 25 cents
Miel : 90 cents
Bacon : 40 cents la tranche moyenne,
50 cents la tranche épaisse
Thé impérial : 2,25 dollars
Thé Young Hyson : 2 dollars
Thé japonais (conditionné dans du papier) :
1,50 dollar
Sucre clarifié : 1,50 dollar
Bougies simples : 30 cents
Bougies de Cincinnati : 40 cents

Mr Johanson était aussi un être honnête. En indiquant ses prix, il se mettait à l'abri des colères et mauvais coups des personnes malveillantes. Ici, certains clients dégainaient facilement leur arme, lorsqu'ils se sentaient escroqués ou insatisfaits.

– Mais est-elle jolie ? demanda Phil Johanson en souriant.

Belvadara Johanson anticipa la réponse de ses fils :

– Miss Burnett a sa jeunesse et sa fraîcheur pour elle, Monsieur curieux. Mais tu la verras ce soir. À mon avis, elle est bien trop mince pour te plaire.

– Elle n'est pas trop mince, ponctua Farell. Moi, je la trouve belle.

Liam acquiesça.

– Elle ressemble à une belette, dit-il.

– Une belette ? Tiens donc ! s'amusa le père. Je n'ai jamais trouvé de charme aux belettes, effectivement.

– C'est ce que je te dis, assura la mère. Elle n'est pas ton genre ! Elle n'a pas... (elle toussota) ce qui te plaît en général. Mais enfin ! Quelle conversation futile ! Miss Burnett n'est pas une attraction de foire, tout de même, mais notre institutrice ! Un peu plus de respect s'impose.

– Moi, j'attends de voir ce qui s'impose, dit l'épicier en riant.

Sa femme leva les yeux au ciel et reconduisit les enfants dans l'appartement, à l'étage.

– Tu es intenable, Philip-Benjamin Johanson (elle l'appelait toujours par son nom complet lorsqu'il l'agaçait), intenable ! répéta-t-elle, sans plaisanter.

Elle quitta la pièce par la porte derrière l'arrière-boutique en poursuivant un monologue que son mari ne prit pas la peine d'écouter. Il continuait à rire tout seul, tout en replaçant des rouleaux de ruban de satin à leur place. Juste derrière un vaisselier sur lequel étaient présentées de belles porcelaines, on trouvait en effet un petit rayon mercerie. Phil avait réussi à organiser sa boutique de façon à ce que les habitants de Tolstoy n'aient pas besoin d'aller jusqu'à Virginia City faire leurs courses. Il essayait de satisfaire tous ses clients. Ne faisait-il d'ailleurs pas venir de Fort Benton un thé tout particulier pour le salon de thé d'Annette Anson ? Et ne s'était-il pas décarcassé pour trouver des graines de haricots plats pour un fermier, du rouge à lèvres ou encore de la crème pour les mains fragiles de la femme du shérif ? Phil avait parfois l'impression d'être un magicien tant il réalisait les vœux des habitants de sa petite ville, et il ne regrettait pas d'avoir quitté l'Est pour s'installer là. À Montrose, en Pennsylvanie, il n'avait jamais eu de véritable vie sociale, enfermé dans un quotidien plutôt triste d'aide-comptable, tandis qu'ici il se sentait exister pleinement. On l'appréciait à sa juste valeur, il avait l'impression d'être utile aux autres, tout en satisfaisant les envies bourgeoises de sa femme qui, malgré l'environnement rustique de Tolstoy, pouvait ici jouer davantage aux « femmes comme il faut » qu'à Montrose, où tout le monde connaissait sa condition de bonne à tout faire, dans la maison d'un riche industriel. À l'Ouest, il semblait possible de devenir ce dont on avait rêvé : un personnage public pour Phil, une bourgeoise fortunée pour Belvadara. À Tolstoy, peut-être Milly allait-elle devenir ce qui lui plaisait : une femme libre et indépendante.

Milly sortait déjà ses vêtements de la malle. Elle voulait vite se sentir chez elle, s'installer, s'approprier l'espace. Elle s'aperçut que sa penderie était minuscule et qu'elle allait manquer de place. Elle suspendit deux robes et replaça les autres dans le coffre en attendant de remédier à ce problème. Elle s'étonna qu'aucune étagère n'ait été prévue dans sa chambre pour ranger ses livres. Elle se contenta d'en faire un tas, au pied de son lit. Elle n'en avait emporté qu'une dizaine, dont le fameux *McGuffey Reader*. Le reste était resté chez ses parents. Le choix avait été compliqué. En dehors du livre destiné à l'enseignement qu'elle allait prodiguer, elle avait pris ceux qu'elle pouvait relire sans cesse, sans jamais se lasser. Ses amis de toujours… d'un petit toujours, en fait, car elle n'avait découvert Catharine Sedgwick ou William Wordsworth, ses auteurs préférés, qu'à l'âge de 15 ans.

Milly enfila sa plus jolie tenue pour se rendre à la soirée d'accueil. Un velours violet moucheté de petits nœuds de satin noir pour le jupon, une étoffe plus claire pour le haut de la robe. Le col en dentelle remontait sur son long cou, ce qui, lorsqu'elle eut relevé un peu plus ses cheveux, révéla son port gracieux et son élégance naturelle. Elle avait pris soin, avant cela, de faire une rapide toilette, mais l'eau du puits à l'extérieur était très froide et le savon manquait. Elle rosit ses pommettes avec une houppette sortie d'une boîte argentée, un cadeau de sa mère, un souvenir de ce monde élégant qu'elle avait quitté sans peine.

Elle ouvrit sa porte d'entrée pour observer les alentours. De l'autre côté de la route, on construisait une maison en bois. Les propriétés étaient espacées dans cette partie excentrée de la ville. À droite, la route, faite de cailloux et de terre battue, se prolongeait à travers champs. Des montagnes vertes et imposantes se découpaient de part et d'autre de la vallée. Deux hommes passèrent à cheval et ralentirent pour saluer Milly.

– Bienvenue à Tolstoy, dit le premier, un trentenaire blond costaud et moustachu.

– Ouaip, bienvenue Miss ! Mes enfants vont être contents de savoir que vous êtes arrivée... et ma femme aussi ! ajouta le second, un petit homme sec dont la peau avait été brûlée par le soleil et le froid.

« Un cultivateur ou un mineur », pensa Milly. Elle leur sourit et leva la main pour les remercier. Les cavaliers repartirent au trot vers le centre-ville.

Une femme aux longs cheveux auburn, la trentaine, vêtue d'un jupon, d'un chemisier et d'un chandail épais sortit de la bicoque voisine. Elle ressemblait exactement à l'image que Milly s'était faite des femmes pionnières. Cela la rassura finalement. Mrs Johanson devait être une exception. Et c'était tant mieux. Elle avait beau être coquette, la simple idée de retrouver ici des épouses sans autre intérêt que leurs froufrous, leurs rubans et leurs réunions de mères de famille lui déplaisait à l'avance.

La femme portait un cageot. Elle le posa devant l'entrée de la cour en s'écriant :

– Bonjour, je suis Marceline. Je vous apporte des fruits de mon verger. Je ne veux pas crotter mes bottes... je vous les laisse là, d'accord ?

Milly, qui venait d'enfiler ses beaux habits, préféra ne pas s'aventurer une nouvelle fois dans la gadoue. Elle s'écria :

– Merci, Marceline. Je passerai vous voir dans un petit quart d'heure. Je finis de me préparer pour me rendre au dîner d'accueil des Johanson, et j'arrive.

– Quand vous voulez, quand vous voulez ! Ma maison ne va pas s'envoler et vous non plus ! rétorqua-t-elle d'une voix sèche.

Milly ne comprit pas si sa voisine était fâchée ou s'il s'agissait d'une sorte de plaisanterie à froid. Marceline rentra chez elle sans un sourire.

Milly était ennuyée d'arriver les mains vides chez ses hôtes. Elle ne pouvait tout de même pas acheter une bouteille de vin ou une boîte de chocolats à Mr Johanson et la lui offrir quelques instants plus tard ! Elle sortit un peu en avance pour avoir le temps de faire les boutiques. Elle n'oublia pas de passer chez Marceline qui l'accueillit en lui tendant une brosse à chaussures.

– J'ai bien pensé que vous ne pourriez pas passer par votre marais sans tacher vos bottines.

Marceline habitait une petite cabane de rondins coquettement aménagée. De beaux tissus fleuris pour les fauteuils, le dessus-de-lit, la nappe, les rideaux, des vases raffinés, un tapis épais : Milly fut surprise par le bon goût de cette femme aux manières rustiques. Marceline habitait seule. Milly voulut comprendre ce qui avait motivé son installation dans la région, mais ses bonnes manières ne l'autorisaient pas à lui poser aussi rapidement des questions personnelles.

– Vous n'êtes pas chercheuse d'or tout de même ? dit-elle en riant.

Marceline sourit enfin.

– Non, pas du tout… Je fabrique des vêtements en laine. Des pulls, des bonnets. J'élève des moutons derrière la maison.

Milly demanda où elle pouvait trouver « un petit cadeau » pour Mrs Johanson.

– Vous ne voulez pas m'acheter un châle ? tenta gentiment Marceline.

– Je crois que je n'ai pas assez d'argent pour ça. Vos tricots sont très beaux.

– De toute façon, cette Mrs Johanson ne mérite pas un tel cadeau. Elle est exaspérante. Elle et son double, Mrs Clarck, se prennent pour les reines de la ville. Elles voudraient tout contrôler, connaître les habitudes de tout le monde, la vie de tout le monde, les origines de tout le monde. En plus, sous leurs airs de grande dame, elles sont un peu vulgaires. Enfin, je dis peut-être ça parce que je suis jalouse. Je n'ai pas l'impression pourtant. Mais on ne sait jamais. Il faudrait toujours se demander si on envie les gens avant de les critiquer, vous ne pensez pas ?

Milly trouva Marceline bien singulière. Jamais encore elle n'avait rencontré de femme aussi directe. Elle ne s'encombrait pas des révérences et discussions mondaines habituelles. Elle parlait de ce qui lui plaisait sans attendre. Elle allait droit à l'essentiel. Cette simplicité plut immédiatement à la jeune institutrice. Elle avait hâte de découvrir la suite de Tolstoy, comme on a parfois l'envie de tourner frénétiquement les pages d'un bon roman.

– Si vous voulez, je vous fais un bouquet de fleurs de mon jardin. Je n'apprécie pas Mrs Johanson, mais j'aime bien rendre service. C'est pour vous que je le fais, pas pour elle. Ne lui dites pas qu'il vient de chez moi, hein ?

– D'accord, mais je vous l'achète, dans ce cas !

Marceline s'esclaffa.

– Bienvenue sur le territoire du Montana, ma grande ! Vous aurez bien l'occasion de me rendre des services, vous aussi. Vous savez, ici, on a tous besoin des autres.

– Ailleurs aussi.

– Oui, mais ici on n'a pas les moyens de se faire croire le contraire.

4

Milly repartit en emportant un magnifique bouquet mauve et blanc, assorti à sa robe. Mrs Johanson fut plus qu'étonnée par ce présent. Elle se demanda où Milly avait bien pu se le procurer.

– Vous êtes surprenante, Miss Burnett. À peine arrivée, vous vous arrangez pour trouver des fleurs. Merci mille fois, je suis très touchée par cette attention. Ce bouquet est tout à fait distingué.

– Merci de m'accueillir chez vous, répondit Milly.

Belvadara Johanson fronça les yeux et le bout du nez, pour avoir l'air gentille et complice.

– Où les avez-vous trouvées ? Elles sont si belles, demanda-t-elle.

– Elles seront encore plus jolies si je ne vous dis pas tout... répliqua Milly. Ce sont des fleurs mystérieuses... des fleurs magiques.

Mr Johanson rejoignit sa femme dans l'entrée de leur maison. Il sourit. La belette avait donc une jolie voix, estima-t-il, et elle n'était pas aussi maigre que ce que Belvadara avait bien voulu lui décrire. À vrai dire, Miss Burnett était même une jolie belette, une brunette aux grands yeux noisette. Elle avait des sourcils très fins et joliment dessinés, une lèvre inférieure pulpeuse et les commissures de la bouche relevées, ce qui lui donnait l'air joyeux en permanence. Son grand front équilibrait parfaitement ses joues d'enfant qui n'avaient pas encore fondu.

– Une poète ! s'exclama-t-il. Miss Burnett, je suis ravi de vous accueillir à Tolstoy. Nous avions besoin de votre poésie.

Mais la poésie est partout ici. Regardez les paysages splendides qui s'offrent à nous ! La nature si vigoureuse, si puissante et cette lumière, cet air si pur !

Mr Johanson souriait de plus en plus. Il semblait conquis par les mots de Milly. Il hochait la tête, l'air rêveur et charmé.

– Nous avions surtout besoin d'une institutrice ! lança Belvadara Johanson, en avançant vers le salon. Entrez, entrez ! Et Phil, occupe-toi donc de la cape de Miss Burnett.

– Si ça ne vous ennuie pas, je vais la garder. Je suis assez frileuse.

– Eh bien, si vous avez froid maintenant, qu'est-ce que ça va être en plein hiver ? réagit Belvadara.

– Les hivers sont très froids au Massachusetts aussi. Mais que voulez-vous, je suis née comme ça : frileuse.

– Quelques *pounds* en plus, et vous seriez débarrassée de ce problème. Avez-vous perdu du poids pendant votre voyage, Miss Burnett ?

Belvadara lui fit signe de s'asseoir.

– Non, je ne pense pas. Cependant, il faut reconnaître que c'est une expérience éreintante de traverser l'Amérique.

– Nous avons vécu la même chose, répondit Belvadara, mais en plus, nous avions des enfants en bas âge.

– Ce n'est jamais la même chose, remarqua Phil Johanson. D'abord, nous ne venons pas du même endroit, et on sait bien que chaque traversée est différente. Racontez-nous la vôtre, Miss Burnett !

Tandis que Milly entamait le récit de son périple, une dizaine d'invités firent petit à petit leur apparition. Chaque fois, Milly interrompait son histoire pour saluer les nouveaux arrivants : Tim Clyne, le shérif de Tolstoy, et sa femme Margaret (Belvadara Johanson semblait très honorée de leur présence. Elle se montrait encore plus maniérée lorsqu'elle s'adressait à eux), le boulanger John Witherspoon, que Milly connaissait déjà, et sa compagne, les Bradley, voisins des Johanson qui tenaient « le seul saloon comme il faut de la ville » (selon Belvadara Johanson), Elwood McDonahue, un gros homme d'affaires roux, aux mains moites (il rachetait l'or aux orpailleurs), le beau Finn Flannagan, maréchal-ferrant et forgeron qui tenait la boutique tout au bout de la rue et, enfin, Robert et Dorothea Perkins, du salon de coiffure. Comme il n'y avait pas assez de places sur les deux canapés en velours bleu des Johanson, tout ce monde fut rapidement convié à table. Les enfants de Phil et Belvadara descendirent de leur chambre pour saluer les invités et dînèrent à la cuisine.

Milly avait été éduquée tout autrement. Jamais ses parents ne l'avaient exclue d'une soirée chez eux. En cela, son père passait pour un marginal alors qu'il avait simplement réfléchi un peu plus que les autres parents. Il répétait que les enfants étaient des êtres humains dès leur naissance et qu'on leur devait autant de respect et d'attention qu'aux adultes. Milly savait qu'il valait mieux ne pas en parler ici. Elle se réjouissait secrètement d'avoir eu la chance de grandir dans les meilleures conditions imaginables de l'époque. Elle sentait que cette différence était sa force principale. Phil Johanson était sous le charme. Était-ce réel ou souhaitait-il juste agacer sa femme ? Elle lui lança des regards réprobateurs lorsqu'il proposa à Milly de lui faire visiter le coin, dimanche après la messe.

– Avec Belvadara et les garçons, bien sûr, ajouta-t-il en regardant sa femme. Ça vous dirait, Miss Burnett ?

– Je ne voudrais pas gâcher votre dimanche, répondit la jeune femme, mais je serais très heureuse de découvrir les environs avec votre famille.

– Nous irons pique-niquer, proposa l'épicier.

– Si le temps le permet... ajouta Belvadara Johanson.

Elwood McDonahue informa Milly qu'il effectuait deux allers-retours par semaine à Virginia City. Il se ferait un plaisir de l'y emmener de temps en temps. Cette proposition enchanta l'institutrice.

Elle fut agréablement surprise par le menu de Mrs Johanson. Elle pensait qu'on ne servait, dans l'Ouest, que des plats campagnards à base de haricots rouges et de bacon, mais elle put apprécier en entrée des huîtres cuites à l'étuvée (on en trouvait désormais dans quelques villes de l'Ouest, dont Virginia City). Puis elle se régala de ce que Belvadara Johanson appelait un «filet de bœuf à la financier» (la cuisine française était très prisée et les recettes des livres ou les menus étaient écrits dans un français approximatif), accompagné de légumes verts et d'un vin délicieux, qui lui fit, d'ailleurs, un peu tourner la tête. Enfin, elle apprécia les tourtes aux fruits, bombées et dorées, dont les enfants Johanson lui avaient déjà parlé. La tourte à la myrtille avait coloré les dents de tous les convives. Phil adressa un large sourire bleuté et clownesque à Milly. Elle le trouva fort amusant et ne put contenir un petit rire nerveux. Dès qu'elle le regardait, il soulevait discrètement sa lèvre supérieure pour dégager ses incisives colorées, l'air joueur et complice. Sans doute Milly était-elle trop fatiguée pour se tenir comme une dame. De toute façon, elle ne souhaitait pas ressembler à une dame. Elle se sentait bien plus femme que dame. Elle regarda le centre de son assiette pour éviter de continuer à rire mais ne tarda pas à glousser de nouveau, nerveusement. Mrs Johanson semblait très gênée par l'attitude de l'institutrice, comme si elle s'était portée garante de la perfection de la nouvelle recrue de la ville. Elle aurait voulu que Miss Burnett fût irréprochable, mais aussi un peu plus ronde et un peu moins jolie. Elle proposa un autre morceau de tourte à ses invités. Milly plaça sa serviette devant sa bouche pour cacher son sourire, mais ses yeux pétillaient terriblement. Mrs Clyne se mit à rire, elle aussi, devant tant de naturel.

– J'aime votre gaieté, Miss Burnett ! dit-elle. Nous devrions tous être comme vous.

Mrs Johanson expira bruyamment, soulagée que la femme du shérif n'ait pas critiqué Milly. Elle quitta la table et revint avec la surprise annoncée plus tôt par Farell.

– Bienvenue à Tolstoy, Miss Burnett ! déclara fièrement Belvadara.

Les convives applaudirent l'initiative des Johanson. Ils avaient préparé un panier rempli de fruits, de lait, d'œufs, de bacon, de miel, de pain et d'un petit savon parfumé.

– De quoi faire votre toilette et prendre un bon petit déjeuner demain matin ! s'exclama Phil. Comme vous n'avez pas eu le temps de faire des courses, on n'allait pas vous laisser mourir de faim, tout de même.

Milly remercia les épiciers pour leur généreuse attention.

– Nos enfants ont bien de la chance d'avoir une maîtresse comme vous, lança Finn Flannagan, qui n'avait encore rien dit.

– Vous avez combien d'enfants, Mr Flannagan ? demanda Milly.

– Je n'en ai pas encore. Mais je suis sûr que vous devez être une sacrée bonne maîtresse.

Finn Flannagan avait une trentaine d'années, il était brun, mince et musclé, le nez busqué, les lèvres fines et les yeux très noirs. Ses traits réguliers, son menton viril et ses pommettes saillantes plaisaient à toutes les femmes, sauf à Mrs Johanson, qui le trouvait forcément trop maigre. Finn avait toujours été un garçon de la campagne. Son accent, sa façon de parler trahissaient ses origines modestes. Il était venu dans l'Ouest parce qu'il voulait voir du pays.

– J'aime ça, voyager, moi, dit-il. D'ailleurs, je crois que bientôt je vais partir vers le Sud.

– Ce n'est peut-être pas le moment, dit le shérif. Cela fait à peine deux ans que la guerre[1] est termi-

1. Guerre de Sécession : guerre civile, aux États-Unis, qui, autour de la question de l'esclavage, opposa de 1861 à 1865 les sudistes aux nordistes. Elle aboutit à la victoire de ces derniers et à l'abolition de l'esclavage. La guerre de Sécession fit 620 000 morts.

née. On est plus tranquilles ici, entre nos montagnes, que dans le Sud où les tensions existent encore. Et puis, on apprécie votre travail ici. Franchement, je ne comprends pas pourquoi vous voulez partir.

– Sans doute parce que j'aime partir, dit Finn, tout simplement.

Seuls Phil et Milly perçurent la beauté de ces mots. Les autres n'entendirent qu'une réponse infantile dans la bouche d'un campagnard. La même chose exprimée par le shérif aurait été accompagnée d'une intonation, d'un clin d'œil, ou suivie d'un regard complice, d'un silence plein de confidence, d'un signe qui aurait convié l'assemblée à réfléchir et à apprécier ces mots. Mais Finn n'avait jamais cherché à enrober ni à décorer ses phrases ou ses idées, si bien que la plupart des gens écoutaient à peine ce qu'il disait lorsqu'il sortait du périmètre de ses conversations d'ordre pratique ou professionnel.

– Bien dit ! s'exclama pourtant Phil Johanson. Finn, je te comprends parfaitement, mais j'aurais vraiment de la peine si tu t'en allais.

Belvadara ne semblait pas apprécier Finn. Pas assez « distingué » à son goût. Belvadara abusait de ce mot. Les gens, les situations, les objets… même les bouquets de fleurs pouvaient et devaient être distingués pour lui plaire. Mais Finn était le meilleur ami de Phil et elle ne manquait donc jamais de l'inviter à sa table.

– Quand commencez-vous les cours ? demanda la femme du boulanger à Milly.

Mrs Witherspoon n'avait pas encore d'enfant, elle non plus. La rondeur de son ventre annonçait pourtant l'arrivée prochaine d'un heureux événement.

– Miss Burnett commence demain, répondit Mrs Johanson sans attendre.

– Après-demain, rectifia Milly. Demain, je me repose et je m'installe.

– Ah oui ! C'est vrai, j'avais oublié que vous souhaitiez déjà prendre des vacances, dit Belvadara Johanson en affichant un sourire forcé.

– Ce ne sont pas des vacances mais du repos bien mérité, lança Mrs Clyne. Souvenez-vous comme nous étions fatigués lorsque nous sommes arrivés ici. Je m'étonne que vous soyez toujours aussi vaillante à cette heure, Miss Burnett. Vous avez sans doute une bonne constitution.

– Je suis assez solide, c'est vrai, dit Milly. Je fais de la gymnastique callisthénique[1] tous les jours.

Mrs Johanson fit un léger mouvement de sourcils qui signifiait qu'elle désapprouvait ce genre de pratique. Mais elle se retint d'émettre d'autres commentaires désagréables. Elle devait conserver ses airs de grande dame comme il faut.

---

1. Exercices de gymnastique qui ont pour but un développement harmonieux du corps.

Les propriétaires du saloon étaient des amateurs de littérature et Milly se plut à parler de poésie avec eux. Finn les écoutait attentivement en mangeant. Il en était à sa troisième part de tourte recouverte de crème fraîche. Milly remarqua que Dorothea Perkins regardait souvent Finn. Sans doute le trouvait-elle beau, elle aussi. Elle lui dit qu'elle devait passer le voir parce qu'il était temps de changer les fers de son cheval. Finn répondit seulement :

– Pas de problème.

Mais Robert Perkins fit remarquer à sa femme que l'on ne changeait pas les fers d'un cheval comme on changeait de chemisier.

Une soirée suffit à Milly pour réaliser que les relations humaines et les histoires entre hommes et femmes ne variaient pas d'Est en Ouest. Cependant, elle appréciait de n'avoir rencontré depuis son arrivée que des êtres originaux. Sans doute trouvait-on forcément plus d'intérêt à ses congénères lorsqu'ils étaient peu nombreux. L'absence de choix exacerbait l'intensité des relations et forçait à une évaluation rapide des qualités et des défauts de chacun. Milly, comme tous les pionniers, cherchait avant tout à ne pas se sentir seule. Les liens se tissaient ici bien plus rapidement que dans les villes de l'Est. Il existait une urgence à se construire un environnement social rassurant. On devenait obligatoirement plus curieux, plus ouvert, plus tolérant.

À la fin du repas, l'alcool aidant, les langues se délièrent et Milly fut soudain assaillie de questions. Quels cours avait-elle suivis pour devenir institutrice ? Milly raconta ses études à l'École normale de Lexington, au Massachusetts.

– Je suis certaine que vous êtes l'aînée de vos frères et sœurs, l'interrompit Belvadara Johanson.

Théoriquement, elle ne pouvait pas se tromper. En général, les institutrices étaient les plus âgées de leurs fratries.

– Au contraire, je suis la plus jeune, répondit Milly. J'ai trois frères, déjà mariés, qui travaillent tous au cabinet de mon père.

– Que fait votre père ? demanda la femme du shérif. Ce doit être un homme de grande valeur pour avoir une fille comme vous.

– Il est avocat, répondit Mrs Johanson.

Elle voulait signaler qu'elle connaissait déjà bien Milly et bénéficier ainsi de l'attention exagérée portée à l'invitée d'honneur par tous les convives. Belvadara Johanson était fière d'avoir organisé la venue de Milly Burnett puisque tous ses hôtes paraissaient l'apprécier, mais elle ne comptait pas laisser cette jeune femme occuper une trop grande place, malgré tout. Elle était incapable de s'avouer cela, mais ses attitudes la trahissaient d'heure en heure. Elle avait tout de suite perçu le côté solaire et sauvage de la jeune femme, sans pour autant pouvoir mettre des mots sur ce qui la dérangeait chez elle. Elle se dit simplement que Milly manquait de réserve. Elle aurait préféré que l'institutrice ne la surprenne pas, qu'elle ait une conversation aimable et discrète, sans plus, qu'elle ressemble à une bonne sœur plutôt qu'à cette gracieuse belette que son mari observait avec intérêt. Belvadara aurait aimé maîtriser complètement son entourage et Milly venait s'opposer à ses intentions. Cependant, Mrs Johanson ne pouvait pas perdre espoir aussi rapidement. Elle finissait toujours par régenter son petit monde. Quelques phrases bien choisies remettraient progressivement la demoiselle à sa place. Belvadara se retint pourtant de passer trop rapidement à l'attaque. Elle était partagée, ce soir, entre l'envie qu'on la remercie d'avoir fait venir à Tolstoy une institutrice si plaisante et celle de critiquer cette « gamine » (c'était en ces termes qu'elle l'évoquait) qui avait, selon elle, de gros efforts à faire pour devenir un professeur respecté. Dès que les invités furent partis, elle s'empressa d'ailleurs de faire part à son mari de ses réserves quant aux qualités de Milly Burnett. Phil sourit. Il connaissait si bien sa femme.

– Moi, je l'aime bien ! J'aime sa fraîcheur et son regard bienveillant. Je pense que tu nous as trouvé une excellente institutrice, répondit-il intelligemment, tandis que son épouse retirait les nœuds de ses cheveux avant d'enfiler sa chemise de nuit.

Les mâchoires de Belvadara se contractèrent. Elle disparut derrière le paravent chinois qu'elle avait fait venir du Vermont et se déshabilla nerveusement. Elle se cassa un ongle en essayant de défaire les lacets de son corset et répondit :

– Je crois que nos invités ont beaucoup apprécié mon filet de bœuf à la financier.

Phil était déjà au lit. Il lisait le *Montana Post* et n'entendait plus sa femme. Il grommela pourtant pour signifier qu'il suivait encore la conversation.

Dans la rue principale, Finn Flannagan, déjà en selle, proposa à Milly de la déposer chez elle. Milly n'était jamais montée à cheval. Elle hésita un instant.

– Montez ! insista Finn. Vous allez vous tordre les pieds si vous marchez jusqu'à l'école. Le bout de la rue principale n'est pas du tout éclairé.

Il se pencha, attrapa Milly par la taille et l'installa en amazone derrière lui. Milly sentit son cœur s'emballer. La proximité soudaine du corps de Finn la troublait.

– Vous inquiétez pas, Miss Burnett. Je vais aller au pas.

La rue était plutôt silencieuse, le vent froid pour ces premiers jours de printemps. On entendait juste de la musique et des cris joyeux qui s'échappaient des saloons. Quelques hommes discutaient sur les terrasses en bois. Ils se turent pour regarder passer Milly et soulevèrent leur Stetson pour la saluer. Finn avait l'air fier de reconduire Milly chez elle. Cependant, il ne lui adressa pas la parole. Finn n'éprouvait pas souvent le besoin de parler. Milly, elle, n'était pas habituée au silence, qu'elle rompit sans attendre.

– Où habitez-vous, Mister Flannagan ?

– Finn, moi c'est Finn. Vous embêtez pas avec les « Mister Flannagan ». J'ai l'impression qu'on parle à mon père quand j'entends ça. J'habite au-dessus de ma boutique, exactement à l'autre bout de la rue. On est chacun à une extrémité de la ville.

– À l'entrée ou à la sortie, au choix, ajouta Milly qui ne savait pas que répondre.

Il y eut un long silence. Le cheval avançait vraiment très doucement.

– Vous aimez avoir le choix, n'est-ce pas ? dit soudain Finn.

– Je n'aime pas être contrainte, effectivement. Qui aimerait cela ?

Finn accéléra sa monture d'un petit coup de talon. Milly, surprise, s'accrocha maladroitement à la taille de Finn. Elle ne vit pas les yeux amusés de l'homme se plisser.

– Et voilà ! dit-il en s'arrêtant devant l'école.

Il sauta de son cheval pour aider Milly à en descendre, lui souhaita une bonne nuit et repartit au galop. Un galop aérien, presque silencieux.

Milly ferma les volets de l'école et remit du bois dans le poêle. Elle peina à se déshabiller tant la pièce était restée froide et se mit au lit avec deux pulls, en grelottant. Les draps de lin alourdis par l'humidité avaient pris une odeur particulière de cave. Milly était épuisée par sa journée mais ne parvint pas à trouver rapidement le sommeil. Pourtant, la pièce était à peine éclairée, la lueur de la lune se faufilait autour des fenêtres ; aucun bruit, à part quelques aboiements et le ululement d'un hibou, ne venait déranger la jeune femme.

Elle se repassait chaque instant de la soirée et pensait peut-être un peu trop à cet homme si spécial qu'était Finn.

Elle avait été touchée par sa simplicité et se demandait si les chercheurs d'or et les fermiers du coin allaient tous lui ressembler. Ce qui l'attendait désormais la tenait éveillée. Elle avait hâte d'installer son studio, imaginait quelles améliorations elle pourrait y apporter, à peu de frais. Elle avait hâte aussi de rencontrer ses élèves, hâte d'aller faire ses courses, hâte de lire un bon livre dans le jardin, en regardant la vallée et les montagnes, hâte de revoir sa voisine et de pouvoir lui rendre un service tant son bouquet de fleurs avait fait bon effet... et enfin, il fallait se l'avouer, elle avait hâte de rencontrer Finn, par hasard, en se promenant dans la rue principale. Elle ne se serait jamais autorisée à lui rendre visite dans sa boutique sans raison. Il ne devait pas pouvoir penser qu'il l'attirait autrement que d'une façon amicale. À aucun moment, pendant le dîner, Milly n'avait perçu Finn comme un prétendant potentiel. Il n'avait pas posé sur elle de regard insistant. Il lui était juste apparu comme un homme gentil, ouvert et différent des autres. Seule la promenade à cheval avait ensuite troublé Milly. Elle aurait pu envisager de lui rendre visite si elle avait eu un cheval à ferrer, mais avant cela, elle devait apprendre à monter. Elle finit par s'endormir en envisageant cette possibilité. Le territoire du Montana allait certainement lui permettre de découvrir de nouvelles activités, de nouveaux plaisirs.

5

Dès le lendemain matin, avant la messe de 11 heures, Milly fut conviée par sa voisine à une cueillette de baies sauvages et de champignons.

– Je ne connais pas grand-chose à tout cela, dit l'institutrice. J'ai un peu peur de m'empoisonner en ramassant n'importe quoi.

– Oh vous savez, c'est juste histoire de faire une petite promenade. Je peux vous apprendre, moi, à reconnaître les choses comestibles. Je connais bien la nature.

– Vous avez été élevée à la campagne, Marceline ?

– Oui, oui, c'est ça, à la campagne, bougonna-t-elle comme si elle ne souhaitait pas que Milly lui en demande plus.

– Mais d'où vient votre prénom ?

– C'est un prénom français. Mettez des chaussures de marche. Les chemins sont escarpés ici.

La ville était essentiellement bâtie autour de la rue principale. On s'en éloignait donc rapidement. Les deux femmes marchèrent à travers les herbes hautes d'une immense prairie dans laquelle couraient des chevaux sauvages.

– Je n'en crois pas mes yeux ! s'exclama Milly. Ce troupeau n'appartient vraiment à personne ?

– Heureusement qu'il y a encore des animaux, des lieux, des gens qui n'appartiennent à personne ! s'exclama Marceline.

Elles rejoignirent l'orée d'un bois. Milly raconta son dîner de la veille, Marceline lui dit qu'elle appréciait, elle aussi, la simplicité et le naturel de Finn Flannagan.

– C'est un homme sur lequel on peut compter, affirma-t-elle.

– Je crois pourtant que nous n'allons pas pouvoir compter sur lui encore très longtemps, répondit Milly. Finn Flannagan a prévu de partir bientôt s'installer dans le Sud.

– Oh vous savez, je n'écoute pas les gens lorsqu'ils me parlent d'avenir. Tout le monde peut s'en aller du jour au lendemain, dans le Sud, dans la tombe... ou ailleurs. Je profite de ce que j'ai ici, pour l'instant. Finn est un type bien. Je l'apprécie tant qu'il est là.

Marceline ramassa quelques champignons. Elle les déposa dans un petit panier. Elle précisa qu'elle l'avait tressé elle-même. Milly ne cessait de respirer l'air à pleins poumons comme s'il avait été chargé de particules magiques ou bénéfiques, comme si elle avait besoin d'en mettre un peu de côté pour les jours difficiles. Elle ouvrit grands ses bras et leva le menton vers le ciel en s'exclamant :

– Je voudrais tant que mes parents et mes frères voient ça !

Marceline se penchait à droite, à gauche en tendant son bâton pour écarter les feuilles, les brindilles craquaient sous ses chaussures. Les deux femmes marchaient en titubant comme des ivrognes, évitant ainsi de piétiner les crocus mauves et jaunes qui avaient poussé en bordure du champ. Elles se mirent à rire de bon cœur tant leur attitude était clownesque.

– Heureusement que les parents d'élèves ne vous voient pas faire le pitre comme ça ! Une institutrice doit être sérieuse avant tout, dit Marceline en plaisantant.

– Mais je ne fais pas le pitre ! Je suis toujours comme ça, assura très sérieusement Milly.

Elle ne put contenir son sérieux plus de quelques secondes et sourit de nouveau.

– Disons que j'aime m'amuser, ajouta-t-elle. Cela ne m'empêche pas d'être travailleuse et consciencieuse. Tant pis si on attend autre chose de moi. Je ne suis pas venue ici pour retrouver les esprits étriqués de l'Est.

– Je sens que Mrs Johanson va s'amuser, elle aussi, remarqua joyeusement Marceline. D'ailleurs, il faut qu'on rentre. Il est l'heure de la messe et vous ne pouvez décemment pas arriver en retard. Vous êtes sûrement très attendue.

Milly s'étonna que Marceline ne la suive pas à l'église.

– Il en faut du courage pour ne pas faire comme tout le monde, remarqua l'institutrice.

– Je ne vois pas pourquoi je me forcerais à faire des trucs que je ne comprends pas... répondit sa voisine en rentrant chez elle.

Milly préféra ne pas poser de question. Elle avait toujours peur d'être trop intrusive dans la vie des autres. Elle resserra son chignon en marchant et fit une courte halte chez elle pour enfiler ses bottines de ville et prendre un petit sac élégant. Pendant sa promenade, quelques hommes du village étaient venus poser des planches sur le terrain boueux de l'école. Elle se réjouit de ces attentions et se dirigea d'un pas décidé vers la petite église blanche, située en retrait de la ville, sur le chemin qui conduisait au coin préféré des chercheurs d'or de Tolstoy. Le « joyau de la couronne », l'appelaient-ils. Pourtant, le site le plus chargé en or se trouvait véritablement à Alder Gulch, le « ravin de l'aulne ». Mais trop de mineurs l'exploitaient maintenant. Quatre ans plus tôt, en mai 1863, un certain Fairweather, chercheur d'or, avait découvert par hasard ce lieu caché sous des buissons d'aulnes. Il revenait d'un voyage de prospection sur le territoire indien de la tribu crow. Les

Crows n'avaient pas accepté que Fairweather et ses amis s'installent sur leurs terres car ils ne leur offraient rien en échange. L'homme était donc rentré bredouille et, campant par hasard au bord d'un cours d'eau, avait extrait plus de 200 dollars d'or[1] en une journée. Un an plus tard, le lieu avait attiré tant de monde que de nombreuses villes fleurirent les unes à côté des autres, le long d'une longue route surnommée « the Fourteen-mile City[2] ». La plus importante d'entre elles était Virginia City. L'or était partout.

La cloche sonnait déjà lorsque Milly arriva, mais les fidèles n'étaient pas encore rentrés. Elle aperçut Finn Flanagan et sentit ses joues s'empourprer. Elle se trouva ridicule. S'il n'avait pas été beau garçon, elle n'aurait certainement pas réagi de la sorte. Après tout, il était tout de même un être de peu de conversation. Elle le salua de loin. Il lui fit signe mais ne sembla pas s'intéresser à elle plus qu'aux autres paroissiens. Pourtant, il trouvait Milly jolie et divertissante. Il fumait une cigarette, un peu à l'écart du groupe, et regardait les montagnes, l'air rêveur.

Mrs Johanson, serrée dans ses habits les plus dominicaux, vint accueillir Milly. Elle la présenta indi-

---

1. Environ 2 900 dollars actuels.
2. La ville qui s'étend sur 14 miles.

viduellement à chaque personne. Mr Johanson, lui, s'assura qu'elle se joindrait bien à eux après l'office. Il avait préparé, dit-il, un délicieux déjeuner. Les enfants Johanson se réjouissaient d'ailleurs de ce programme inhabituel.

– On va pique-niquer avec la maîtresse, on va pique-niquer avec la maîtresse ! chantonnaient-ils.

– Rebecca Clarck se joindra à nous, ajouta Belvadara en présentant son amie à Milly.

Rebecca était la copie conforme de Belvadara, en brune. Il était difficile, lorsqu'on ne les connaissait pas, de savoir laquelle des deux avait pu influencer les goûts de l'autre à ce point. En réalité, Rebecca avait, elle aussi, un caractère autoritaire et bien trempé et les deux femmes s'étaient sans doute trouvées parce qu'elles se ressemblaient. C'était donc elle « le double » évoqué par Marceline, elle qui rendait Belvadara deux fois plus désagréable.

– J'ai regretté de ne pas être des vôtres hier soir, mais je passais la nuit à Virginia City avec mon mari. De grosses transactions, d'énormes sommes en jeu, voyez-vous. Il lui était impossible de revenir à Tolstoy.

Milly ne réagit pas. Elle ne s'était jamais intéressée à l'argent. Sans doute avait-elle eu la chance de ne pas en manquer mais, dans sa famille, on avait toujours privilégié la réussite intellectuelle, le plaisir d'apprendre et de savoir à toute autre forme de succès.

Comme Milly n'essayait pas d'en savoir plus, Rebecca ajouta :

– Mon mari tient la banque de Tolstoy.

– Un homme très influent, très distingué, précisa Belvadara. Avec tout l'or extrait de nos mines, vous imaginez que notre ville n'est pas pauvre et que le coffre de la banque est bien plein.

– J'imagine, répondit machinalement Milly, sans imaginer quoi que ce soit.

Elle ne cachait pas ses sentiments et ne cherchait pas à se montrer enthousiaste par simple politesse.

Les deux femmes ressemblaient à de grosses oies. Leur tête et leurs épaules paraissaient très étroites par rapport à leur postérieur. Lorsqu'elles marchaient, elles se dandinaient lourdement.

L'église se remplit complètement. Pourtant, la population de Tolstoy, comme celle du reste du territoire du Montana, était très variée et les religions nombreuses. Protestants, juifs, catholiques, bouddhistes vivaient ici dans une relative bonne intelligence. Une multitude de langues résonnait dans la région. Celle des trappeurs français qui étaient arrivés là, avant la ruée vers l'or, mais aussi celles des nombreuses tribus indiennes telles que les Crows, les Assiniboines, les Gros Ventre, les Blackfeet, les Pend d'Oreilles, et même celles des Crees ou des Métis, deux tribus originaires du Canada. Des Espagnols, des Mexicains, des Américains d'origine africaine ou d'autres, récemment affranchis, habitaient également la région. Dans la période dite « de la Reconstruction[1] », le droit de vote venait d'être accordé aux hommes noirs dans les États du Sud et plusieurs centaines d'entre eux avaient été élus dans les Assemblées d'État et au Congrès. Les troupes du Nord faisaient respecter les nouveaux amendements de la Constitution et les anciens esclaves pouvaient enfin s'installer en hommes libres où ils le souhaitaient. Deux mille Chinois, surtout des hommes, vivaient aussi sur le territoire. Ils étaient venus des régions extrêmement pauvres de la Chine, avec l'idée de s'enrichir puis de retourner dans leur pays. Certains d'entre eux achetaient, à bas prix, des parcelles sur lesquelles les mineurs étaient déjà passés pour y dénicher l'or restant. Ceux qui ne prospectaient pas l'or tenaient des restaurants, des laveries, des magasins. Ils vendaient aussi dans la rue les produits frais de leurs potagers. On trouvait également quelques médecins et pharmaciens dans cette communauté. D'ailleurs, le médecin de Tolstoy, le docteur Ha Fong, était chinois. Parfois, les Asiatiques se mariaient là,

1. La Reconstruction (1865-1877) est la période suivant la guerre de Sécession, qui marque la fin du système esclavagiste et le retour des États du Sud dans l'Union, mais aussi la volonté du gouvernement d'intégrer les anciens esclaves dans le système juridique, politique, économique et social dans les anciens États du Sud.

fondaient une famille et finissaient par s'installer définitivement sur le territoire. Le docteur Ha Fong, était resté célibataire, mais Malcolm Zhang, contremaître de la plus grosse scierie de la région, lui, avait déjà une femme et quatre enfants américains.

Ce mélange multiculturel ne plaisait pas aux deux oies. Belvadara ne pouvait par surveiller aussi facilement ceux qui n'avaient pas les mêmes habitudes de vie qu'elle.

– Regardez, par exemple, la plupart des boutiques sont ouvertes le dimanche, pour satisfaire les mineurs qui n'ont pas le temps de faire leurs courses en semaine. Cela n'arriverait jamais à l'Est. Le dimanche devrait être le jour du Seigneur dans le monde entier !

Milly déclara qu'il fallait s'adapter à ces nouvelles conditions de vie. Le Seigneur ne pouvait certainement pas en vouloir aux mineurs de travailler autant. Au fond, elle était heureuse de s'installer dans ce nouveau monde. Ce qui dérangeait Belvadara lui plaisait. La vie à Tolstoy ne ressemblait donc pas tant que cela à ce qu'elle avait connu au Massachusetts.

Milly fut chaleureusement accueillie dans l'église par Everett Montjoy, le pasteur. Le révérend Montjoy était de petite taille et plutôt fluet. Il portait une barbe en collier et deux gros favoris, grisonnants malgré son jeune âge. Ses yeux étaient très clairs, ses sourcils broussailleux, sa bouche fine, son sourire enfantin. Il vivait seul à Tolstoy, dans une maison extrêmement étroite, dans la rue principale. Cette maison n'avait qu'une seule fenêtre sur rue et semblait écrasée entre la banque et le salon de thé d'Annette Anson (qui portait d'ailleurs son prénom : « Annette's »). Afin de recréer un environnement semblable à ce qu'ils avaient connu à l'Est, les pionniers construisaient de fausses façades à leurs bâtiments. Vus de face on aurait pu croire qu'ils avaient un ou deux étages mais, de profil, on s'apercevait vite que les frontons étaient en fait des ornements, des trompe-l'œil derrière lesquels il n'y avait rien. À l'Ouest, les apparences semblaient finalement compter autant qu'à l'Est. Cela déçut encore Milly. Elle comprit plus tard qu'en embellissant leurs villes à l'image de ce qu'ils connaissaient déjà, les habitants se créaient un environnement plus propice à résister au mal du pays et autres nostalgies qu'avait pu déclencher leur emménagement sur ces terres nouvelles. On racontait que le révérend avait fui l'Est pour oublier une femme avec laquelle il avait pensé se marier. Il avait découvert un peu tard qu'elle était juive et qu'elle ne le suivrait pas sur le terrain de ses bondieuseries protestantes. Mais on racontait tant de choses à Tolstoy qu'il était difficile de connaître le véritable passé des habitants. Belvadara semblait aimer présenter les juifs comme des personnes compliquées auxquelles on ne pouvait pas se mêler. Son mari lui fit remarquer qu'elle ne les mettait pourtant pas à la porte de leur épicerie, lorsqu'ils venaient y faire leurs courses.

Pour Milly, le révérend avait une allure d'éternel petit garçon accroché à sa mère. Elle avait eu un professeur assez semblable à l'École normale et se fiait en général aux ressemblances pour se faire rapidement une idée sur les gens. Elle s'était rarement trompée. Elle savait que la mère du révérend devait prendre beaucoup de place dans la vie du petit homme.

Dans son sermon, Everett Montjoy n'omit pas de parler de « Miss Burnett, la nouvelle venue », ni de l'éducation des enfants. Il conseillait l'amour et la discipline comme ingrédients indispensables au bon développement d'un enfant. Il répétait « de l'amour, de la discipline ». Son ton était si sévère, son regard si dur, que Milly se demanda à quoi le révérend pouvait bien penser en employant ces deux mots.

Milly n'était pas portée sur la religion. Elle se rendait à la messe à des fins de sociabilité. L'église était un excellent endroit pour rencontrer les voisins, les parents d'élèves, les commerçants. D'ailleurs, après l'office, elle fut sollicitée de tous côtés et finit par sentir sa tête tourner. Peut-être était-elle encore fatiguée par son voyage.

Belvadara prit Milly par le bras. La jeune femme la dépassait d'une tête. Elles se dirigèrent vers l'épicerie, suivies par Phil et les enfants. Rebecca, elle, tenait l'autre bras de Belvadara et chantonnait les chansons de messe, d'une voix haut perchée un peu fausse.

Phil ouvrit sa boutique et prit le panier de pique-nique que sa femme et lui avaient préparé, avec beaucoup d'attention, le matin même. Il attela sa carriole et fit monter les dames à l'arrière. Les enfants s'installèrent à côté de lui, sur le banc du conducteur. Milly demanda à Farell de lui présenter ses deux autres frères. Elle les avait déjà entrevus lors du dîner chez les Johanson et dans l'église.

– Le plus petit, c'est Mat, et le moins petit des deux petits, c'est Walter, expliqua-t-il.

« C'est ma nouvelle vie » se répétait Milly en souriant. Elle s'étonna cependant de la rapidité avec laquelle les liens se tissaient ici. Elle avait l'impression d'être la cousine des enfants Johanson et d'avoir déjà partagé d'autres pique-niques avec eux. Elle se sentait presque en famille, malgré les questions incessantes de Belvadara. Rebecca aussi s'en donnait à cœur joie :

– Avez-vous un fiancé, Miss Burnett ?

– Non et je m'en réjouis pour l'instant.

– À ce rythme-là, vous risquez de devenir vieille fille... s'amusa Rebecca. Et je ne vous le conseille pas.

À 30 ans, j'étais bien soulagée de me trouver enfin un mari, vous savez. La solitude est pesante au bout d'un moment. Il faut avouer aussi que le confort matériel est agréable.

– Avons-nous besoin des hommes pour vivre confortablement ? demanda Milly.

Les deux femmes se regardèrent, l'air complice, et hochèrent la tête en riant.

– Oui, oui, oui, ma chère ! Je vous conseille de trouver, comme moi, un banquier dans la région… chuchota Rebecca, et elle rit aux éclats.

– Moi, je ne vous conseille rien du tout, pour l'instant, parce que je suis très heureuse que Tolstoy ait de nouveau une institutrice. Je n'ai pas envie de vous voir repartir, dit Belvadara.

Phil avait choisi un coin charmant pour pique-niquer. Les enfants déplièrent une nappe bleue et blanche sous un énorme séquoia, dans le tronc duquel on aurait pu creuser une cabane tant il était large. À l'Ouest, des chaînes de montagnes vertes, les unes derrière les autres, laissaient penser que le monde sauvage s'étendait à l'infini. On entendait le bruissement de la rivière, qui serpentait en contrebas, et les battements des ailes des oiseaux de passage. Malheureusement, le silence ne dura qu'un court instant. Rebecca ne savait pas s'arrêter de parler.

Farell s'approcha timidement de Milly.

– Je voudrais vous montrer quelque chose, dit-il.

Milly lui tendit la main et il l'entraîna au bas de la prairie, près de l'eau. Son frère les suivait sans rien dire, l'air grave. Là, un petit abri de pêcheurs, fait de planches brutes et inégales, avait été construit.

– C'est notre maison à Liam et à moi, dit le cadet.

L'aîné hocha la tête. Il paraissait très fier.

– Vous êtes déjà propriétaires, à votre âge ? Eh bien, quels chanceux ! s'exclama la jeune femme.

– Voulez-vous pêcher avec nous ? demanda Farell.

– Je crois que nous devrions plutôt aller déjeuner. Vos parents doivent nous attendre.

– Mais après, vous viendrez pêcher avec nous ? insista l'enfant.

– J'aurais du mal à voir un poisson souffrir au bout de l'hameçon, déclara Milly.

– Les poissons n'ont pas mal ! Ils ne pensent pas, vous savez. On a mal juste quand on sait penser.

– J'en connais beaucoup qui ont mal parce qu'ils n'ont jamais assez pensé, répondit Milly, tout en sachant qu'elle était la seule à comprendre ce qu'elle disait.

– Comment pouvez-vous connaître des poissons, Miss Burnett ? Vous parlez aux animaux ?

– Peut-être bien, répondit Milly en levant le bout du nez, l'air coquin.

Les deux frères se donnèrent quelques coups de coude et partagèrent un regard complice et déconcerté.

– Miss Burnett parle aux animaux, dit Farell lorsqu'il eut rejoint ses parents.

– C'est normal, c'est une fée, affirma Phil.

Belvadara leva les yeux au ciel, Rebecca l'imita.

– Vous ne croyez pas aux fées toutes les deux, c'est ça ? demanda l'homme, amusé.

– Phil, enfin ! Tu vas finir par te ridiculiser, lança Belvadara. Sers-nous plutôt à boire.

– J'aime beaucoup les histoires de fées, dit Milly. Connaissez-vous *The Home Treasury*, de Felix Summerly ?

– Mmm... ça me dit quelque chose... mentit Rebecca afin de se faire valoir.

– Peut-être préférez-vous Peter Parley ? L'un et l'autre ont des avis diamétralement opposés sur les contes de fées. Pour ma part, je suis complètement du côté de Summerly.

Il y eut un silence pendant lequel on put de nouveau entendre le bruissement du cours d'eau et les ailes des oiseaux. Phil sourit. Il semblait heureux que Milly ait été capable de faire taire les deux pipelettes.

Milly s'assit dans l'herbe, au soleil, et ferma les yeux. Les rayons doux et tièdes du printemps lui caressaient le visage. Elle se félicita d'être arrivée jusqu'à Tolstoy sans trop d'incidents. Pour une fois, elle ne remercia pas Angela. Cette dernière comprit certainement ce besoin de revendiquer ainsi une réussite tout individuelle. Milly rouvrit les yeux, inspira de nouveau l'air frais et vivifiant qui, pensait-elle, devait à coup sûr tonifier les poumons. Elle croqua une grosse bouchée de blanc de dinde et s'exclama :

– Comme il aurait été dommage de ne jamais connaître de pareils paysages ! Je suis si heureuse d'être ici.

– Pourvu que ça dure, Miss Burnett, pourvu que ça dure ! lança Rebecca. Le printemps rend toujours la vie plus jolie, vous savez.

6

Milly passa la fin de sa journée à installer et à décorer la salle de classe comme elle l'entendait. Elle accrocha deux tableaux de taille moyenne aux gros clous qui étaient déjà plantés dans le bois brut des murs. Le premier, peint par ses soins trois ans plus tôt, représentait une enfant en train de lire sur une balançoire. Elle avait acheté le second à Fort Benton, lors de sa courte halte. On y voyait un bateau à aubes, comme celui à bord duquel elle avait remonté le Missouri. Un souvenir de ce long et dangereux voyage.

Marceline vint s'assurer que sa voisine ne manquait de rien et lui offrit de partager une omelette accompagnée des champignons qu'elles avaient ramassés le matin même.

Milly trouvait son logement trop humide. Elle alluma donc le petit poêle dans sa chambre avant de se rendre chez Marceline, où il faisait bien meilleur. Elle n'osait toujours pas poser de questions personnelles à Marceline. Cette dernière savait d'ailleurs brillamment orienter la discussion pour que rien ne transparaisse de sa vie. Cette éviction systématique convainquit Milly qu'elle ne devait pas être curieuse si elle souhaitait garder de plaisantes relations avec sa voisine. Sur ces terres sauvages, les amis semblaient encore plus rares et plus précieux qu'ailleurs. Il valait donc mieux rester en bons termes et s'accorder le plus possible aux désirs de l'autre.

Marceline évoqua l'institutrice Miss Pembleton. «Plus grise qu'un jour de pluie», précisa-t-elle, et «pas commode».

– Heureusement, je pense que vous, vous allez apporter aux enfants le soleil qu'ils attendent. Sans doute parce que vous êtes toujours un peu une enfant vous-même.

– Dois-je prendre ça pour un compliment? demanda Milly en riant.

– Je n'apprécie pas les gens qui ne savent plus jouer à rien d'autre qu'à se prendre au sérieux.

– Mrs Johanson, par exemple? lança Milly en continuant à rire.

– Par exemple. Mais ces gens-là sont très nombreux ici. L'or les rend bêtes et modifie les valeurs essentielles. La richesse devient une qualité au même titre que le sont la fraternité, la gentillesse, la générosité. C'est dommage.

– Avez-vous des amis, malgré tout? s'inquiéta Milly d'une voix timide.

– Quelques-uns. Fraternels, gentils, généreux... pas très riches et surtout pas conventionnels. Les habitudes de l'Est me déplaisent tant.

– J'espère que j'aurai le plaisir de les rencontrer.

– La ville est petite, vous savez. Bientôt vous connaîtrez tout le monde.

– Avez-vous envisagé de vous marier ici ? finit par demander Milly avec le sentiment coupable qu'elle s'aventurait sur un terrain glissant.

– Je n'envisage jamais rien. Je prends les choses comme elles viennent, je vous l'ai déjà dit, répondit Marceline en débarrassant les assiettes.

Ainsi évitait-elle de soutenir le regard inquisiteur et pétillant de Milly.

L'institutrice se demanda si Angela pouvait être responsable de sa rencontre avec Marceline. Elle cherchait encore à s'expliquer la chance qui l'accompagnait où qu'elle aille. Elle aurait pu avoir des voisins très différents d'elle, des gens désagréables, vulgaires... Non, elle n'aurait pas pu. Ainsi se déroulait sa vie. En fait, elle était sans doute plus encline que les autres à tout apprécier, à trouver du bon dans n'importe quelle situation. Cela lui laissait toujours croire qu'elle avait évité le pire. Parfois, pourtant, le pire était là, mais elle ne s'y intéressait pas. Marceline, cependant, semblait effectivement un être dépourvu de tout ce qui aurait pu déplaire à Milly. Toutefois, les deux femmes se connaissaient à peine. Il était encore difficile de savoir si elles pouvaient devenir de véritables amies. Milly s'emballait vite. Son caractère passionné la conduisait parfois à de grandes déceptions. Elle attendait beaucoup de ceux qu'elle appréciait parce qu'elle-même se donnait tout entière. Il lui était difficile de constater l'absence de générosité de ses pairs. Marceline semblait plus réservée dans ses jugements immédiats et se contentait d'apprécier l'instant sans s'imaginer ce que l'autre pourrait lui apporter.

– Où êtes-vous allée à l'école ? demanda Milly.

Malgré ce qu'elle avait perçu, elle peinait à ne pas poser de questions personnelles.

– Je ne suis pas allée à l'école.

Il y eut un long silence. Milly parvint à ne pas en demander plus. La soirée s'acheva sur un délicieux gâteau au miel.

– Je fais un gâteau par semaine. Ce n'est pas parce qu'on vit seul qu'on doit se négliger, n'est-ce pas ? lança Marceline.

– Je n'ai encore jamais vécu seule. Je ne me rends pas bien compte.

Marceline conseilla à Milly de bien fermer ses volets. Milly parut surprise. La région était-elle dangereuse ?

– Les nuits sont encore très fraîches au printemps, ajouta Marceline.

De retour chez elle, Milly vérifia une dernière fois que tout était prêt pour recevoir les enfants. Elle réalisa cependant que Belvadara Johanson ne lui avait pas indiqué les horaires de cours. À quelle heure commençait la classe ?

Le lendemain, elle se leva vers 6 h 30, prit un copieux petit déjeuner et fit ses exercices quotidiens de gymnastique. Elle était très souple et bien plus musclée que la plupart des femmes qui pensaient que le sport était réservé aux hommes.

Vers 7 h 30, elle était prête. Peut-être allait-elle attendre encore une heure ou deux avant que les enfants arrivent. Elle s'installa sur sa chaise de professeur avec une grande tasse de thé et son recueil de poésies préférées. Ainsi, il serait plus facile qu'en lisant un roman d'interrompre sa lecture à n'importe quel moment. De nombreux cavaliers passaient dans la grande rue, depuis l'aube. Milly regardait par la fenêtre dès qu'elle entendait des sabots. Elle vit passer des Indiens. Ils montaient à cru. Ils avaient fière allure.

L'attente lui sembla interminable. Pourtant, dès 8 h 30, Belvadara Johanson et ses quatre garçons ouvrirent la porte. Ils se suivaient à la queue leu leu et marchaient tous comme leur mère, en ouvrant les pieds vers l'extérieur. « Les petits de l'oie » pensa Milly.

– Bienvenue, les enfants ! J'espère que nous allons bien nous amuser ensemble, lança-t-elle.

Le visage de Belvadara s'obscurcit.

– Vous amuser ? Mais en général, l'école n'est pas faite pour s'amuser.

– En général, répondit Milly en souriant. Mais je ne suis pas très générale. Je suis convaincue que l'apprentissage est plus rapide s'il se fait dans la joie et le jeu.

– Nous reparlerons de ça dans quelques semaines ! lança Belvadara. Je demande à voir.

Une petite fille de 7 ou 8 ans entra à cet instant. Elle tenait très serrée la main de sa mère. Elle s'appelait Rose. Sa mère travaillait au saloon. Belvadara salua la femme, sans un sourire. Elle signifiait ainsi qu'elle ne l'appréciait pas. Mrs Gartrell était en fait une ancienne entraîneuse du saloon de Violetta Jeckins. Une fille mère qui était venue vivre à l'Ouest pour cacher son enfant à sa famille de Pennsylvanie. Elle avait rencontré Howard Gartrell au saloon, et l'avait épousé. Pour Belvadara, Johanna Gartrell demeurait une fille de petite vertu. Elle regrettait que Rose fréquente la même école que ses garçons, mais ne pouvait rien contre cela. Or tout ce qui demeurait incontrôlable exaspérait Belvadara au plus haut point. Il fallait alors qu'elle exprime son mécontentement. Johanna Gartrell était très jolie. Elle offrit un beau sourire matinal à Belvadara, qui resta de marbre. La petite Rose connaissait bien les enfants

Johanson. Ils ne s'adressèrent cependant pas la parole en présence de leurs parents, les garçons ayant reçu l'ordre de ne pas fréquenter la petite.

Puis quatre autres enfants se joignirent aux premiers. Lena, 12 ans, très blonde, timide, Epsey-Ann, 10 ans, la peau basanée, les yeux en amande, un regard franc, un caractère décidé, Paul, 13 ans, l'air ahuri, les cheveux en bataille, une dent cassée, un sourire un peu idiot, et Isabel, 11 ans, maniérée, très apprêtée. Sa mère tenait le salon de thé. Elle avait apporté un petit carton plein de biscuits pour fêter l'arrivée de Milly à Tolstoy.

Mrs Johanson s'étonna de la présence de Paul à l'école. Elle ne semblait pas le connaître. Cela la dérangeait. Son père qui l'accompagnait avait un fort accent étranger.

– C'est Paul Polonius, mon fils, expliqua-t-il. On est arrivés le mois dernier.

– Où habitez-vous ? demanda Belvadara Johanson, en relevant le menton pour se sentir moins petite devant le grand homme et son grand garçon.

– Sur la route de Virginia City. On a une ferme.

– Ah oui ! Je vois ! Vers Sunset Junction, c'est ça ? répondit Belvadara, l'air soulagé.

Pendant quelques minutes, elle avait craint de ne plus tout savoir sur sa petite ville.

– Votre femme vend des œufs frais, n'est-ce pas ? ajouta-t-elle.

– Parfaitement, m'ame, parfaitement. Le petit allait à l'école sur l'autre continent... Mais là, ça fait un moment qu'il n'a plus rien appris.

Belvadara voulut s'assurer que l'enfant n'était pas trop âgé, car il était très costaud et un épais duvet recouvrait déjà sa lèvre supérieure.

Milly assura que l'âge ne posait aucun problème. L'essentiel demeurait l'envie d'apprendre.

– As-tu envie d'apprendre, Paul ? demanda-t-elle.

– Oui, Miss.

– Miss Burnett, précisa Mrs Johanson.

Le petit homme sec à la peau burinée, qui avait souhaité la bienvenue à Milly l'avant-veille, était effectivement un fermier lui aussi. Il venait accompagner ses trois enfants en charrette. Les noms de Gideon, Myrtil et Emmett Bowfinger s'ajoutèrent donc sur la liste des élèves de la classe. Là encore, Belvadara parut étonnée.

– Il me semble vous avoir déjà vu à l'épicerie, monsieur. Je ne savais pas que vous aviez des enfants. Pourquoi n'ont-ils pas fréquenté notre école au semestre dernier ?

– On avait dit à ma femme que l'institutrice était très dure. Ma femme ne veut pas qu'on fasse de mal aux petits.

– Miss Pembleton avait ses raisons. Rien ne vaut la discipline, répondit Belvadara.

– On a tous nos raisons, rétorqua Mr Bowfinger en souriant gentiment.

Milly s'assura que sa classe était au complet. Les parents qui avaient accompagné leurs enfants étaient repartis. Belvadara Johanson, elle, ne semblait pas décidée à bouger.

Milly indiqua aux enfants l'étagère sur laquelle ils pouvaient déposer leur gamelle, pour le déjeuner, et les pria d'accrocher leurs manteaux aux patères destinées à cet effet.

– Voilà, dit-elle ensuite à Belvadara. Je crois que nous allons pouvoir commencer la classe.

– Oui, je crois aussi, répondit Belvadara, sans pour autant envisager de partir.

Milly, incommodée par sa présence, s'approcha de la porte en espérant que Belvadara allait la suivre. Mais rien n'y fit. La mère des quatre garçons semblait vouloir surveiller cette première journée de classe.

– Mrs Johanson, je crois que vous pouvez y aller maintenant, finit par dire Milly. Ne vous inquiétez pas pour vos fils. Ils sont en sécurité avec moi.

– Je ne m'inquiète pas du tout. Je vous en prie, faites comme si je n'étais pas là.

– C'est impossible. Vous êtes là, rétorqua Milly aimablement.

Elle essayait de détendre l'atmosphère pesante que Belvadara Johanson avait su créer en si peu de temps.

– Je dois rendre compte de cette première journée au *Board of National Popular Education,* expliqua Belvadara.

– Vos enfants vous feront un compte rendu, dans ce cas.

– La parole des enfants n'a tout de même pas la même valeur que celle des adultes.

– La parole des enfants est encore plus précieuse. Faites-moi confiance ! murmura Milly en restant près de la porte ouverte, afin d'inciter Belvadara à sortir.

Belvadara, décontenancée, bousculée par la réponse de la jeune femme, partit la tête haute en déclarant qu'elle était en train d'oublier un rendez-vous à la banque.

Milly fit tinter la cloche posée sur son bureau. La classe commençait. Sa nouvelle vie commençait. Les enfants s'assirent où bon leur semblait. Milly aurait dû leur imposer une place, mais elle souhaitait les mettre en confiance avant tout. Malgré l'absence de consignes, les garçons se placèrent d'un côté, les filles de l'autre. Milly énonça les règles de l'école comme on lui avait appris à le faire lors de sa formation. Pourtant, elle oublia délibérément quelques points qui ne lui paraissaient pas importants. Elle ne voyait pas, par exemple, pourquoi les enfants auraient dû marcher en file indienne pour entrer dans la classe, alors qu'ils n'étaient pour l'instant que douze. Elle dit :

– Retirez vos chapeaux avant d'entrer en classe. Il est interdit de parler dans la classe.

Les enfants ne peuvent prendre la parole que si leur professeur les y autorise.

Tenez-vous correctement, soyez polis.

Si vous ne regardez pas le professeur, vous n'écoutez pas. Si vous n'écoutez pas, vous n'apprenez pas.

Levez-vous pour réciter vos leçons ou lorsque le professeur vous parle.

Si quelqu'un salit quelque chose, il le nettoie.

Nous ferons un roulement pour aller chercher l'eau au puits chaque matin.

Puis elle marqua un long silence. Elle n'aimait pas ce qu'elle venait de faire, mais pouvait-on se passer de cela lorsqu'on devenait enseignante ? Elle n'aimait pas les lois parce qu'elle craignait d'avoir à punir ceux qui ne les respectaient pas.

Milly fit connaissance avec ses élèves. Elle vérifia leurs acquis, les incita à parler. Il pleuvait à l'heure du déjeuner. Les enfants durent manger dans la classe. Milly prit un grand plaisir à leur lire des histoires. Elle aimait leurs regards émerveillés et rêveurs.

La journée fila ainsi joyeusement.

Les enfants semblaient ravis. Les quatre fils Johanson ne tarirent pas d'éloge au sujet de Milly. Belvadara tentait pourtant de trouver quelques défauts à la nouvelle recrue, mais elle semblait manifestement la seule à critiquer l'attitude « peu sérieuse » de l'institutrice. Bien sûr, Rebecca Clarck était de l'avis de Belvadara, bien qu'elle n'eût pas d'enfants et qu'elle n'eût pas assisté à la classe.

– C'est ce petit air qu'elle a parfois, qui est dérangeant, disait-elle.

– Exactement, elle a ce petit air... répétait Belvadara.

Plus les jours passaient et plus Milly accueillait de nouveaux élèves. La rumeur s'était vite propagée. Milly était une gentille jeune femme. Elle s'occupait bien des enfants. Les parents appréciaient son humanité, sa douceur. Certains lui reprochaient l'absence de punitions, mais Milly se contentait de répondre :

– Je n'ai pas été élevée de la sorte. Je doute que les punitions et les châtiments soient utiles à qui que ce soit.

Parfois, elle avait pourtant du mal à tenir tout à fait calmes ses vingt élèves, mais l'heure de la lecture à haute voix apaisait facilement la classe entière. Milly était une lectrice enjouée, captivante.

Rose Gartrell se révéla une excellente élève. Un dimanche, comme plusieurs parents le lui avaient demandé, Milly organisa un concours d'orthographe. Désormais, il y en aurait un chaque mois. Il s'agissait d'épeler à haute voix des mots tirés au sort dans un chapeau. Tous les parents avaient apporté leur chaise pour s'installer dans la petite école et applaudir leurs enfants. Il faisait beau, le printemps s'était véritablement installé à Tolstoy. Milly avait laissé la porte ouverte. On entendait les chevaux passer, les oiseaux chanter, les gens discuter. D'ailleurs, un groupe de cavaliers venait de s'arrêter à quelques mètres de l'école. Phil Johanson fronça les sourcils en les observant par la fenêtre. Les enfants avaient revêtu leurs habits du dimanche. En fait, ceux qui fréquentaient l'église ne s'étaient pas changés après la messe, les autres portaient aussi leurs plus jolies tenues pour l'événement. Annette Anson avait préparé des pâtisseries. Milly, elle, avait rempli des pots de thé et de café pour accueillir le groupe. Rebecca Clarck accompagnait Belvadara Johanson. Toutes deux se tinrent systématiquement à l'écart de Johanna Gartrell. Leurs visages exprimèrent une certaine amertume lorsque la petite Rose remporta le concours. Milly lui remit un almanach en guise de prix. Elle avait demandé à John Witherspoon d'en acheter un à Virginia City lorsqu'il était allé chercher sa provision de farine. Milly avait payé le livre de sa poche, aucune cagnotte n'étant prévue par le *Board of National Popular Education* pour les frais inhérents aux activités de l'école.

La petite fut très applaudie. Belvadara et Rebecca firent un gros effort pour taper deux ou trois fois leurs mains l'une contre l'autre. Mais soudain, se mêlant aux applaudissements, des coups de feu vinrent interrompre les réjouissances, juste devant l'école.

Des bandits, de ceux que l'on appelait les *road agents*, venaient de tirer sur un mineur. Ils l'avaient fait descendre de son cheval, lui avaient volé l'or qu'il rapportait de la mine et l'avaient abattu froidement. Phil se précipita à l'extérieur, les autres parents le suivirent. Milly tenta d'empêcher les enfants de sortir. L'homme agonisait sur les cailloux de la route, à quelques mètres de là. Il hurlait. Son cheval, affolé par les coups de feu, était parti au galop vers le centre-ville. Les bandits, au nombre de trois, avaient filé à l'opposé, vers Virginia City. Phil prit la main de l'homme à terre. Il connaissait bien les orpailleurs qui s'approvisionnaient tous dans son épicerie.

– Ça va aller, Sam, on va appeler le doc, dit-il pour tenter de le rassurer.

Phil lança un regard autoritaire à Belvadara. Elle partit chercher le médecin. Elle essayait de se presser mais son imposant derrière et ses courtes jambes semblaient ralentir sa course. L'épicier ordonna à son fils aîné de faire plus vite que sa mère. Liam ne se fit pas prier. Il détala jusqu'à la maison du médecin et revint sur le cheval du docteur Ha Fong, qui ne put que constater le décès du pauvre mineur.

– Il faut pendre ces *agents*, déclarèrent deux hommes dans la rue.

– Nous ne sommes pas des *Vigilantes,* se révolta Phil. Nous ne pouvons pas agir au nom de la justice. Nous devons les arrêter. Ensuite, ils seront jugés.

Tous les regards se tournèrent vers les deux hommes. Faisaient-ils, eux, partie de l'organisation des fameux *Vigilantes ?* Luttaient-ils « à leur façon » contre la délinquance et le crime sur le territoire du Montana ? Les *Vigilantes* avaient déjà capturé et pendu de nombreux *road agents* mais leurs pendaisons abusives ne rassuraient pas la population de Tolstoy. On craignait leurs jugements hâtifs sans véritables preuves ou fondements. Les tribunaux étaient encore peu nombreux dans la région et les effectifs d'une véritable police, encore trop minimes, ne servaient pas à grand-chose lorsque les *Vigilantes* décidaient de sévir dans une ville.

Le shérif assura qu'il mettrait tout en œuvre pour attraper les assassins et les badauds l'applaudirent. Milly avait refermé la porte de l'école. Certaines mères étaient restées également à l'intérieur, pour s'occuper de leurs enfants. Milly servit des gâteaux et tenta de focaliser l'attention des élèves sur autre chose que ce corps gisant devant leur fenêtre. Bientôt, on l'emporta sur un petit chariot tiré par un mulet. Les discussions allaient bon train devant l'école. Milly incita les parents à revenir boire un café.

– La vie continue, dit le père de Paul Polonius. À la vôtre !

Belvadara et Rebecca parurent choquées par la réflexion du fermier. Et comme Belvadara avait une grande influence sur certains habitants de la ville, personne ne trouva le courage de répondre à l'homme. Il était sans doute un peu tôt pour se réjouir d'être en vie.

– À la vôtre, Mister Polonius, dit Milly tout bas. Vous avez raison, la vie continue. Cependant, parfois, il est préférable de ne pas le faire remarquer.

– Moi, je sais pas faire des manières, pardon ! dit le grand homme qui ressemblait soudain à un petit garçon.

– Moi je sais, mais je n'aime pas ça, chuchota Milly.

7

La gaieté, l'entrain, la gentillesse, la disponibilité de Milly continuaient de séduire la plupart des parents et des enfants. Les hommes parlaient d'elle avec un petit sourire conquis, les femmes n'arrivaient pas à lui en vouloir d'être aussi charmante tant elles sentaient leur progéniture en de bonnes mains à ses côtés.

Milly était réputée pour ses lectures à haute voix. Il n'était pas rare que certaines personnes se joignent aux élèves pour l'écouter lire les histoires entre 15 et 16 heures, chaque après-midi. Au bout d'un mois, elle eut d'ailleurs, plusieurs fois, la surprise d'apercevoir un groupe de quatre Indiens, assis sur le talus d'en face, derrière l'école. Ils profitaient de la lecture lorsque Milly laissait les fenêtres ouvertes. Marceline lui apprit qu'il s'agissait de la tribu des Pend d'Oreilles. C'était les trappeurs français canadiens qui leur avaient donné ce nom parce que ces Indiens portaient des coquillages suspendus à leurs lobes.

Les Pend d'Oreilles faisaient partie des Indiens les plus pacifiques. Ils étaient toujours prêts à aider les Blancs. Ils habitaient dans des tipis dès qu'il faisait beau et rejoignaient leurs cabanes et leur vie sédentaire en hiver. Milly leur adressait un petit signe amical lorsqu'elle les apercevait.

Marceline était très présente dans le quotidien de Milly. Les deux femmes s'entraidaient, s'invitaient à dîner. Milly appréciait le mystère de sa voisine. Elle ne cherchait plus à en savoir davantage. Elle l'aimait bien ainsi, sans rien connaître de son histoire personnelle. Lorsque par hasard, au détour d'une conversation, elle se prenait à lui poser une question dérangeante, elle s'excusait immédiatement en ajoutant :

– Je ne sais même pas pourquoi je vous demande ça. Ça ne me regarde pas.

Grâce à Marceline, grâce à ses élèves issus de familles si diverses, Milly découvrait petit à petit l'ouverture, la tolérance, la différence de l'Ouest.

Belvadara Johanson surveillait de près le programme scolaire de ses enfants. Lors d'une soirée organisée par les Clyne, Belvadara profita d'un silence pour demander :

– Miss Burnett, dites-nous un peu de quelle façon vous abordez la religion dans votre enseignement ?

Je suis le travail de mes loustics, mais je n'entends pas beaucoup parler de Dieu. Est-ce que vos programmes sont en accord avec ceux du *Board of National Popular Education* ?

– Je trouve l'enseignement de Miss Burnett irréprochable, rétorqua Annette Anson. Isabel a fait de gros progrès grâce à elle. Franchement, je me fiche un peu de ce qu'a décidé le *Board*... à des milliers de miles de Tolstoy. Nos vies sont si différentes ici ! Je me demande comment il est possible qu'un seul programme convienne à toutes les écoles américaines.

– Je parle de Dieu. Dieu est le même partout, rectifia Belvadara.

Elle se trouvait tout à coup très intéressante et très pertinente.

– Non, Dieu n'est pas le même partout, dit Margaret Clyne. Voyez nos Chinois, nos Indiens... leurs dieux ne sont pas le nôtre.

– Je parle de gens normaux, ponctua Belvadara.

Phil Johanson prit son visage entre ses mains, l'air navré.

– Belvadara, je t'en prie, tourne sept fois ta langue dans ta bouche avant de parler. Tu ne te mets pas en valeur lorsque tu dis des choses pareilles.

La douzaine d'invités marqua un temps de surprise. Jamais on n'avait entendu le père Johanson faire une remarque aussi négative à sa femme en public. Il ne ressemblait plus à l'homme un peu soumis qu'il avait toujours semblé être.

En sortant de chez Tim et Meg, Belvadara lui dit :

– Je crois que Miss Burnett t'es montée à la tête. Tu n'es plus le même depuis qu'elle est là. Ses idées ne te conviennent pas du tout.

– Je n'ai pas changé, Mrs Johanson. Toi, en revanche, tu essaies à tout prix de trouver des défauts à cette jeune femme.

– Je suis une mère responsable. Je surveille l'éducation de nos enfants.

Ce soir-là, Milly était rentrée à pied, toute seule. Plusieurs mineurs devant les saloons la saluèrent. Malgré les remarques de Belvadara Johanson, elle se sentait à sa place à Tolstoy. Pourtant, certains mineurs célibataires s'étaient révélés dangereux. À deux reprises, le soir, elle s'était fait aborder et molester devant l'un des saloons par des soûlards, que d'autres hommes s'étaient chargés de corriger. Ici, on n'hésitait pas à utiliser les poings ou le colt pour régler le moindre problème.

Milly trouvait cela fâcheux et primitif. Elle essayait d'inculquer d'autres moyens de défense à ses élèves. Paul Polonius lui avait fait remarquer qu'elle pensait comme une femme.

– Je pense, c'est tout, avait rétorqué Milly.

– Ça fait quoi, de penser ? avait demandé Paul Polonius.

Milly était tentée de lui répondre que cela rendait plus heureux mais elle réalisa qu'il s'agissait peut-être d'un mensonge, et elle ne souhaitait pas mentir à ses élèves. Elle demeurait leur guide et leur référence.

Tim Clyne, le shérif, avait mis des bandits en prison à Tolstoy. Il s'agissait des trois *road agents* qui sévissaient dans la région et avaient tué Samuel, le mineur. Un homme gardait donc le bureau du shérif et sa prison, nuit et jour. Il était assis dehors. Il fumait le cigare et jouait du banjo. Il salua Milly d'un mouvement de tête.

Le lendemain matin, on le retrouva mort au même endroit, étranglé par une corde. Les bandits avaient réussi à s'échapper. Milly ressentit une violente nausée lorsqu'un enfant lui apprit la nouvelle. Avait-elle vraiment envie de rester dans cette ville où la vie ne valait pas grand-chose, où la justice n'était rendue que par des injustes ?

– C'est la dure loi de l'Ouest, lança Farell dans la classe, sans même demander à prendre la parole.

– Il n'y a pas de loi ici, rectifia Epsey-Ann. Mon père s'est fait pendre par les *Vigilantes,* juste parce qu'ils pensaient qu'il avait volé un cheval. Mon père n'était pas un voleur.

Ainsi, Milly apprit-elle qu'Epsey-Ann n'avait plus de père. Rose non plus n'avait plus de père. Il avait été emporté par le choléra. Voilà pourquoi Milly n'avait jamais vu Annette Anson accompagnée. Malgré ses nombreuses tentatives d'approche, Milly ne savait pas grand-chose de ses élèves. Finalement, Marceline n'était pas si différente du reste de la population de Tolstoy, proche et secrète à la fois. Ici, il n'était pas nécessaire de bien connaître son prochain pour l'apprécier ou l'aider. Milly avait pensé qu'elle allait découvrir plus d'authenticité, plus de proximité, plus de chaleur à l'Ouest, mais elle commençait à être un peu déçue. Elle avait fui la superficialité des gens de l'Est pour trouver ici tout aussi peu de véritable communication. Milly aimait les mots mais elle avait l'impression, bien souvent, d'être seule à s'exprimer. Il lui semblait qu'elle en donnait beaucoup plus d'elle qu'elle n'en recevait. Cela ne l'avait pas gênée jusqu'ici. Elle était d'une nature très généreuse et le plaisir d'offrir compensait largement l'absence de prodigalité des autres. Mais soudain, elle ressentit plus fort cette retenue, cette économie perpétuelle dans le comportement de ses voisins, cette rareté du partage qui contrastait avec une apparente générosité. Seuls certains de ses élèves se livraient parfois sans réserve et, en cela, elle appréciait d'avoir accepté un poste d'institutrice.

En fait, Milly commençait à se sentir un peu seule. Ses parents, ses frères, ses amis du Massachusetts lui manquaient. Elle écrivit de longues lettres à chacun d'entre eux et les remit à Elwood McDonahue, afin qu'il les dépose au bureau de la *Holladay Overland Mail and Express Company*, à Virginia City, qui assurait l'acheminement du courrier vers l'Est. Ce fut l'occasion d'échanges plus intéressants, plus intenses que d'habitude avec Elwood, et Milly ne s'en plaignit pas.

Milly rencontra Elwood McDonahue, par hasard, dans la boutique des Johanson. Elle lui demanda s'il pouvait lui rendre ce service. Cela lui éviterait d'attendre une semaine de plus la diligence qui ramassait le courrier des petites villes autour de Virginia City. Elwood ne se fit pas prier pour suivre Milly jusque chez elle. Là, il allait récupérer ses lettres. Il tenait son cheval par la bride et avançait à côté, tout doucement, s'enquérant du bien-être de Milly à Tolstoy.

– Je ne sais pas encore si cette vie est faite pour moi, lui avoua Milly. Certains jours, je suis emballée, je me dis que je n'aurais pas pu faire un meilleur choix, d'autres, je me trouve idiote d'avoir enduré un voyage aussi périlleux pour le peu de satisfactions que m'apporte le quotidien ici. Les gens sont tout de même très fermés. J'ai l'impression de les déranger dès que je m'intéresse à eux. Peu d'amitiés peuvent naître de tels échanges.

– Vous pensez trop, Miss, c'est ça votre problème. Ici, les gens agissent. Ils ne pensent plus. Ils agissent, ils s'enrichissent, ils avancent...

Elwood McDonahue trouvait Milly irrésistible, mais il savait qu'il n'avait aucun talent de séducteur. Jusqu'ici, il n'avait réussi que dans les affaires. Lui aussi avait décidé d'arrêter de penser. Il s'enrichissait plus encore que la plupart des pionniers installés dans la région et ne s'était jamais demandé ce qu'il allait bien faire de tout cet argent. L'envie de fonder une famille lui avait bien traversé l'esprit, mais cela lui demandait trop d'efforts. Il n'aimait pas l'idée qu'une femme puisse dépendre de lui. En cela, il n'appréciait que plus encore le caractère indépendant de Milly. Lui-même avait du mal à déterminer s'il s'agissait de pingrerie ou d'une certaine ouverture d'esprit. Il demanda conseil à Milly d'une façon inhabituelle pour les gens de la région, et Milly lui répondit :

– Si vous ne savez pas faire la différence entre votre radinerie et votre féminisme… Je pense que cela signifie que votre argent prend le dessus de n'importe quelle valeur chez vous.

– Vous avez raison ! Je n'arrive pas à trouver une autre raison que l'argent à ma volonté de voir les femmes prendre leur indépendance. Je ne suis pas partageur, voilà tout.

– Mais l'indépendance des femmes ne s'arrête tout de même pas à leur autonomie financière…

Elle attendit une réponse pendant quelques secondes, mais Elwood ne comprenait pas tout ce que disait Milly. Il hochait la tête pour plaire à la jeune femme.

– En tout cas, je peux vous assurer que vous, vous pensez ! s'exclama Milly en ouvrant la porte de l'école. C'est juste qu'en général vous n'avez personne à qui confier ce qui vous préoccupe, mais vous pensez, c'est certain.

Milly remit ses lettres au grand rouquin qui repartit au galop vers Virginia City. Il voulait arriver avant la tombée du jour. Milly le regarda s'éloigner. Le soleil rouge allait bientôt se coucher au ras des montagnes, le cheval laissait derrière ses sabots un nuage de poussière claire. Un grand aigle tournait au-dessus de la prairie qui prolongeait le terrain de l'école. Ses cercles se rétrécirent avant qu'il tombe en piqué sur un pauvre rongeur. Il repartit en glatissant fièrement, sa proie coincée entre les serres. Les ailes claquèrent trois fois. Il prit de l'altitude et disparut dans les rayons bas et colorés de la fin d'après-midi.

Marceline rejoignit Milly devant l'école. Elle lui offrit des fruits de son jardin.

– Merci, Marceline ! Je suis touchée mais je ne sais pas comment vous rendre l'équivalent de tous ces cadeaux que vous me faites. J'aimerais bien pourtant...

– Vous pourriez m'aider à préparer des fruits séchés et des confitures, si ça vous amuse. Et vous verrez comme nous serons heureuses de trouver ces délices l'hiver prochain.

Milly accepta la proposition avec enthousiasme. Tout ce qui la sortait de son quotidien répétitif lui plaisait démesurément. Ainsi s'inscrivit-elle aussi à l'atelier « *quilts* et patchworks » de Dorothea Perkins et au club de bridge qui se tenait au salon de thé d'Annette Anson, chaque mardi vers 17 h 30. Mais les conversations bien-pensantes et superficielles de la plupart des femmes l'agaçaient trop pour qu'elle fréquente assidûment ces lieux. Elle allait faire aussi de belles et longues promenades autour de l'école. Elle ne craignait pas de se promener seule, même si elle avait déjà rencontré un grizzli, un lynx et des coyotes, même si elle s'était foulé la cheville sur des pierres en essayant de sauter sur un rocher pour traverser un cours d'eau. Rebecca lui avait conseillé de se faire accompagner par un homme, un banquier, avait-elle ajouté en riant, « parce qu'il n'y avait décidément pas mieux que les banquiers pour prendre soin des femmes », « ou les commerçants » avait ajouté Belvadara Johanson. « De toute façon, les femmes ne sont pas faites pour se promener seules », avait conclu Rebecca, « pas plus qu'elles ne sont faites pour vivre seules, d'ailleurs. Vous n'allez pas tarder à me comprendre, jeune femme » !

Pourtant, plus les jours passaient et plus Milly appréciait sa vie de célibataire. Elle avait beau être courtisée par la plupart des hommes de la ville, elle aimait pouvoir organiser ses journées à sa guise sans dépendre de qui que ce soit.

Elle expérimentait les divertissements qui s'offraient à elle, cherchait ses marques, tentait de se prouver que son exil avait été un bon choix, mais, malgré tout, il lui était difficile de s'en convaincre complètement.

Les enfants progressaient tous à leur rythme. Régulièrement, Belvadara Johanson se plaignait de l'absence d'éducation religieuse, si bien que Milly eut l'idée de lui prêter sa salle de classe le mardi après l'école (pendant que Milly se rendait chez Annette Anson), afin qu'elle se charge elle-même de cet enseignement. Belvadara était aux anges. Jamais elle n'aurait pensé qu'un jour on lui confierait un « travail de professeur ». Cette heure de cours était facultative. Elle avait donc très peu d'élèves : ses quatre fils et les enfants des autres commerçants de la rue. Elle était si désagréable lorsqu'on la contrariait que certaines mères préféraient laisser leur progéniture une heure de plus à l'école « afin d'éviter les problèmes ». Peu importait, en fait, le sujet et le contenu des leçons. Belvadara Johanson aurait annoncé qu'elle allait enseigner le french cancan, de nombreux parents l'auraient suivie de la même manière, simplement pour la satisfaire et se mettre ainsi à l'abri de ses réactions.

Grâce à sa brillante idée, Milly avait réussi à ne plus être importunée par Belvadara. Cette dernière lui demandait cependant trop souvent de « faire le point» pour «évaluer les élèves». Milly la trouvait pathétique mais assez amusante, finalement. Elle la laissait s'exprimer sans jamais la contredire. Belvadara ponctuait ses phrases de: «Je vois que nous sommes d'accord» et Milly répondait d'une voix très douce: «En partie, Belvadara... en partie.»

Un jour, Phil Johanson remercia Milly d'avoir confié une telle mission à sa femme.

– Entre les cours et vos réunions, ça me laisse un peu plus de trois heures tranquilles par semaine. Ce n'est pas négligeable, je vous assure, dit-il en plaisantant.

On sentait pourtant que Belvadara ne lui accordait véritablement aucun répit.

8

Un après-midi, après la récréation, pendant qu'Emmett Bowfinger récitait un poème, un garçon, un homme presque, entra timidement dans la classe. Il demanda :

– J'peux m'asseoir au fond ?

Milly l'observa de la tête aux pieds. Il était grand, très mince, le regard clair, les mains noires de saleté, les cheveux collés par la poussière. Il portait son chapeau de cow-boy en arrière, pour avoir l'air gentil, mais on sentait bien qu'il n'était pas toujours tendre.

– Il paraît que vous lisez bien les histoires, dit le garçon.

– Qui vous a dit ça ?

– Les Pend d'Oreilles. Moi, j'aime ça, les histoires des livres.

Les enfants considéraient le jeune homme avec frayeur.

– Quel est votre nom ? demanda Milly, en essayant d'avoir l'air sévère et sérieuse.

Au fond d'elle, elle avait un peu peur du colt que le garçon portait à la ceinture. Mais ce divertissement inhabituel n'était pas sans lui plaire.

– C'est Joshua ! dit Paul Polonius. C'est un voyou.

– Josh, Miss, c'est comme ça qu'on m'appelle, pas Joshua. Je peux m'asseoir au fond ? Juste aujourd'hui ? demanda le jeune homme.

Milly hocha la tête. Une rumeur se propagea dans la classe. Les enfants parurent surpris par la réaction de leur institutrice.

– Tu dois retirer ton chapeau ! lança Gideon. C'est écrit sur la liste des règles de la classe.

Josh s'assit par terre, au fond de la pièce. Il étala ses longues jambes. Il portait de vieilles bottes usées et des éperons rouillés.

– On ne s'assoit pas par terre ! se révolta Farell. Ça va pas la tête !

– Une fois n'est pas coutume, dit Milly. Nous n'avons plus de place sur les bancs, de toute façon.

Le jeune homme se releva et dit :

– Je vais rester debout, c'est pas grave.

Milly hésita un moment devant ses livres. Il fallait faire le bon choix, trouver l'histoire qui captive autant cet adolescent que le reste des enfants. Elle finit par choisir *The Water Babies,* de Charles Kingsley, un conte de fées qui allait certainement faire rêver la classe entière. Elle imagina que Joshua était certainement en quête d'histoires fantastiques ou irréelles. Elle l'avait entendu dans ses quelques mots, elle l'avait lu dans ses yeux demandeurs.

Elle s'installa sur une chaise face aux enfants et lut pendant une heure. Josh avait fini par s'asseoir de nouveau par terre, le dos plaqué contre le mur du fond. Il regardait droit devant lui, mais il ne semblait pas fixer Milly. Il voyait plus loin, il voyageait partout où la douce voix de l'institutrice l'emmenait.

Les enfants qui, dans les premières minutes ne pouvaient se retenir de jeter des œillades craintives en direction du garçon, avaient fini par l'oublier tant l'histoire de Milly les avait emportés.

Elle lisait si bien l'histoire de Tom, le jeune et pauvre petit ramoneur, qui ne se lavait jamais, qui ne savait ni lire ni écrire et qui était maltraité par son maître. Josh s'identifia rapidement au pauvre Tom et suivit l'histoire avec grand intérêt.

Il revint le lendemain à la même heure. Il voulait connaître la fin du conte. Cette fois, il ne dit rien en entrant. Milly le salua pourtant, mais il se contenta d'hocher la tête. Il s'assit encore au fond de la classe.

Myrtil remarqua :

– C'est un bandit. Mon père a dit que c'était un bandit.

Milly fit mine de ne rien entendre. Elle poursuivit l'histoire commencée la veille.

– Il a les mains sales, dit encore Myrtil, à la fin d'un chapitre. Et il a gardé son chapeau !

– Josh, ce serait bien d'ôter votre chapeau quand vous entrez dans la classe, fit remarquer Milly.

Josh posa son chapeau sur ses genoux. Milly observa ses cheveux, secs et blonds comme de la paille. « Quel âge pouvait-il avoir ? se demanda-t-elle. Et pourquoi le jeune garçon se promenait-il avec une arme ? Était-il réellement un bandit ? » Il avait un regard vif et gentil. On aurait même dit qu'il était un peu timide par moments, mal à l'aise en tout cas. Elle reprit sa lecture. Il ne clignait pas les yeux, il retenait sa respiration par instants, se mordait la lèvre, vivait l'histoire intensément.

Il sortit sans même remercier Milly. Il suivit simplement les élèves. Il avait remis son chapeau et marchait en regardant ses bottes, encore tout absorbé par la lecture de son institutrice.

Belvadara Johanson attendait ses garçons devant l'école. Ce n'était pas dans ses habitudes de venir les chercher. À cette heure-là, en général, elle aidait Phil au magasin. Mais comme la boutique était vide, elle prétendit qu'elle sortait pour se dégourdir les jambes. En fait, ses garçons lui avaient parlé de Josh et elle voulait s'assurer que le voyou n'était pas revenu à l'école. Lorsqu'elle l'aperçut, son visage se contracta. Elle attendit qu'il soit remonté sur son cheval pour aborder Milly.

– Qu'est-ce que ce garçon faisait dans votre classe ? C'est un petit bandit, vous savez. Il fait partie de la bande de son frère, Mitch. Et Mitch est l'un des trois types que Tim Clyne avait réussi à mettre en prison.

Milly sentit un frisson de peur traverser son ventre.

– Je ne savais pas, dit-elle posément. Il semble aimer mes lectures. Il n'a pas l'air méchant.

– Mais on voit bien que ce n'est pas un garçon comme il faut tout de même… Il n'a pas encore 17 ans, il n'est jamais allé à l'école… enfin, pas que je sache…

– Où habite-t-il ? demanda Milly.

– Ses parents sont morts de la fièvre jaune, c'est son frère qui l'a élevé. Ils habitaient tous les deux dans une cabane, près de la ferme des Polonius mais, depuis que son frère est recherché, je me demande si le gamin n'habite pas seul… Des Indiens l'ont pris sous leur aile aussi. Des Crees, il paraît. Il n'a pas de bonnes fréquentations.

– Le pauvre.

– Je n'ai pas de compassion pour les bandits.

– Mais pour les orphelins ? On ne peut pas manquer d'altruisme en face d'un orphelin, tout de même.

– Jeune femme, j'ai appris à me blinder. Vous apprendrez aussi. Ici, on doit être méfiant. Refusez l'entrée de votre école à ce type !

– Ce n'est pas évident. Il ne fait de mal à personne.

– Mes garçons ne sont pas en sécurité si vous accueillez n'importe qui.

– Il ne reviendra sans doute pas, ne vous inquiétez pas.

– Je m'inquiète, je m'inquiète pourtant. Il s'agit d'une école, Miss Burnett, pas d'un saloon.

– Dans un saloon, personne ne lit des histoires, modéra Milly en retournant dans l'école.

Elle s'y enferma pour ne pas poursuivre la conversation.

Elle se prépara un thé, s'assit par terre sur le tapis, le dos contre le montant de son lit en bois, comme elle aimait à le faire. Elle inspira plusieurs fois profondément. Elle avait besoin de récupérer, de se ressaisir, de revenir au calme. Elle ne voulait pas tenir compte des remarques de Belvadara. Elles étaient bien trop nombreuses et souvent totalement inappropriées. Mais l'idée d'avoir reçu un bandit dans son école lui posait tout de même un problème. Qu'allait-elle lui dire s'il revenait assister à ses lectures. Était-il possible de lui refuser l'accès de la classe ? Était-ce d'ailleurs justifié ? N'avait-il pas encore l'âge de suivre des cours ? Elle pourrait lui demander de laisser son arme à l'entrée. Mais effectivement, cela transformait alors un peu l'école en saloon. Tous les hommes déposaient leurs colts à l'entrée des saloons de Tolstoy et de Virginia City pour rendre ces lieux plus « civilisés ». C'était un mot qui revenait souvent dans les conversations des femmes. Il fallait que tout devienne « civilisé » sur le territoire du Montana. C'était une sorte de mission. Pourtant Milly, elle, appréciait le côté sauvage et libre des natifs de la région qu'elle trouvait d'ailleurs tout aussi « civilisés » que les pionniers. Ces Indiens qui venaient de temps en temps écouter ses lectures en s'asseyant devant les fenêtres de l'école étaient des exemples de discrétion. Milly leur trouvait une élégance extraordinaire. Leur démarche souple, leur port altier, leurs regards francs et profonds, et la façon silencieuse et modeste avec laquelle ils repartaient dès que l'histoire était terminée – l'humilité et le grand respect qu'ils exprimaient ainsi pour Milly étaient leur façon à eux de la remercier –, tout cela plaisait à Milly. Joshua, lui, n'avait reçu aucune éducation. Il était gauche mais désireux de bien faire ou d'être aimé. Chez la plupart des gens, l'un allait d'ailleurs rarement sans l'autre. Milly ne pouvait pas lui en vouloir d'être rustre, sale et peu bavard. Malgré la peur provoquée par les mises en garde de Belvadara et de certains élèves au sujet du jeune bandit, Milly était heureuse d'avoir affaire à des élèves peu communs. Elle était venue à Tolstoy pour vivre de nouvelles expériences. La présence de Josh dans sa classe en était une toute particulière. Jamais, à l'Est, elle n'aurait pu rencontrer pareil personnage dans une salle de classe, ni même dans son entourage proche. Josh et Finn Flannagan étaient pour Milly de véritables garçons de l'Ouest : seuls et mystérieux.

Pourtant, Milly finissait par bien connaître la vie de Joshua. Les enfants répétaient ce que leurs parents leur avaient dit et cela confirmait effectivement les dires de Belvadara Johanson.

Le jeune homme ne revint pas pendant plusieurs jours et Milly put reprendre plus sereinement ses lectures. Les élèves étaient de nouveau très attentifs, du début à la fin. Elle se sentait plus à l'aise que lorsque Josh étalait ses grandes jambes sur le plancher, au fond de la classe.

9

Un samedi, devant le comptoir de l'épicerie de Phil Johanson, Elwood McDonahue proposa à Milly de lui faire visiter Virginia City et de la ramener le dimanche soir.

Milly n'hésita pas un instant. Belvadara lui reprocha de ne pas être là pour la messe. Milly expliqua qu'elle devait absolument se procurer de nouveaux livres pour en faire la lecture. Ce voyage serait en plus l'occasion d'acheter le matériel qui lui manquait pour enseigner comme elle l'aurait souhaité.

– Quel genre de matériel ? lança Belvadara en pointant le menton vers l'avant.

– Vous êtes trop curieuse, répondit Milly. Vous ne laissez jamais à personne le plaisir de vous surprendre.

– Comme c'est joliment dit, remarqua Phil.

Elwood McDonahue retint un éclat de rire. Il trouvait Milly si culottée, si pétillante. Même lui n'aurait jamais osé répondre à Mrs Johanson de la sorte.

– Vraiment, mon cher, l'arrivée de Miss Burnett ne t'a pas réussi du tout, constata une nouvelle fois Belvadara, dès qu'Elwood et Milly furent sortis.

Phil sourit.

Elwood et Milly firent donc le voyage ensemble, en calèche couverte. Elwood avait craint la pluie car les nuages étaient menaçants ce samedi-là. Rebecca et Belvadara les regardèrent partir en gloussant :

– Je te fais le pari qu'elle ne va pas conserver son poste, dit Rebecca. Une belle fille comme ça ne reste pas célibataire longtemps.

– Elle est tout de même très maigre, remarqua Belvadara. Peu d'hommes s'intéressent aux maigrelettes.

Rebecca poursuivit sans même écouter la remarque de son amie :

– Quand tu feras la prochaine demande d'institutrice au *Board,* ce qui risque de ne pas tarder, précise qu'elle doit être moche ! dit-elle en riant.

– Miss Burnett ne va tout de même pas se marier aussi vite. Elle connaît à peine Elwood... et puis, elle ne sait pas... Quand elle va savoir ce qu'elle doit savoir, elle changera certainement d'avis.

– Elle ne saura peut-être jamais... En tout cas, nous, nous savons des choses que nous préférerions ne pas savoir, n'est-ce pas, ma chère ?

Elles se firent un clin d'œil.

Belvadara aimait bien raconter à qui voulait l'entendre qu'Elwood avait un penchant peu « distingué » pour les filles du saloon. Elle ne l'avait pourtant jamais vu en compagnie de qui que ce soit, elle ne l'avait pas plus vu entrer au saloon de Violetta Jeckins, « le lieu le plus dépravé de Tolstoy », là même où avait travaillé Johanna Gartrell, la mère de la petite Rose. Belvadara n'avait aucune preuve de ce qu'elle avançait – et quand bien même elle en aurait eu, la plupart des hommes de la région passaient souvent chez Violetta juste pour boire un verre. Non, Belvadara avait seulement « eu des échos » au sujet des « mauvaises habitudes » d'Elwood. Et Belvadara était une colporteuse d'échos.

La calèche roulait maintenant vers Virginia City. Milly s'accrocha fermement au petit rebord sur le côté du siège tant la route était mauvaise. Elwood n'avait pas encore parlé.

– Je me demande ce que deux femmes comme Belvadara et Rebecca font dans une région pareille, dit-il soudain.

– Elles se construisent une vie de rêve, comme nous tous. Leurs rêves à elles ne sont simplement ni les miens, ni les vôtres.

– Elles me fatiguent. J'aime beaucoup Phil, mais Belvadara est à vous dégoûter du mariage, vous ne trouvez pas ?

– Je ne suis pas un homme, je ne sais pas. Je n'ai pas votre point de vue.

– Ah oui, c'est vrai. C'est étonnant d'ailleurs parce que je vous parle comme à un ami, comme à un garçon. Vous n'êtes pas banale, Miss Burnett.

– J'ai trois frères, j'ai été élevée au milieu de garçons. C'est peut-être la raison.

– Vous avez surtout un cerveau. C'est appréciable.

– Je vous remercie pour le compliment. Mais vous sous-entendez donc que la plupart des femmes n'ont pas de cervelle...

– Effectivement. Celles que je fréquente sont en général assez décevantes.

– Pourquoi cela vous importe-t-il, puisque vous dites vous-même qu'ici il n'est pas question de penser. « Ici, les gens agissent. Ils ne pensent plus. Ils agissent, ils s'enrichissent, ils avancent... » répéta-t-elle sans oublier un mot.

Elwood sourit et frappa doucement la joue de Milly de son poing fermé, comme il l'aurait fait à un vieux copain.

– Sacrée Miss Burnett ! dit-il.

Elwood McDonahue était propriétaire d'un appartement à Virginia City, au-dessus d'un magasin de dentelles qui fascina Milly.

– Ah ! Si ! Vous êtes quand même un peu une fille.. constata Elwood en riant.

Milly lui confia qu'elle noterait cette phrase dans son « journal des amusements ». Elle passa la journée dans les deux librairies de la ville. Elle ne savait plus où donner de la tête. Elle aurait bien tout rapporté à Tolstoy. Le choix était difficile, même s'il était pourtant restreint. Les librairies, ici, n'avaient rien à voir avec celles du Massachusetts, mais au moins elles avaient le mérite d'exister, bien que la lecture et la culture ne fussent pas la priorité des mineurs sur le territoire du Montana. De l'hébreu, du chinois, de l'allemand, du français… On y trouvait des livres écrits dans toutes les langues. Cela plut à Milly qui dut se contenter d'en acheter cinq, dont un recueil de contes, une pièce de théâtre qu'elle pensait faire jouer aux enfants et trois romans d'aventures. Lorsqu'elle fut de retour chez Elwood, elle regretta de ne pas avoir acheté aussi le livre de poèmes qui la tentait tant. Mais son salaire mensuel de 29,45 dollars était trop maigre pour qu'elle puisse se permettre d'autres écarts. Elle avait dépensé toutes ses économies pour payer son voyage d'Est en Ouest. Il ne lui restait maintenant que son revenu pour se débrouiller ici.

Le soir, Elwood l'invita au restaurant. Elle hésita à accepter la proposition. Elle ne voulait pas lui laisser penser qu'il pouvait espérer une quelconque relation amoureuse avec elle. Milly ne se sentait pas attirée par ce grand costaud. Finn Flannagan lui plaisait bien plus. Même si, depuis le jour où il l'avait raccompagnée sur son cheval, ils n'avaient plus échangé avec la même aisance. Ils craignaient tous les deux cette attirance mutuelle qu'ils avaient ressentie une fois assis l'un contre l'autre. Milly savait pourtant qu'ils n'avaient pas grand-chose en commun. Elle avait apprécié sa beauté, ses silences, ses rêves de voyage, la gentillesse de son regard. Cependant, lorsqu'elle le croisait dans la rue désormais, elle se contentait de le saluer de loin, en rougissant. Et lui n'osait pas venir vers elle, tant elle l'impressionnait. Pourtant, il pensait souvent à elle. Il aurait voulu l'inviter mais il ne savait pas où. Finn n'allait jamais au restaurant et quand on l'apercevait au bal, c'était parce que l'un de ses amis l'y avait traîné de force.

– Je viens, si vous invitez Milly-votre-copain, et non Miss Burnett, annonça la jeune femme à Elwood.

– Entendu, Milly-mon-pote. Nous parlerons des filles ensemble ! dit le grand homme.

Au restaurant, ils restèrent silencieux. Elwood sentait bien qu'il était allé un peu trop loin. Milly ne savait plus quel sujet aborder.

– Les filles... donc, dit-elle finalement.

Et le silence devint encore plus pesant. Si bien qu'au bout d'un moment Milly se mit à rire nerveusement. Elwood aussi.

Chez Elwood, Milly occupa une petite chambre, pleine de fourbi : les objets que l'homme d'affaires n'avait jamais pris le temps de déballer depuis qu'il était arrivé dans l'Ouest. Tous ces bibelots racontaient mieux l'histoire d'Elwood qu'Elwood n'aurait pu le faire lui-même.

Le dimanche, Virginia City ressemblait à une fourmilière. Les nombreux mineurs des alentours venaient y faire leurs courses. Les saloons étaient pleins à craquer, les boutiques ne désemplissaient pas de l'ouverture à la fermeture. Une grande queue s'était formée devant la boutique du barbier et devant celle des produits séchés. On y trouvait tous les fruits et les viandes déshydratés. Les mineurs y achetaient des stocks pour la semaine. C'était pratique à consommer et à conserver. En général, on pouvait différencier les célibataires des hommes mariés au contenu de leur panier de courses. En général aussi, lorsqu'ils étaient mariés, ils ne se chargeaient plus de faire les commissions.

Les chevaux peinaient à avancer dans la rue principale, les chariots, les diligences circulaient difficilement. Depuis 1865, on rencontrait même des chameaux dans la ville. On les utilisait pour le transport de charges lourdes à travers les grandes plaines. La poussière des rues, soulevée par les pieds, les sabots et les roues, provoquait un nuage au ras du sol. Ce dimanche-là, il faisait très beau, ce qui rendait la ville encore plus éclatante et vivante. Milly se réjouit d'avoir raté la messe de Tolstoy pour vivre cet instant joyeux. Elle se promenait seule dans les rues. Elwood la retrouverait en milieu d'après-midi, devant chez lui, pour la ramener à Tolstoy. Elle retourna à la librairie pour s'acheter le recueil de poèmes qui lui faisait tant envie. « Je ne reviendrai pas avant un moment, se dit-elle, et puis, ce livre sera le souvenir de cette merveilleuse journée. »

Lorsque Elwood déposa Milly devant l'école, la famille Johanson rentrait en calèche de sa promenade dominicale. Phil fit une courte halte de politesse et salua ses amis. Les quatre garçons s'écrièrent en chœur :

– Bonsoir, Miss Burnett !

Belvadara semblait à la fois heureuse et contrariée. Heureuse parce que son mari n'allait plus s'intéresser de la même façon à Milly si elle était courtisée par Elwood McDonahue, contrariée parce qu'elle craignait de nouveau, c'était une obsession, que Milly n'aille pas au bout de ses deux années de contrat pendant lesquelles elle avait certifié ne pas se marier. « Elle va nous filer entre les doigts, comme la précédente », pensa-t-elle. Elle s'imagina alors prendre la place vacante de l'institutrice. Ne s'était-elle pas récemment révélée une excellente professeur d'enseignement religieux ? Elle n'avait plus aucun doute quant à ses qualités potentielles d'enseignante. Il lui faudrait juste demander quelques conseils à Milly lorsqu'elle quitterait son poste. Pour le reste, une mère de quatre enfants était implicitement qualifiée pour éduquer les enfants des autres. Et avec elle, tout marcherait à la baguette. C'était ce qui manquait à Milly : le sens de l'ordre et de la discipline. Pas assez de punitions. Lorsqu'elle occuperait le poste intérimaire de maîtresse de Tolstoy, elle allait remettre les pendules à l'heure.

– Les pendules à heure, dit-elle tout haut.

– Pardon ? s'étonna Phil. De quoi parles-tu ?

Belvadara parut très gênée d'avoir été prise en plein rêve. Un rêve un peu coupable.

– Oh ! Excusez-moi, j'ai tellement de choses à faire à la maison. C'est comme ça, quand on sort avec sa famille le dimanche. Ensuite, il faut rattraper le temps perdu… Il faut entre autres que je pense à remettre les pendules à l'heure.

Phil et Elwood ne l'écoutaient plus, ils regardaient tous les deux Milly regagner sa maison d'un pas léger et gracieux.

– Quelle silhouette ! murmura l'épicier.

Belvadara, tellement gênée par ce qu'elle venait de faire, ne se permit pas de réagir à la remarque provocante de son mari. Elle pria Elwood de se joindre à eux pour le souper. Ainsi allait-elle obtenir quelques informations sur la journée qu'il venait de passer avec Milly.

Elwood partagea le repas avec les Johanson. À aucun moment il ne parla de Milly. Il s'amusait à contourner toutes les questions de Belvadara et jubilait de la voir perdre patience.

– Avouez que cette jeune femme vous plaît bien, finit par dire Belvadara, toute contrariée que ses tentatives d'extorsion de renseignements aient échoué, les unes après les autres.

– Cette jeune femme est un soleil pour le territoire du Montana ! s'exclama Phil. Vraiment, Belvadara, jamais nous ne pourrons te remercier suffisamment pour ce que tu as fait pour les hommes et les enfants de Tolstoy.

Belvadara frappa le haut du crâne de son mari avec sa serviette de table qu'elle tenait pliée.

– Je me répète, mais elle n'est tout de même pas aussi distinguée que Miss Pembleton. Qu'en pensez-vous, cher Elwood ?

Elwood sourit sous sa moustache. Ses yeux se plissèrent.

– Distinguée, distinguée, distinguée... quel vocabulaire limité ! marmonna Phil en secouant la tête de droite à gauche.

Les enfants partagèrent leur enthousiasme quant aux diverses qualités de leur institutrice.

– N'empêche qu'elle a laissé entrer un voyou dans votre classe, modéra Belvadara. On ne peut pas avoir une totale confiance en elle.

– Josh n'était pas méchant, dit Farell. Il avait juste un pistolet comme les grands.

– Les grands méchants, précisa Belvadara. J'espère bien qu'il ne remettra jamais les pieds à l'école !

– Moi, il ne me fait pas peur, dit Mat, le plus jeune.

– Moi, un petit peu quand même, ajouta Walter. Il a une voix de papa.

10

Josh revint à l'école.

Milly sursauta lorsque sa silhouette se découpa devant la porte restée ouverte. Il arriva de nouveau à l'heure de la lecture. Cette fois, il sourit en entrant mais il ne regarda pas Milly dans les yeux.

– Il est revenu ! Ma mère ne va pas être contente ! s'exclama Liam.

Milly se demanda si elle devait prier Josh de sortir et de ne plus venir déranger sa classe. Le garçon l'intimidait en fait. Elle ne savait pas comment lui parler. Ce n'était pas un élève, ce n'était pas un parent d'élève, ce n'était pas un adulte, ni un enfant. Elle n'avait que deux ans de plus que lui mais elle se sentait pourtant largement en position d'aînée. Sa place derrière son bureau d'institutrice la rendait plus âgée et respectable, malgré elle.

Elle ne dit rien encore cette fois et s'attira, bien sûr, les foudres de Belvadara. Dès le lendemain matin, elle vint l'admonester.

– Nous avons tous le droit d'apprendre, lui répondit Milly. Ce garçon n'a pas eu d'éducation. Vous le dites vous-même. Puis-je lui refuser l'accès à mes lectures, sous prétexte qu'il est un voyou ?

– La différence d'âge ! Voilà un autre point discutable ! s'exclama Belvadara. Il y a tout de même quatre ans d'écart entre Paul Polonius, votre élève le plus âgé, et ce bandit... Ce n'est pas rien quatre ans !

– Belvadara, sept années séparent Mat de Paul Polonius. Je ne crois pas que le problème soit là.

– Mais enfin, Joshua est dangereux ! Vous n'avez pas l'air de réaliser.

– Je vois plutôt un jeune homme seul qui s'ennuie.

– Un jour, vous prendrez de la bouteille et vous comprendrez que j'avais raison. Vous réagissez comme ça parce que vous n'avez pas d'enfants. Réfléchissez ! lança Belvadara.

Et elle repartit en balançant son imposant derrière de droite à gauche.

L'après-midi, après la récréation, Josh revint. Il ôta son chapeau avant d'entrer dans la classe. Son pas était assuré et les talons de ses bottes claquaient sur le plancher. Il avait dû prendre un bain car ses cheveux étaient plus blonds que jamais, plus soyeux, bien coiffés. Ses ongles, eux, paraissaient moins noirs. Il était rasé de près et sentait si fort le savon que Lena en fit la remarque. S'il n'avait pas porté ses vêtements poussiéreux et son colt, on aurait pu le confondre avec un enfant de chœur.

Milly entama un des nouveaux romans qu'elle avait achetés à Virginia City. *The Daisy Chain,* de Charlotte Mary Yonge. Elle n'en avait lu que quelques pages à l'avance mais connaissait cet auteur dont elle avait apprécié les précédents romans.

À la fin de la lecture, les enfants se dirigèrent vers la sortie. Milly constata qu'avec les semaines les garçons et les filles ne créaient plus deux camps, comme ils l'avaient toujours fait auparavant. Josh ne suivit pas les autres. Il se dirigea vers Milly et la fixa quelques instants de ses beaux yeux turquoise, avant de lui adresser la parole. Le cœur de Milly se mit à battre un peu plus fort. Elle venait d'apercevoir Belvadara devant l'école et se doutait bien que si elle parlait à Josh maintenant, elle s'exposait à de futurs ennuis. Malgré cela, elle referma la porte de l'école, afin de pouvoir discuter plus tranquillement, sans être espionnée par Mrs Johanson.

– Je vous écoute, Josh, dit-elle.

– Je voudrais apprendre à lire et à écrire, déclara le jeune homme.

– C'est une excellente idée.

– Est-ce que vous pourriez m'aider ?

Milly regarda par la fenêtre. Elle hésitait.

– En fait, j'aimerais juste venir à l'école avec les autres, dit Josh.

– Je ne crois pas que cela va être possible.

Josh se mordit la lèvre supérieure. La réponse de la jeune femme l'attristait.

– Pourquoi ? demanda-t-il d'une voix étrangement fluette.

– Vous n'avez pas une bonne réputation dans la ville. Vous faites peur aux parents.

Josh fixa de nouveau Milly. Ses yeux la fascinaient. Ils disaient tant de force, de douceur, de malheurs, tant d'envie aussi.

– S'il vous plaît, supplia-t-il. Je travaillerai. Je m'appliquerai.

– Je vais y réfléchir, répondit Milly en regardant par la fenêtre.

Belvadara trépignait devant la barrière de l'école. Elle était venue accompagnée d'Annette Anson et d'une autre mère.

– Quand est-ce que vous direz oui ? demanda maladroitement le garçon.

– Je pourrais aussi vous dire non, modéra Milly. Revenez demain, avant la lecture, pendant la récréation. Nous en reparlerons. Maintenant, filez, avant que les parents m'insultent.

Milly resta dans l'école pour tenter d'éviter les mères en colère. Joshua sortit seul. Belvadara fit reculer ses enfants lorsqu'il passa devant eux.

– Vous voyez ce que je disais... un voyou ! chuchota-t-elle aux autres mères.

– Je le connais depuis longtemps, c'est le petit orphelin. Il n'est pas méchant. Il fait ce qu'il peut, vous savez, dit Annette Anson.

– Petit, petit, c'est vite dit ! Il vous dépasse d'une tête et il est déjà bâti comme un homme, grommela Belvadara.

– Je le trouve remarquable, dit Annette en suivant Josh du regard.

Elle souriait exagérément.

Elle n'avait jamais fait attention au jeune homme et lui découvrait soudain un visage régulier, un beau regard et une fière allure.

Belvadara ouvrit grands ses yeux outrés.

– Mais enfin, c'est un gamin, je vous dis ! Vous n'avez pas honte, chuchota-t-elle.

– Je trouve remarquable le fait que cet enfant ait fait lui-même la démarche de venir à l'école, se reprit Annette.

– Ah, mais il n'est pas inscrit ! Et ce n'est pas demain la veille qu'il pourra le faire, précisa Belvadara.

– C'est dommage, regretta Annette. Vous faites une erreur, une erreur civique. Mais peut-être que votre opposition sera finalement un moteur encore plus puissant pour sa réussite. Je le lui souhaite.

– Mais moi aussi, Annette. Si je lui sers à quelque chose, tant mieux, répondit la mauvaise femme.

– Tout sert dans la vie, c'est ma philosophie. Quand on voit le monde avec cet œil-là, cela facilite un tas de choses, je vous assure. Cela m'a permis de survivre à la mort de mon mari. Je ne dis pas que sa mort m'a servi à quelque chose, mais je suis persuadée que le tout-négatif n'existe pas. Par exemple, je n'aurais jamais ouvert un salon de thé si mon mari était resté en vie. Mais il fallait que je m'en sorte seule, je n'avais plus le choix, et je me réjouis maintenant d'avoir pris cette initiative… Si vous vous dites que toutes les expériences sont utiles, cela vous permet aussi d'être plus ouvert, plus tolérant.

Belvadara ne réalisa pas que cette phrase la concernait directement. Elle pensa juste qu'Annette était un peu simplette et fantaisiste.

Le monde est ainsi plein d'individus persuadés de leur supériorité et incapables de repérer l'intelligence des autres parce qu'ils n'en ont pas eux-mêmes.

Milly ne rouvrit pas sa porte qu'elle avait fermée à clef, malgré les coups insistants de Belvadara. Elle s'était installée dans sa chambre et priait Angela de lui venir en aide.

Belvadara s'écria :

– Mais enfin ! Ça ne se fait pas ! Vous devez être disponible pour les enfants ET les parents.

Belvadara avait réussi à convaincre la mère de Lena de la grosse faute que commettait Milly. Annette, elle, était rentrée chez elle.

Comme Milly persistait à ne pas répondre, Belvadara piqua une colère mémorable. Elle trépignait en appuyant sur la poignée de la porte et secouait ses deux grosses joues toutes rouges en hurlant :

– Ouvrez cette porte ou je fais un rapport au *Board !* Miss Burnett, votre attitude est totalement RI-DI-CU-LE ! Ce n'est pas distingué du tout, pas distingué du tout !

La mère de Lena n'osait pas contrarier Belvadara davantage car elle faisait partie de ces voisins qui avaient un peu peur d'elle et cherchaient à éviter les conflits. Elle lui dit cependant :

– Je vais rentrer, Mrs Johanson. Nous parlerons à Miss Burnett demain. Elle se repose sans doute, pour l'instant.

Belvadara protesta en retour :

– Comment voulez-vous qu'elle se repose avec le bruit que je fais ! À son âge, on n'a pas besoin de se reposer ! Cette demoiselle est juste capricieuse, voilà tout.

Farell répliqua sans tarder :

– On se demande qui est capricieuse, là !

Belvadara l'attrapa par le col de sa chemise et lui flanqua deux gifles cinglantes.

– Ça t'apprendra à manquer de respect à ta mère, s'écria-t-elle.

– N'empêche que tu es très en colère, ça fait peur ! ajouta Mat de sa toute petite voix.

Il reçut deux gifles à son tour. Lena et sa mère filèrent en douce. Belvadara décida qu'elle ne partirait pas tant que Milly ne lui aurait pas ouvert la porte.

– Je ne vais pas me laisser faire, tout de même.

Belvadara attendit plus d'une heure encore et finit par capituler. En fait, Milly était sortie par la fenêtre de sa chambre et avait rejoint Marceline chez elle par la porte arrière de sa maison.

Une fois par semaine, le lundi le plus souvent, les deux voisines se retrouvaient pour prendre le thé. En fait, il s'agissait de jus de fruits et de délicieuses pâtisseries faites maison.

Milly lui confia ses inquiétudes quant au comportement de Belvadara et aux demandes de Josh. Elle n'avait pas envie de céder à tous les caprices de Belvadara et ne s'imaginait pas continuer à travailler dans ces conditions. Elle ne savait plus qui écouter.

– N'écoutez pas Mrs Johanson ! Écoutez votre bon sens ! s'exclama Marceline.

– Est-ce vraiment du bon sens ?

– De l'altruisme, de la bienveillance, l'envie de servir à quelque chose, appelez cela comme vous voulez !

– Oui, mais je finis par craindre les réactions excessives de Mrs Johanson. Elle serait capable de dissuader les élèves d'assister à mes cours.

– Elle est capable du pire, mais elle ne priverait pas ses enfants d'école. D'abord, ces heures d'école lui laissent du temps pour elle. Et dans le fond, elle est assez égoïste.

– Vous ne l'aimez vraiment pas...

– Regardez-la ! dit-elle en indiquant la fenêtre qui donnait sur l'école. Vous l'aimez, vous ? Vous avez une âme de pionnière. Elle, elle a une âme de colon. C'est différent.

Marceline avait perçu l'angoisse de sa voisine et tentait de la réconforter du mieux qu'elle le pouvait.

– Vous avez déjà été bien gentille de laisser Mrs Johanson assurer l'éducation religieuse des enfants, ajouta-t-elle. Je crois que vous lui avez donné trop de place. Vous leur donnez un *inch*, ils prennent un mile !

– Ce n'était pas de la gentillesse mais de la diplomatie. En fait, j'ai acheté ma tranquillité.

Marceline lui conseilla une autre stratégie pour que Belvadara Johanson cesse définitivement de la harceler.

– Tout d'abord, dès demain, dites-lui que vous souffriez de douleurs menstruelles insurmontables et que c'est pour cette raison que vous ne lui avez pas ouvert. On ne peut rien dire contre ça. Elle ne pourra que vous excuser. Puis demandez-lui d'organiser une classe du dimanche. Joshua pourra y assister. Ces cours généraux pour adultes sont ouverts à tous, sans restriction. Entre les mineurs qui préféreront l'institutrice à l'école et les personnes qui viendront là simplement pour passer du temps en compagnie des autres, ce genre de réunion aura forcément du succès, si c'est vous qui l'animez. Et Belvadara adorera être à l'origine d'une telle entreprise !

Milly aurait préféré garder ses dimanches libres pour se reposer et se promener, mais si la classe du dimanche pouvait offrir à Josh l'opportunité d'apprendre à lire sans qu'elle-même soit quotidiennement déstabilisée par l'intolérance de Belvadara Johanson, ne fallait-il pas envisager cette nouveauté ? Cependant, Belvadara allait-elle accepter la présence du jeune bandit à la classe du dimanche plus facilement qu'à l'école elle-même ?

– Mrs Johanson n'aime pas Josh, de toute façon, remarqua Milly. Je ne pense pas qu'elle le tolérera où que ce soit. Elle parle de lui comme de la vermine, remarqua Milly.

– Encore une fois, la classe du dimanche est ouverte à tous. Mrs Johanson sera critiquée si elle ne respecte pas cette règle chrétienne et charitable. Elle devra faire comme si elle avait un grand cœur. Elle n'aura aucun mal... C'est une excellente actrice.

Belvadara Johanson confirma rapidement les dires de Marceline. Elle fut obligée de « comprendre » les douleurs qui avaient condamné Milly à ne pas lui ouvrir sa porte et accepta d'organiser – oh ! comme ce mot la réjouissait ! – une classe du dimanche. Il ne lui fallut pas plus d'une semaine pour que tous les habitants de Tolstoy soient conviés à la première séance.

Bien sûr, elle réclama que Milly la laisse intervenir un petit quart d'heure chaque dimanche. Elle se régalait à l'idée de prendre la place du professeur, devant les adultes, ne fût-ce que pour un court instant. On sentait qu'elle assouvissait là toutes ses envies, ses fantasmes. Elle avait le sentiment d'accéder au monde de ceux qui savaient, de ceux qui dominaient.

Josh revint en semaine, à l'heure de la lecture.

– Bonjour, Miss, je viens voir si vous avez réfléchi.

– Oui, Josh, je crois que tu vas apprécier mon idée, lança-t-elle avant de lui expliquer qu'il était désormais convié à l'école des adultes le dimanche après la messe.

– J'peux pas ! Je travaille pour Malcolm Zhang le dimanche.

– Vous travaillez, Josh ? Que faites-vous ? Malcolm Zhang n'est-il pas le contremaître de la scierie de William Printice ?

– Yep, Miss. J'apprends à abattre les arbres.

Milly parut surprise. Josh n'était peut-être pas le voyou qu'on lui avait décrit.

– C'est mieux que d'apprendre à abattre les gens... ajouta-t-il. J'aime pas ça, tuer des gens.

Le sang de Milly se glaça.

– Vous l'avez déjà fait ?

– Non, mais j'aime pas ça quand même.

Milly était désolée d'avoir mis en place la classe du dimanche, alors que Josh ne pouvait pas y assister. Elle insista pour que Josh travaille un autre jour pour Malcolm Zhang. Elle fit valoir le fait que les chrétiens ne travaillaient pas le dimanche. Mais Josh ne tarda pas à lui faire remarquer qu'elle aussi allait travailler ce jour-là. Malcolm Zhang, lui, s'en fichait complètement du dimanche. William Printice, son patron, dirigeait plusieurs scieries et le laissait gérer son temps à sa guise. Les Chinois de Tolstoy travaillaient tant qu'ils avaient du travail et se reposaient quand ils le pouvaient. Au fond d'elle, Milly trouvait cela intelligent et bien plus évolué que leurs vieilles coutumes, mais elle se retint d'en faire la remarque. Elle tentait juste de persuader Josh que les cours pour adultes étaient ce qui lui conviendrait le mieux.

– Je suis pas tout à fait un adulte, dit Josh avec un petit sourire.

Milly ne remarqua pas qu'il avait les dents bien rangées et très blanches parce qu'elle n'avait en tête que les problèmes qu'il lui posait. Jamais elle n'aurait eu l'idée de regarder un élève avec des yeux de femme ; il est vrai qu'elle n'avait pas eu d'étudiant de l'âge de Josh jusqu'ici... Cela lui paraissait normal de se comporter de la sorte. Josh, lui non plus, ne semblait pas avoir repéré la grâce de Milly. Il aurait réclamé des leçons à n'importe quel être avenant et ouvert.

– Avez-vous pris des cours avec ma prédécesseur ? demanda Milly.

– Je comprends pas quand vous parlez compliqué, dit Josh. Excusez-moi.

Jusqu'ici, le reste de la classe s'était tue, suivant avec intérêt la conversation de leurs aînés. Mais la remarque de Josh en fit rire quelques-uns.

Milly réalisa alors qu'elle avait oublié ses élèves pendant de longues minutes et qu'il était grand temps de commencer sa lecture.

– Nous reparlerons après la classe, si ça ne vous dérange pas. En attendant, installez-vous à votre place habituelle, si vous souhaitez écouter la suite de l'histoire.

Josh fit trois grands pas et s'assit, adossé contre le mur du fond.

– Il va encore rester là ? s'exclama Farell. Ma mère va piquer une autre crise, c'est sûr.

– Tu n'as qu'à rien lui dire, lui souffla Liam.

– J'aime pas mentir. Et j'aime encore moins recevoir un coup de baguette... Si je ne dis rien, Mat et Walter s'en chargeront.

– Oui, on le dira à Maman, affirma le plus petit.

Liam lui fit un pied de nez.

– Vous cherchez les ennuis, vraiment. C'est inutile ! s'exclama-t-il.

Milly réclama le silence. Isabel avait un terrible hoquet. La lecture fut donc scandée par des « hic » puissants qui provoquaient le rire des enfants. Joshua aussi finit par trouver cela amusant. Milly tentait de rester sérieuse, mais elle se demanda vite ce que son attitude pouvait apporter de plus à cette classe heureuse, et finit par rire de bon cœur, elle aussi. Seule Isabel souffrait terriblement de ne plus être soudain une jeune fille comme il faut. Elle faisait tant attention à son apparence.

Milly craignait un peu la conversation qu'allait lui imposer Josh dès que l'heure de la fin des cours aurait sonnée.

Elle était à court d'arguments et ne parvenait pas à lui refuser l'accès à sa classe. D'une part, parce qu'elle ne voyait aucun mal à ce qu'il apprenne à lire en sa compagnie, d'autre part, parce qu'au fond d'elle était née une curieuse peur. Son manque d'expérience l'effrayait soudain. Jamais de sa vie elle n'avait eu affaire à des bandits. Pouvait-elle effectivement croire en la bonne foi et la gentillesse de Josh ? Connaissait-elle assez les êtres humains pour avoir perçu sans hésitation l'absence de dangerosité du garçon ? Belvadara Johanson avait sans doute raison en fin de compte. Il ne fallait pas imposer un fou dangereux potentiel à sa classe. Milly refusait de se laisser aveugler et attendrir par la triste histoire familiale de Joshua. Elle se persuada que ses intentions d'aide et de protection avaient été beaucoup trop impétueuses. Elle devait apprendre à mieux connaître Joshua avant de l'accepter à l'école.

À la fin de la lecture, il se leva et sortit son arme de son étui. Il la fit tourner sur son index et la rengaina calmement.

– Josh ! Cela est totalement interdit dans notre école ! s'exclama Milly.

Elle bafouilla :

– Si je vous y reprends encore une fois, je vous confisque votre arme.

Josh eut une lueur joyeuse dans le regard.

– Ça veut dire que je vais revenir ici tous les jours, avec les autres ?

– Je n'ai pas dit ça.

– Vous allez le dire ?

Milly fit signe à Josh de patienter un instant. Elle voulait que tous les élèves soient sortis pour poursuivre la conversation.

Elle n'avait aucune idée de ce qu'elle allait annoncer au garçon et cela la mettait dans un grand embarras. Pourquoi n'avait-elle pas le courage de lui dire qu'il n'existait pour lui que la possibilité des cours le dimanche ? Cela aurait été clair, tranché, indiscutable. Milly avait un grand cœur et un profond besoin d'aider les autres. Elle ne voulait pas que Josh perde son envie d'apprendre. Celle-ci s'amenuiserait certainement si l'impossibilité de le satisfaire se concrétisait. « Battre le fer tant qu'il est chaud. Ne pas laisser passer les belles envies », pensa-t-elle.

On frappa à la porte.

– Finn ! s'exclama Milly en ouvrant la porte. Quelle surprise !

Milly se mit à trembler mais elle fut la seule à s'en rendre compte.

– Je viens vous proposer une leçon d'équitation. Ça vous serait utile de savoir monter, pas vrai ?

Finn jeta un œil à Josh. Il parut étonné de le voir là.

– Salut, Josh !

– Ah ! Je vois que vous vous connaissez… déclara Milly d'un ton peu naturel.

– Et vous vous connaissez aussi, répliqua le maréchal-ferrant. Ça, c'est encore plus curieux, non ?

Josh ne disait rien.

– Mister Josh voudrait assister à ma classe pour apprendre à lire et à écrire.

– Mister Josh ! Ha ! Ha ! Ha ! s'amusa Finn. C'est bien la première fois que j'entends quelqu'un t'appeler comme ça, mon gars !

– Désolée, je ne me souviens plus de votre nom de famille… s'excusa Milly.

– Je vous l'ai jamais donné, dit le jeune homme d'une voix monocorde. C'est Jackman.

Un trop long silence s'installa dans la classe. Finn fronçait les sourcils.

« Qu'il est beau ! » pensa Milly en l'observant.

Josh dit qu'il serait là le lendemain matin pour sa première leçon de lecture, à moins que Milly n'y voie un inconvénient. Milly, troublée par la présence de Finn, hocha la tête et raccompagna Josh à la porte sans rien dire. Mais dès qu'il fut sur la route, elle s'écria :

– Venez à 9 h 30 plutôt qu'à 9 heures.

Elle referma la porte et dit à Finn :

– Je ne voudrais pas qu'il croise Belvadara Johanson...

– Qui a envie de croiser Belvadara Johanson ? plaisanta Finn. Ah ! Je plains ce bon vieux Phil !

- Qu'est-ce que vous pensez de Josh, vous ? Est-il vraiment dangereux ? demanda Milly.

– Je ne sais pas grand-chose de lui, sinon qu'il monte à cheval aussi bien qu'un Indien... C'est pas peu dire. On connaît surtout son frère, à la ville. Et lui, ce n'est pas un tendre. Allez, venez ! J'ai pris ma jument Yasmine juste pour vous. Elle est douce, joyeuse et bien élevée, comme vous.

– Oh, mais vous savez, je suis un peu sauvage quand même...

Finn éclata de rire et s'excusa en baissant les yeux.

– Ça se voit que vous n'avez jamais monté de jument sauvage.

– Je rêve ou vous me comparez à une jument depuis tout à l'heure ? Ce n'est pas très élégant, tout de même, se révolta Milly en souriant malgré tout.

– Je vous compare à ce que j'aime. Les chevaux, c'est ma vie.

– Et moi, je vous dis que je ne suis pas une fille comme les autres. Sauvage et libre, c'est ainsi que je suis. Je n'aurais pas fait le voyage jusqu'ici toute seule si j'avais été une fille douce et bien élevée.

– Oh là ! Mince donc ! Je sens que je vous ai fâchée ! Je sais pas trop ce que j'ai mal dit, mais je sens bien que vous êtes en colère. Moi, je vous trouve pas comme les autres. Les filles douces, joyeuses et bien élevées, j'en connais pas d'autres que vous.

Milly inspira longuement pour se donner du courage et enfila sa veste :

– On y va ? lança-t-elle. À mon avis, vous allez être surpris. Je suis téméraire, vous savez.

– Et douce... et joyeuse... et bien élevée... dit Finn, qui avait pris soudain un peu plus d'assurance devant Milly.

11

Yasmine était une svelte jument noire et blanche. Son regard exprimait effectivement beaucoup de tendresse et de compassion. Milly la fixa un instant et lui caressa le museau.

– Il paraît qu'on se ressemble, dit-elle.

La jument hocha la tête, ce qui amusa la jeune femme.

Finn lui expliqua comment monter sur un cheval sans la courte échelle d'un galant homme.

Milly ne s'assit pas en amazone malgré sa longue robe, qu'elle retroussa comme elle pouvait. Elle avança au pas, avec courage et détermination. Elle se tenait très droite et semblait dominer l'animal.

– Vous avez tout compris ! s'écria Finn qui était resté au sol. Il faut montrer au cheval qu'on le maîtrise.

– En fait, je fais semblant, avoua Milly. Je ne suis pas très rassurée.

– Vous mentez sûrement très bien, parce que Yasmine se tient à carreau.

– Qui se ressemble s'assemble, rétorqua Milly en relevant le bout du nez. Vous oubliez que Yasmine et moi avons beaucoup en commun.

– Ne me dites pas que je vous ai vexée avec ça !

– Je ne vous le dis pas...

– Je n'ai jamais su parler aux femmes. Aux hommes non plus d'ailleurs.

– Tatata ! C'est une excuse si facile. Tout le monde sait parler. Il suffit de faire attention à ce que l'on dit. La maladresse verbale est à mon sens aisément évitable. Si vous blessez quelqu'un, cela signifie que vous manquez de respect envers lui, cela signifie qu'au fond de vous vous avez tout de même envie de lui faire mal.

– Je vous ai blessée ?

– Pas le moins du monde ! Peut-on essayer le galop ?

– Vous allez avoir de sacrées courbatures si je vous fais galoper dès votre première leçon.

– Vous allez me donner d'autres leçons ?

– J'y compte bien.

– Et que vous donnerai je en échange ?

– Heu... ben... rien... Je fais ça comme ça, vous savez. Parce que vous êtes...

– Douce, joyeuse et bien élevée ?

Finn se mordit le coin de la bouche.

– Vous voyez bien que je ne sais pas parler aux femmes.

Il enfourcha son second cheval. Les deux cavaliers firent un aller-retour au pas, dans la rue principale. Ils saluèrent des tas de gens sur leur passage. L'un comme l'autre étaient populaires à Tolstoy.

Rebecca Clarck interrompit leur promenade.

– Bonjour, Miss Burnett. Belvadara m'a dit que vous aviez accueilli un bandit dans votre classe.

Milly s'excusa de ne pas descendre de son cheval. Elle avait peur d'avoir du mal à remonter, prétexta-t-elle. En fait, elle n'avait pas l'intention de discuter avec la pipelette.

– Son frère est sans aucun doute un bandit notoire... Mais le garçon que j'ai reçu, lui, ne me semble pas dangereux, expliqua Milly.

– C'est un voleur, en tout cas. Belvadara dit qu'il a piqué des fruits à l'épicerie.

– Il avait sans doute faim, répondit Finn.

– C'est une bonne chose qu'il ne soit pas revenu, en tout cas, se réjouit Rebecca.

– Ça n'aurait pas changé grand-chose à votre vie pourtant, remarqua Milly.

La réflexion de l'institutrice perturba Rebecca. Elle se demanda soudain pourquoi elle s'intéressait à ce problème qui ne la regardait pas puisqu'elle n'avait pas d'enfants.

– Je suis un peu la tante des enfants Johanson, vous savez. Je m'inquiétais pour eux. Il paraît que le voyou apporte son pistolet en classe. C'est effrayant.

– Ça ne m'effraie pas, moi, répondit Milly, mais il sait maintenant qu'il ne doit pas l'apporter en classe.

– Je ne vais pas vous retenir tous les deux. Vous m'avez l'air bien occupés, conclut Rebecca.

Finn salua Rebecca en touchant le rebord de son Stetson et reprit sa route. Rebecca s'approcha au plus près de Milly et lui dit tout bas :

– Ne vous laissez pas avoir par la belle allure de Finn Flannagan. Elwood McDonahue vous convient mieux. D'accord, il est roux, il est souvent en sueur, mais il est riche et il connaît du beau monde.

– Comment ? Vous parlez si bas… je n'entends rien, fit Milly.

En fait, elle avait tout compris. Rebecca lui fit des grimaces et des tas de gestes exagérés qui signifiaient qu'elle n'était pas en mesure de s'exprimer plus fort. Milly s'amusa discrètement du côté ridicule de la précieuse, qui repartit en haussant les épaules vers la boutique des Johanson.

Milly, sans doute provoquée par les propos de Rebecca, invita Finn à boire un thé.

– Ou un whisky ! s'exclama-t-elle.

– Vous buvez du whisky ? s'étonna Finn.

– Non, mais j'en mets dans mes gâteaux… précisa Milly. Je ne supporte pas bien l'alcool fort.

– Quelle femme le supporte ?

– Finn, lorsque vous êtes avec moi, vous ne devez pas faire de remarques de cette sorte. Il n'existe pas de boissons d'hommes ni de boissons de femmes, comme il n'existe pas plus de métiers spécifiquement masculins. Les femmes peuvent faire tout ce que font les hommes.

– Vous seriez forgeron, vous ? Il y a quand même une histoire de constitution physique qui entre en compte. Moi, je me vois pas faire de la broderie avec mes mains de maréchal-ferrant.

Il déplia ses mains costaudes devant Milly. Elle eut le curieux réflexe de les prendre pour les observer.

Tous deux venaient d'attacher leurs chevaux devant l'école. Milly réalisa ce qu'elle venait de faire et chercha à mettre fin à cette situation embarrassante en s'exclamant :

– Whisky, donc ?

Finn ne lâchait pas les mains de la jeune femme. Il la fixait, l'air surpris et ravi.

Marceline passa alors devant eux en s'écriant :

– Salut, les jeunes ! Le fond de l'air est doux, n'est-ce pas ?

Finn fit un signe à Marceline et Milly se précipita vers la porte de l'école en répondant :

– J'ai appris à monter à cheval avec Finn, Marceline ! Je suis très contente !

Marceline sourit et n'insista pas plus longtemps.

Milly était encore toute troublée lorsqu'elle versa un plein verre de whisky à Finn. Il la regarda faire sans oser l'interrompre.

– Je crois pas que j'puisse boire tout ça ! s'exclama-t-il. Enfin, pas en vot' compagnie…

– Oh, excusez-moi, où avais-je la tête ? dit Milly. J'ai versé ça comme du jus de fruits !

Milly et Finn s'installèrent autour de la petite table du studio de la jeune femme. Mais elle ne tarda pas à se relever pour faire bouillir de l'eau pour son thé. Elle ne tenait pas en place.

– Pensez-vous toujours partir dans le Sud ? demanda Milly.

Elle avait du mal à supporter le silence et le beau regard du maréchal-ferrant.

– Oui. Je voudrais voir d'autres paysages.

– Vous avez raison. Il faut voyager. Vous partirez quand ?

Finn ne comprit pas si Milly avait hâte qu'il déménage. Il crut qu'il s'était sans doute trop imposé et regretta d'avoir gardé quelques secondes les mains de Milly dans les siennes. Il pensa qu'elle avait eu peur de lui et ne voudrait plus le revoir.

– Vous comptez partir quand ? répéta-t-elle.

Finn, qui avait tendance à se laisser emporter par ses rêves éveillés, avait oublié que Milly venait de lui poser une question. Il crut donc que Milly voulait le mettre à la porte sur-le-champ. Il se leva brusquement et répondit :

– Tout de suite, Miss Burnett. Je suis, je suis… heu… désolé de vous avoir dérangée. Excusez-moi.

Milly fut attendrie par les bafouillis de Finn.

– Vous partez tout de suite dans le sud du pays ? s'étonna-t-elle en riant.

– Ah, non, heu, pardon, heu... je n'avais pas compris... Pff, souffla-t-il, vous voyez, je ne suis pas au point pour converser.

– Ne vous inquiétez pas comme ça. J'aime beaucoup discuter avec vous. Vous me faites rire.

– Vous vous moquez de moi, c'est tout.

– Pas du tout, je vous trouve intéressant, dit Milly, en essayant de reprendre son sérieux.

Ses yeux brillaient et ses fossettes se creusaient pourtant. Elle avait du mal à dissimuler son amusement et son soulagement. Tout à coup, elle se sentait beaucoup moins embarrassée.

– Je ris très facilement, expliqua-t-elle.

– J'ai remarqué. Je me souviens de votre fou rire, le premier soir, chez les Johanson.

Afin de mettre Finn à l'aise, Milly lui proposa d'aller chercher Marceline pour faire une partie de cartes.

Marceline ne se fit pas prier. Les invitations étaient rares. Les amis étaient rares. Elle connaissait bien Finn. D'ailleurs, tout le monde connaissait Finn, même s'il ne parlait jamais de lui. Ce soir-là, Finn dévoila pourtant quelques histoires personnelles. Il avait une sœur, mariée à un Néerlandais. Elle habitait le Vermont.

– Et vous, Marceline ? dit Finn. Vous avez de la famille ?

– Plus ou moins, enfin... comme tout le monde, répondit la femme en posant son jeu sur la table pour signifier qu'elle venait de remporter la manche.

Ni Finn ni Milly n'eurent l'impolitesse de lui demander des précisions quant à ses origines, dont elle refusait de parler.

Comme l'heure du dîner approchait, les trois amis décidèrent de souper ensemble.

– Chacun prépare quelque chose ! Je me charge des pommes de terre sautées. Et vous, Finn, que proposez-vous ? demanda Milly.

– Vous avez des œufs et du lait ? Je fais les meilleurs œufs brouillés de Tolstoy.

– Et moi, je file à la maison chercher le gâteau que j'ai préparé ce matin avec le reste des noix de l'automne dernier. Je voulais les finir avant l'été, dit Marceline. Et je rapporterai des herbes aromatiques du jardin. C'est savoureux sur les pommes de terre et les œufs.

Lorsque le repas fut enfin prêt, les trois amis sortirent la petite table dans la cour de l'école, afin de profiter de la tiédeur du soir. Mais il manquait une chaise. Marceline retourna chez elle en chercher une. Finn en profita pour dire à Milly comme il appréciait sa compagnie.

– Et aussi, bien sûr, je vous trouve sauvage... ajouta-t-il en souriant.

– Vous cherchez à me plaire, Mister Flannagan ? rétorqua Milly en levant le nez, comme à son habitude.

Elle aimait distiller une légère arrogance dans ses plaisanteries.

– Finn, juste Finn, eut seulement le temps de répondre le jeune homme.

Marceline revenait déjà avec sa chaise.

Il fut décidé de ne plus appeler l'autre que par son prénom. Tandis qu'ils dînaient, une voiture à cheval s'arrêta devant l'école.

– Elwood ! s'exclama Milly en apercevant le grand homme.

Elwood McDonahue avait ôté son chapeau. Il restait derrière la porte basse de l'entrée de la cour.

– Entrez, entrez ! s'écria Milly.

Finn salua chaleureusement Elwood. Marceline lui fit un petit signe.

Milly se leva et proposa sa chaise à Elwood.

– Voulez-vous dîner avec nous ?

– À vrai dire, je passais juste pour vous saluer. Je reviens de Virginia City et je vous ai rapporté un petit quelque chose.

Il tendit un livre à Milly.

– J'espère que ça vous plaira.

– Je n'en doute pas ! s'exclama Milly. Merci beaucoup, Elwood. Vous êtes très attentionné.

– Ce sont des contes. La libraire m'a conseillé ce recueil.

Finn mangeait avec grand appétit. On aurait dit qu'il n'écoutait plus rien, qu'il s'était soudain enfermé dans une bulle. En réalité, il se demandait si Elwood avait plus de chances que lui de gagner le cœur de Milly, grâce à ses livres et à ses dollars.

La nuit était tombée. Milly avait allumée deux grosses bougies sur la minuscule table. Les thuyas diffusaient leur odeur hespéridée. Elwood ne s'était pas attardé. Perturbé par la présence de Finn, il avait tout de même bu trois whiskies avant de rentrer chez lui. « Était-il possible que Milly s'intéresse à ce maréchal-ferrant ? » s'était-il demandé en repartant. Elle le trouvait certainement très beau. Elwood fit une seconde halte chez les Johanson, pour y déposer les commandes que Phil lui avait faites la veille. Il y croisa Rebecca qui s'empressa de lui raconter sa rencontre avec Finn et Milly.

– Je viens de les voir, moi aussi, dit Elwood sans laisser paraître sa contrariété. Ils dînaient ensemble à l'école.

– En tête-à-tête ? Oh mon Dieu, dites-moi que ce n'était pas en tête-à-tête ! Ils ne vont pas du tout ensemble, dit Belvadara Johanson.

– La voisine de Miss Burnett était là, elle aussi.

Belvadara fit un signe de croix.

– Dieu soit loué. Faites que notre institutrice ne se marie pas tout de suite et faites en sorte qu'elle ne tombe pas sous le charme de ce...

– Je ne pense pas que Miss Burnett soit pressée de se marier, lança Elwood. Elle a un tempérament bien trop indépendant. Le mariage serait une prison pour elle.

– Dites donc, vous semblez la connaître mieux que moi ! lui reprocha Belvadara.

– Elle est assez facile à cerner, non ? remarqua Elwood.

Phil hocha la tête et ajouta en adressant un clin d'œil à Elwood :

– Très facile. Elle est honnête, authentique, franche. Elle a du caractère. Elle me fait bien rire. Et surtout, elle est distinguée, tu ne trouves pas, Belvadara ?

Belvadara n'apprécia aucunement la remarque de son mari. Elle lui signala que toutes les filles qui le « faisaient rire » étaient en général très jolies et séduisantes et qu'elle avait fini par comprendre que le mot « rire » n'avait pas son sens premier dans la bouche de son mari.

– Mais Miss Burnett n'est pas jolie, rétorqua Phil, en se moquant de sa femme. Elle est beaucoup trop maigre et elle ressemble à une belette.

Elwood étouffa un éclat de rire et reprit le chemin de chez lui, l'air enjoué.

– D'un côté, je suis assez contente que la petite n'en pince pas pour le grand roux. Ce n'est tout de même pas un garçon comme il faut, avoua Belvadara à son mari.

– Tu ne vas pas me resservir encore cette histoire de filles de joie au saloon de Violetta. Tu sais bien que tu n'as aucune preuve. On dirait presque que tu aimerais qu'Elwood fréquente ce lieu et, en plus, de façon intensive.

Belvadara se signa de nouveau.

– Quelle horreur ! Comment peux-tu avoir de pareilles idées ? Je ne fricote pas avec le diable, moi ! Je n'ai jamais d'idées malsaines.

– Tu devrais peut-être... soupira Phil.

– Mon Dieu, rendez-moi mon mari. Celui avec lequel je m'entendais si bien, supplia Belvadara.

– Mon Dieu, dites à ma femme qu'elle a une étrange conception de l'entente parfaite, chuchota Phil.

Devant l'école, Finn fumait en regardant les étoiles. Marceline et Milly lui soufflaient le nom de chaque constellation en pointant leurs doigts vers le ciel. Dès qu'il eut terminé sa cigarette, il dit qu'il était temps de dormir. Il remercia simplement Milly pour la soirée plaisante qu'il avait passée, et Marceline pour son excellent gâteau. Puis il rentra chez lui, suivi par ses deux chevaux.

Marceline nettoya la vaisselle et fit remarquer à Milly qu'elle était très courtisée.

– Moi, je préfère le forgeron au grand gaillard, ajouta-t-elle. Et vous ?

– Ni l'un ni l'autre, mentit Milly.

Son attirance pour Finn n'avait fait que croître tout au long de la soirée. Depuis qu'elle lui avait pris les mains, elle ne rêvait que de le toucher encore. Le frôler même aurait suffi. Jamais jusqu'ici elle n'avait ressenti cette curieuse attirance. Ce besoin incontrôlable de proximité tactile. Aussi, plusieurs fois au cours de la soirée, elle avait feint d'être maladroite pour créer de petits contacts avec Finn.

– Oups ! Pardon ! disait-elle chaque fois.

Finn ne semblait pas percevoir sa mise en scène. Il restait très simple dans ses relations aux autres et n'aurait jamais eu l'idée de faire de pareilles choses. Enfin, c'était l'image qu'on pouvait se faire de lui. Au fond, il avait parfaitement saisi les intentions de Milly mais préférait rester neutre tant qu'il n'était pas certain de ce qu'elle exprimait ainsi. « Je me fais peut-être des idées. Et j'aurais l'air de quoi si je me trompais ? » songea-t-il en arrivant chez lui.

12

Marceline et Milly continuèrent à papoter après le départ des hommes. Marceline avait bien remarqué que Finn ne laissait pas Milly indifférente. Elle aussi aimait bien Finn, mais elle ne voulait plus tomber amoureuse depuis son histoire avec Luke Hartley. Cela faisait deux ans qu'il s'était fait abattre par des *road agents* en revenant de la mine et, depuis, elle n'avait cessé de penser à lui. Luke Hartley était pourtant marié à Janet qui, elle, était restée à l'Est. Luke ne devait pas être un homme très fiable pour avoir entretenu deux relations amoureuses aux deux extrémités du pays, mais Marceline l'avait aimé comme jamais elle n'avait aimé personne. De lui elle gardait surtout le souvenir de ses baisers passionnés et de son odeur si particulière de citron et de bois. Ils n'avaient pas grand-chose en commun, pourtant. Luke n'aimait pas vraiment la nature. Il jouait beaucoup au poker et parlait peu. D'ailleurs, il n'avait jamais dit à Marceline qu'il l'aimait. Il prétendait que ce genre de chose ne se disait pas. Marceline avait donc toujours douté de son amour. En général, Luke passait chez elle sans prévenir, une ou deux fois par semaine, après son travail. Il ne repartait qu'au petit matin, sans rien dire. Souvent, il avait même l'air mécontent. Sans doute s'en voulait-il d'avoir encore trompé Janet. Marceline recevait, à juste titre, ses réactions matinales comme des agressions, du mépris à son égard. Elle pleurait souvent dès qu'il était parti. Elle se disait qu'elle ne devait plus revoir ce monstre qui n'entretenait cette relation avec elle que par commodité. Leurs rencontres le dispensaient sans doute de passer voir les filles du saloon de Violetta. Mais Marceline ne parvenait pas à lui en vouloir vraiment. Elle aimait tant sa présence, sa voix, sa peau et le regard qu'il posait sur elle. En général, il ne donnait plus signe de vie pendant quelques jours avant de revenir chez Marceline, dont il ne pouvait pas se passer. Leurs retrouvailles étaient toujours fougueuses et ardentes. Car c'était bien une passion qui liait ces deux êtres. Mais Marceline attendait chaque fois le mot, le geste, le cadeau qui allait lui assurer qu'elle était autre chose qu'une simple relation charnelle pour Luke. Luke était avare. Il ne savait pas donner. Il n'avait sans doute pas appris à aimer. Jamais il n'avait offert la moindre fleur, le moindre petit cadeau, le moindre mot gentil à Marceline. Parfois même il l'avait fâchée en disant :

– Heureusement pour toi que tu es jolie parce qu'autrement je ne serais plus revenu depuis longtemps.

En fait, il aimait Marceline plus que tout. Par moments, il l'aimait même plus que sa femme, et cela le perturbait terriblement. Il tenta à plusieurs reprises de l'oublier et cela plongea chaque fois la jeune femme dans un terrible chagrin. Mais il revint toujours, tant elle lui plaisait. Elle était si aimante, si drôle, si peu conventionnelle. Luke enviait en outre sa bonté, sa disponibilité, sa générosité. Elle était tout ce qu'il ne pourrait jamais être. Il prétendait que son éducation l'avait rendu comme il était et que rien ne pourrait changer ses habitudes, ni ses idées simplistes et phallocrates sur le mariage, la famille, l'éducation. Marceline avait tenté de lui faire réaliser à quel point il pouvait être désagréable et méchant, mais il rétorquait qu'autour de lui tout le monde se comportait ainsi. Marceline était pour lui une originale un peu follette qui attendait le prince charmant.

– Comment ai-je pu supporter tout cela ? Je ne sais pas, dit Marceline qui venait de raconter son histoire à Milly sans reprendre son souffle. Je dois aimer souffrir. Pourtant cela me ressemble si peu.

Milly remarqua que les yeux de son amie se gonflaient de larmes.

– Il m'a fait pleurer si souvent… Et pourtant, il me manque si fort. Sa peau me manque… Vous ne pouvez pas comprendre ça, j'imagine. Avez-vous déjà vécu une passion, Milly ?

– Non jamais, avoua Milly, toute troublée par les confidences que venait de lui faire Marceline.

– Mais vous avez déjà eu des amoureux tout de même ?

Milly hocha la tête.

– Vous avez déjà couché avec un homme ?

Milly ne répondit pas. Elle trouvait Marceline bien trop indiscrète tout à coup. En fait, Milly avait déjà eu un prétendant et bien que les relations sexuelles avant le mariage aient été condamnées par la plupart des habitants du Massachusetts, elle n'avait pas hésité à aimer cet homme de la tête aux pieds, lorsque l'occasion s'était présentée.

– Ah ! Vous êtes encore...

– Non ! dit seulement Milly.

– Eh bien moi, je ne veux plus tomber amoureuse, conclut Marceline. Mon amour pour Luke m'a détruite. Et pourtant jamais je ne me suis sentie aussi belle et aussi heureuse que lorsque nous passions du temps ensemble. J'en garde de merveilleux souvenirs. Je pense à lui lorsque j'ai peur, lorsque j'ai froid, lorsque je souffre. Il est devenu ma pensée magique. Je m'imagine dans ses bras et mon âme reprend immédiatement des forces. Pourtant, si souvent je le déteste...

Comme Marceline semblait disposée à livrer enfin quelques informations personnelles, Milly lui demanda :

– Mais avant Luke, vous aviez déjà aimé d'autres hommes ?

– J'ai aimé plusieurs hommes. Mais jamais comme j'ai pu aimer Luke.

– C'est parce que vous n'êtes pas vraiment sûre de son amour que vous l'aimez autant. Avant de l'oublier complètement, vous aimeriez savoir si vous vous êtes fait avoir… vous ne pensez pas ?

– C'est peut-être ça… Vous ouvrez une porte que je n'avais jamais poussée…

– Et vos parents, où sont-ils ?

– Mon père est parti après ma naissance. Ma mère vit dans la région.

– Quand s'est-elle installée ici ?

La bouche de Marceline se contracta. On aurait dit qu'elle s'empêchait de parler. Elle fit mine de ne rien avoir entendu, prit sa veste de lin et souhaita une bonne nuit à Milly :

– Vous devez vous reposer. Il est déjà très tard et les enfants ne vous laisseront pas dormir demain matin. Ils seront au rendez-vous, comme chaque jour.

Milly pensa immédiatement à Josh. Allait-il vraiment revenir le lendemain ? Elle eut du mal à s'endormir tant la présence de ce garçon dans sa classe bousculait le confort dans lequel elle avait réussi à s'installer en quelques semaines. Elle se sentait impuissante devant sa demande, incapable de lui refuser ce qu'il venait chercher. Milly trouvait cela si courageux qu'un jeune bandit réclame un pareil apprentissage. Cela ne prouvait-il pas qu'il souhaitait se sortir de sa condition ? Qui aurait pu lui refuser de l'aide ? Milly envisagea de lui donner des cours particuliers après l'école. Mais ses journées étaient déjà très fatigantes et, son dimanche étant bientôt occupé à enseigner, elle préférait se réserver quelques heures de tranquillité pour lire, se promener et voir d'autres têtes que celles des enfants. Est-ce que Josh était encore un enfant ? Il prétendait qu'il n'était pas tout à fait adulte... mais qui l'était ? Elle réalisa qu'à l'âge de Josh elle était entrée à l'institut de formation des instituteurs et qu'elle y avait rencontré son premier amour : le cuisinier de la cantine de l'institut, Bartolomew Mahoney, un grand gars bavard, très amusant et très infidèle.

« Dors maintenant ! » s'ordonna-t-elle. Mais trop de pensées dérangeantes l'envahissaient. Elle imaginait la conversation qu'elle devrait avoir avec Josh, tandis qu'elle revoyait les beaux yeux de Finn et rêvait de ce qui aurait pu se passer si Marceline n'avait pas été là. Elle se disait aussi qu'Elwood était un véritable ami. Elle aurait dû insister pour qu'il reste dîner. Il faudrait dès demain le remercier encore une fois pour le livre qu'il lui avait apporté.

Milly se rendit compte qu'on tambourinait à sa porte. Elle n'avait pas entendu son réveil sonner. Sa nuit avait été beaucoup trop courte. Elle enfila rapidement sa robe, remonta ses cheveux en un chignon flou, s'aspergea le visage d'eau fraîche et ouvrit la porte aux enfants en s'excusant.

– J'ai passé une bien mauvaise nuit, je suis désolée de ne pas avoir ouvert la porte à l'heure. Cela fait longtemps que vous attendez ?

– Ça doit faire une demi-heure parce que je viens d'arriver et moi, je suis à l'heure. 9 h 30, comme prévu ! répondit une grosse voix dans la cour.

Josh s'approcha des enfants, sourit à Milly et s'installa à sa place habituelle.

Milly croqua discrètement dans une pomme et fit chauffer l'eau de son café matinal dans son studio. Elle avait l'impression de dormir encore. Tout autour d'elle avait la mollesse, la lenteur et la pâleur de certains rêves. Elle tenta de se revigorer en secouant la tête.

– Josh, vous ne pouvez pas rester assis par terre si vous voulez apprendre à écrire.

Elle prit la chaise de sa chambre et la plaça sur le côté de son propre bureau. Venez vous asseoir ici en attendant de trouver une meilleure solution.

– Oh le chouchou ! s'exclama Myrtil.

– Il ne s'agit pas de favoritisme, déclara Milly, mais d'un problème de taille et de place. Si vous voyez un autre endroit où Josh pourrait s'installer pour travailler, faites-moi signe.

– Il pourrait rester chez lui ! s'exclama Liam. Ma mère dit qu'il n'a rien à faire ici.

– Tu as de la chance, toi au moins, tu as une mère et tu vas à l'école depuis que tu es tout petit, rétorqua Rose. La mère de Josh, elle, elle est morte et il n'a jamais été à l'école.

– C'est pas grave, j'ai l'habitude. Y a plein de gens qui m'aiment pas dans le coin, ajouta Josh.

– C'est normal, t'es un bandit, dit le petit Mat.

– Je fais ce que je peux. Si je pouvais, je serais pas un bandit.

– Ma mère dit que tu as volé des fruits. T'es un voleur, dit Walter.

Joshua ne répondit plus. Milly expliqua le travail du jour à chacun. Elle remit son *McGuffey Reader* à Josh et lui fit découvrir l'alphabet.

– Je connaissais déjà les lettres, dit le jeune homme. Y a des trucs que je sais lire : épicerie, maréchal-ferrant, banque... tout ça je sais le lire.

– À mon avis, vous savez les reconnaître comme vous reconnaîtriez un dessin mais vous ne savez pas les lire vraiment. Par exemple si j'écris M.A.R., que lisez-vous ?

Il resta perplexe.

– Mar, répondit Paul à sa place.

– Ça ne veut rien dire, remarqua Josh.

– C'est une syllabe et les syllabes mises ensemble forment des mots, dit Milly. Je sens qu'on a un sacré chemin à faire ensemble.

– Si vous le dites ! Je vous suis ! se réjouit Joshua. Donc c'est bon ? Vous avez réfléchi ? Je peux rester ?

– Je n'ai pas assez réfléchi, c'est plutôt ça, dit Milly entre ses dents. Je me retrouve devant le fait accompli et je continue à me poser les mêmes questions.

Milly pria les bons lecteurs, à savoir Rose, Isabel et Liam, d'approcher un banc et de s'installer autour de son bureau.

– Nous allons réviser les bases ensemble et vous vous occuperez de vérifier le travail de Josh pendant que je prendrai les autres en charge.

Milly tentait ainsi d'intégrer et de faire accepter Joshua à ses élèves. En le confiant aux bons élèves, elle pensait qu'il perdrait ainsi sa place embarrassante de « chouchou ».

– Moi, je préfère ne pas m'asseoir à côté de lui ! J'ai peur de son pistolet, dit Rose.

– Moi, j'ai peur tout court, ajouta Isabel.

Milly proposa à Josh de laisser son pistolet dans le tiroir de son bureau.

– Il est chargé ? demanda-t-elle en le prenant du bout des doigts.

– Ouaip. Voulez qu'j'enlève les balles ?

– Je préfère, Josh, on ne sait jamais... Un enfant pourrait avoir la mauvaise idée de s'amuser avec.

Il manipula son colt avec une dextérité impressionnante et le tendit à Milly en souriant. Cette fois, elle remarqua son beau visage. Elle réalisa qu'elle avait un homme en face d'elle, et cela la perturba tant qu'elle en renversa sa tasse de café sur le *McGuffey Reader*, l'unique livre de lecture de la classe.

– Miss Burnett, est-ce que ça va bien aujourd'hui ? demanda la douce Lena.

– J'ai très mal dormi, répéta Milly.

Josh n'avait pas prévu de pique-nique pour la pause du déjeuner. Il s'était assis seul dans un coin de la cour, sous un arbre. Il fermait les yeux. Milly s'approcha de lui.

– Que mangez-vous d'habitude, le midi ? demanda-t-elle.

– Des œufs ou du bacon et du pain quand on en a.

– Vous vivez avec votre frère, c'est ça ?

– Quand il est là. Sinon, je suis tout seul ou chez les Crees, j'ai des potes là-bas.

– Qui vous donne de l'argent pour faire vos courses ?

– Je me débrouille avec les sous que je gagne à la scierie.

– C'est une bonne chose d'avoir trouvé ce travail. La prospection ne vous dit rien ?

– Je suis pas aimé des chercheurs d'or. Quand je vais dans leur coin, maintenant, je risque ma vie... Ils veulent se venger.

– Et que leur avez-vous fait pour qu'ils vous haïssent à ce point ?

– Moi rien. Mon frère, par contre… il a la gâchette facile.

– Vous payez pour votre frère, en quelque sorte.

– Mouaip ! Tout juste, Miss. Et c'est pas marrant.

Milly lui apporta un morceau de pain, une tranche de viande séchée et le tout petit reste du gâteau aux noix de Marceline.

– Oh le chouchou ! répéta Myrtil.

– J'aurais fait la même chose pour toi si tu avais oublié ton déjeuner, lui assura Milly.

Lorsqu'ils revinrent en classe, les enfants étaient très turbulents. Apparemment, la présence de Josh les dérangeait. Ils récitèrent les maximes affichées dans la classe. Cela faisait partie du programme scolaire, Milly en choisissait une nouvelle chaque semaine.

On ne retrouve jamais le temps perdu.

Le silence est d'or.

Si tu ne réussis pas la première fois, essaie, essaie, essaie encore.

Ne dis pas je ne peux pas le faire mais je vais le faire.

Celui qui se gouverne lui-même est le plus puissant.

Une pomme pourrie dans un panier fait pourrir toutes les autres.

– Ici, la pomme pourrie, c'est Josh, dit Paul.

Milly le pria de présenter des excuses à Joshua. Paul dit :

– Pardon, ça m'est sorti tout seul parce que ma mère elle m'a expliqué le proverbe comme ça. Elle a dit que c'était pas bon d'avoir un bandit dans la classe. C'est lui, la pomme pourrie, et il va faire pourrir les autres.

Josh répéta qu'il avait l'habitude de ne pas être aimé. Milly lui conseilla de rentrer chez lui, pour lui épargner l'agressivité des enfants.

– Cet après-midi, nous apprendrons des chansons et nous ferons de l'arithmétique. Je ne pense pas que cela vous intéresse vraiment, Josh, n'est-ce pas ?

– Vous n'allez pas lire une histoire ? s'étonna le jeune homme.

– Je fais la lecture tous les jours. Mais je pense que vous devriez plutôt aller travailler chez vous ce que vous avez appris ce matin.

– Je préférerais rester là.

Les enfants chahutaient dans tous les coins. Milly ne savait soudain plus où donner de la tête. Elle se mit à crier. C'était la première fois que cela lui arrivait.

– Regagnez vos places et taisez-vous, bon sang !

Les enfants parurent très surpris et se turent immédiatement. Milly aussi fut étonnée d'avoir haussé le ton. Était-elle en train de changer ? Elle s'était promis de ne jamais punir les enfants, de ne jamais crier dans sa classe. Que se passait-il soudain ?

– Je crois qu'il serait vraiment plus sage de rentrer chez vous, suggéra Milly à Josh. Les enfants sont énervés et votre présence n'est certainement pas étrangère à ce chahut.

Milly remit un cahier à Josh.

– Ne le perdez pas. J'en ai si peu. D'habitude, je ne les laisse pas sortir de ma classe, expliqua-t-elle. Entraînez-vous à écrire les lettres comme les modèles que j'ai tracés sur les lignes.

Josh récupéra son colt dans le tiroir sans même l'avoir demandé à Milly. Il ne voyait pas d'impolitesse dans son attitude. Il se débrouillait avec ce qu'il avait appris lorsque sa mère vivait encore. Il n'oubliait pas de dire merci et au revoir mais, en dehors de cela, il n'avait aucune idée de ce que pouvait être la courtoisie.

– La prochaine fois, vous ne fouillerez pas dans mon tiroir sans ma permission. Vous êtes chez moi ici, expliqua gentiment Milly.

– Ouaip, mais c'est mon colt… rétorqua le jeune homme.

Milly envisagea de modifier son emploi du temps pour que Josh puisse aussi profiter de leçons d'éducation civique.

Josh repartit l'air boudeur. On le privait de la lecture qu'il aimait tant. Il réagissait comme un jeune enfant. Cela attendrit Milly. Elle lut une grande déception dans le regard du prétendu bandit et un soulagement dans celui de quelques enfants, dès que ce dernier eut mis les pieds hors de la classe.

13

Tim Clyne fêtait son anniversaire. Milly était conviée à la soirée. Elle craignait d'y rencontrer Finn et Elwood ensemble. Elle ne se sentait pas à l'aise lorsqu'ils étaient là tous les deux. De plus, elle détestait les œillades de Belvadara et de Rebecca. Elles surveillaient de très près l'évolution des tentatives d'approche d'Elwood McDonahue. Rebecca aurait aimé qu'un mariage soit rapidement conclu, Belvadara aurait préféré qu'Elwood tienne simplement Milly à distance des autres prétendants, le plus longtemps possible. On aurait même pu penser qu'elle avait soudoyé Elwood pour qu'il agisse ainsi, car on savait Belvadara fort manipulatrice. Mais ç'aurait été mal connaître Elwood qui, en général, n'en avait toujours fait qu'à sa tête à Tolstoy, malgré les recommandations et « conseils orientés » de la femme de son ami Phil.

Elwood était arrivé juste avant Milly. Pour l'instant, ils étaient tous les deux les premiers chez les Clyne. La table était dressée pour neuf convives. Cela plongea Milly dans une certaine inquiétude.

– Souvent, les couples sont bien mal assortis, ne trouvez-vous pas, Milly ? dit Elwood tout bas, en regardant les Johanson entrer chez les Clyne.

Milly ne répondit pas. Elle venait d'apercevoir Finn, juste derrière l'épaule de Belvadara. Son cœur battait déjà la chamade.

– Vous ne trouvez pas ? répéta Elwood.

– C'est parce que la plupart des gens cherchent à tout prix à se marier, à fonder une famille, sans se demander pourquoi. Il faut toujours se demander pourquoi on fait les choses. Ces gens-là s'accommodent provisoirement de n'importe quel conjoint. Ils cherchent juste à être comme les autres, à former un couple, à avoir des enfants. Ils ne vont pas chercher trop loin, prennent ce qu'ils trouvent sur leur chemin, sans jamais comparer, sans jamais rien remettre en question.

Milly parlait sans reprendre son souffle, en essayant d'éviter de regarder Finn. Elle voulait paraître détachée, distante. Mais il s'approcha d'elle.

– Bonsoir, Milly ! Vous êtes rudement jolie en bleu !

– J'allais vous dire la même chose, Miss Burnett, ajouta Elwood.

Il salua Finn et se mit à lui parler du problème de fers qu'avait rencontré son cheval dans la journée. Milly en profita pour s'éclipser. Phil ne lui laissa pas le temps de traverser la pièce. Il lui dit à son tour que sa robe lui allait à merveille et prit de ses nouvelles avec beaucoup de gentillesse.

– Votre famille ne vous manque-t-elle pas trop ? demanda-t-il.

– J'aimerais tant qu'ils puissent venir me voir. C'est si beau ici. Mais le voyage est cher et éprouvant.

– On construit de nouvelles lignes de train partout. Attendez encore un peu et ce sera bien plus facile de voyager.

– Je doute que je sois encore ici lorsqu'elles seront achevées. Je n'ai pas l'intention de rester ici toute ma vie, vous savez.

– Rassurez-vous, personne ne restera ici longtemps. Un jour proche, il n'y aura plus une seule pépite et tout le monde partira chercher un autre eldorado.

– Je ne peux pas y croire, la région regorge d'or.

– Il n'existe pas de puits sans fond, Milly. J'ai vécu et je sais. Ce qui brille brusquement trop fort ne brille jamais longtemps.

– Que faites-vous du soleil et des étoiles ?

– J'ai dit « brusquement ». Le soleil et les étoiles ont toujours brillé. C'est comme vous, Milly, vous rayonnez en permanence, par conséquent il n'y a aucune raison que cela cesse.

– Vous me flattez !

– Il a raison, dit le shérif qui avait écouté la fin de la conversation. Vous brillerez toujours, Miss Burnett, mais je ne vous dis pas ça devant ma femme, parce qu'autrement elle me fait la morale avant de dormir. Et pourtant, elle vous aime bien... Ah ! Les femmes sont si compliquées !

– Et les hommes si parfaits... dit Milly sur un ton sarcastique.

Finn s'était assis dans un coin de la pièce. Il fixait Milly. Elle lui fit un petit signe complice avant de passer à table mais ne se risqua pas jusqu'à lui, tant elle craignait de ressentir de nouveau cette inconfortable attirance qui la conduisait à faire n'importe quoi pour le toucher.

Malheureusement, dès que les Perkins et Annette Anson furent arrivés, Margaret Clyne plaça les hôtes à table, et Milly dut s'asseoir à côté de Finn. Quel supplice pour les deux convives ! Car Finn aussi souffrait de cette terrible envie de serrer Milly dans ses bras. Il se sentait en confiance à côté d'elle. Il savait qu'elle appréciait sa présence. Dorothea, quant à elle, était assise en face d'eux et n'avait visiblement pas changé d'avis au sujet de Finn depuis le dîner chez les Johanson. Elle le fixait exagérément et lui souriait dès qu'il croisait son regard. Elwood McDonahue réalisa qu'il n'avait plus ses chances avec Milly et cela le rendit taciturne tout au long du repas. Milly appréciait Elwood et ne trouvait pas de solution pour alléger sa peine. Finn l'attirait comme un aimant. Elle n'aurait pas pu expliquer les raisons de ce béguin car elle ne connaissait pas encore assez Finn pour pouvoir être certaine qu'elle l'aimait vraiment.

Phil essayait de remonter le moral d'Elwood en faisant le pitre, si bien que Belvadara avait terriblement honte de lui. Le shérif et sa femme l'avaient toujours beaucoup impressionnée parce que Margaret était issue d'une famille noble néerlandaise. Rien ne faisait plus rêver Mrs Johanson que la noblesse et la richesse. Il fallait la voir se tortiller, minauder, sourire avec sa bouche pincée et jouer à la grande dame dès que les Clyne étaient dans les parages. Une grande dame, voilà ce que Belvadara aurait voulu être. Elle aurait aimé ressembler à Mrs Thornaby, la femme qui l'avait employée à l'Est. Un idéal de femme. Belvadara rêvait d'avoir cette voix si posée, ces ongles si parfaits, cette assurance qui lui manquait tant. Un jour, elle jouirait elle aussi d'un dressing luxueux dans la prolongation de sa chambre, elle disposerait des rince-doigts en argent sur sa table, elle ferait installer un lustre sur chaque plafond. Comme elle enviait, comme elle idolâtrait Mrs Thornaby ! Cette élocution si particulière, cette générosité envers les miséreux, cette bonté avec les domestiques, cet éclat malicieux dans les yeux qui laissait penser à chacun qu'il avait la chance d'être son complice.

À Tolstoy, personne n'était dupe. Personne ne voyait une grande dame en Belvadara. Elle était une enquiquineuse avant tout, et ceux qui la respectaient ou la craignaient étaient soit de pauvres gens assez seuls, soit simplement ceux qui n'avaient pas envie de perdre du temps ou de l'énergie à lutter contre son besoin de pouvoir, ou encore ceux qui savaient que sa fréquentation pouvait faciliter le quotidien tant Belvadara aimait être utile à ses fidèles et se faire valoir. Parfois, on pouvait se laisser prendre au piège pendant quelques jours, quelques semaines même, mais des détails venaient systématiquement trahir les origines modestes qu'elle s'efforçait de cacher, le manque de distinction et de culture qu'elle était si prompte à dénoncer chez les autres. Sa voix justement, aiguë, un peu nasillarde, sa démarche, sa façon rustique de s'essuyer les mains sur un torchon et son vocabulaire limité ou inapproprié. Tout cela, Margaret Clyne l'avait immédiatement repéré. Meg (c'était son surnom) était, elle, une belle femme, très simple. Elle se maquillait très peu et tirait ses longs cheveux bruns en arrière. Sa peau était assez pâle. Quelques taches de rousseur constellaient son nez et une partie de ses pommettes. Elle avait de longues mains fines et ne portait aucun bijou. Elle mettait des chaussures plates, sans doute parce qu'elle était grande. Elle aimait bien Milly, son féminisme, sa gaieté, son indépendance. Lorsque Belvadara tentait de déstabiliser l'institutrice, Meg venait immédiatement à sa rescousse. Ainsi Belvadara ne tarda pas à reparler du problème qu'avait posé l'arrivée de Josh dans sa classe et Meg dit qu'elle trouvait Josh exceptionnel. Son attitude prouvait bien, expliqua-t-elle, qu'il avait l'intention de se sortir de sa condition.

– Sa condition de voleur, de bandit... Ce type est dangereux ! Notre communauté ne peut pas accepter sa présence dans l'école. Mais visiblement, Miss Burnett a su le chasser, dit Belvadara. Mes enfants m'ont dit qu'il n'était pas revenu.

Milly hésita à réagir. Si elle avait dit que Josh assistait désormais au cours, elle aurait mis les enfants de Belvadara dans une position de menteurs.

– Je ne l'ai pas vraiment chassé, dit-elle seulement.

– Il était à l'école hier en fin d'après-midi quand je suis venu donner sa leçon d'équitation à Milly... à Miss Burnett, ajouta Finn innocemment. Il n'a pas l'air méchant.

– Mais mes enfants m'ont dit...

– Vos enfants ne savent pas ce qu'il se passe après la classe, lança Milly, pour éviter que la situation ne se complique.

– Donc, il est revenu, le bougre... grommela Belvadara.

– Je ne comprends pas pourquoi il vous dérange autant, dit Elwood McDonahue.

Il prenait ainsi la défense de Milly. Peut-être allait-elle lui accorder plus d'attention s'il agissait de la sorte. Il avait du mal à s'avouer vaincu.

– Elwood, vous n'avez pas d'enfants, voilà tout. Vous ne pouvez pas comprendre, répondit Belvadara.

– Moi, j'ai des enfants et je ne comprends pas, remarqua Phil. Il n'aimait décidément pas voir son ami triste.

Un ricanement général se propagea autour de la table. Phil était assez fier de sa réplique. Il trouvait qu'il avait pris de l'assurance face à Belvadara, depuis quelque temps. Elle prétendait que l'arrivée de Miss Burnett l'avait transformé, mais lui savait qu'il s'agissait d'autre chose. Il était tombé amoureux de l'une de ses clientes. Oh ! bien sûr, il s'agissait d'un amour secret à sens unique, la jeune femme n'était pas au courant de l'intérêt tout particulier que lui portait Phil, mais ce dernier se contentait de la voir à l'épicerie pour se sentir beaucoup plus heureux qu'avant. La seule idée qu'il aurait pu avoir une aventure avec elle et les sourires sympathiques qu'elle lui adressait à chaque visite lui avaient soudain donné des ailes. Il se sentait désormais plus ouvert, plus léger, plus tolérant, plus amusant qu'avant.

Il croisait les doigts chaque matin pour qu'elle passe à l'épicerie. Il ne savait pas grand-chose d'elle, car elle n'aimait pas parler de sa vie. Oh bien sûr, il avait appris par Belvadara que son amant avait été descendu par des *road agents* et que cela l'avait plongée dans une grande dépression. Il savait aussi qu'elle habitait juste à côté de l'école et qu'elle fabriquait des pulls, des bonnets et des châles avec la laine de ses moutons. Marceline, c'était bien elle. Phil en était amoureux depuis le jour où elle lui avait dit qu'il avait beaucoup de goût et que sa boutique ressemblait à un coin de paradis. Il avait aimé ses compliments mais aussi sa franchise et son côté naturel, son regard curieux, presque enfantin, et ses longs cheveux auburn souvent nattés. Il s'était alors étonné de ne pas avoir remarqué sa beauté plus tôt. Mais Phil ne savait pas que l'on ne devient réceptif aux charmes du sexe opposé que si l'on se le permet. Et c'était bien l'arrivée de Milly à Tolstoy et son aisance naturelle qui lui avaient permis de changer. Milly lui avait tenu une porte ouverte, Milly l'avait soudain autorisé à retirer ses œillères, à s'amuser. Belvadara ne se trompait donc pas vraiment. Phil n'avait rien dit à personne. Il n'y avait rien à dire de toute façon, puisque tout se passait dans sa tête. Si, en fait. Il aurait aimé expliquer à Finn ou à Elwood qu'il était plus heureux qu'avant, mais il ne savait pas s'il pouvait avoir confiance en eux. Phil avait vécu suffisamment longtemps et rencontré suffisamment de clients dans sa boutique pour savoir que personne n'était complètement fiable. Et puis, il aimait son secret. C'était son réconfort, sa possibilité de fuite, la preuve que la vie pouvait être différente, qu'il n'était pas englué dans une routine. Avoir le choix. Voilà ce qui le rendait heureux. Le choix de rêver, le choix d'aimer qui bon lui semblait, le choix de ne pas tout dire à sa femme. Même s'il restait sur une route tranquille, il venait de découvrir d'autres chemins qu'il pourrait éventuellement explorer un jour. Grâce à cela, grâce à Milly donc, il n'avait plus peur de manquer de quoi que ce soit. C'était une petite phrase de l'institutrice qui avait déclenché cette métamorphose :

– Il faut laisser la vie vous faire des surprises, lui avait-elle dit un jour au cours d'une conversation.

Milly évoqua Marceline, à plusieurs reprises, pendant le dîner. Elle dit à quel point elle l'appréciait. Phil se contenta de sourire, mais ses mains se nouèrent sous la table. Belvadara remarqua :

– Cette pauvre fille est devenue un peu folle après la mort de son… de son son…

– De son amoureux, dit Milly.

– Je ne sais pas si on peut appeler ça un amoureux… Cet homme était marié, vous savez ! C'est tout de même honteux ! s'écria Belvadara. Elle aurait pu se renseigner avant de…

– Avant de quoi ? dit le shérif Clyne que les discours moralisateurs de Belvadara agaçaient de plus en plus.

Belvadara se tut et but une gorgée de vin.

– Marceline n'est pas devenue folle. Marceline aimait cet homme et sa mort l'a plongée dans un profond chagrin. La tristesse n'est pas une folie, il me semble, remarqua Milly.

– Mais comment peut-on aimer un homme marié ? Pour moi, c'est inconcevable.

– L'amour ne se commande pas, dit Margaret. Je sais que ce que je dis là est plus que banal, mais on dirait que vous n'avez jamais réfléchi à cela, Belvadara.

– Ma femme pense que tout se commande, dit Phil en riant.

Finn ne dit pas grand-chose, comme d'habitude. Il reprit trois fois du gâteau, comme d'habitude, et constata que Phil était vraiment plus joyeux depuis quelque temps.

– Alors, Finn, comme ça, vous donnez des cours d'équitation à Miss Burnett ? demanda Belvadara.

– Ouaip !

– Vous n'allez pas nous la voler, j'espère ?

Finn sourit. Milly rougit. Phil fit les gros yeux à Belvadara, Elwood regarda sa montre. Meg Clyne, elle, réagit :

– Nous la voler ? Mais Miss Burnett ne nous appartient pas !

Le shérif, lassé par la conversation de Belvadara, se mit à parler du travail important que lui donnaient les bandits qui sévissaient dans la région. Mais immédiatement Belvadara rappela à l'assemblée que Josh était tout de même le frère du plus terrible d'entre eux, Mitch Jackman.

– Ah, celui-là ! Ça fait des semaines que je lui cours après ! Je me demande où il se cache. En tout cas, il ne revient plus chez lui ! expliqua Tim Clyne. J'ai posté un homme dans la ferme des Polonius, pour surveiller leur bicoque de près.

Belvadara ne put s'empêcher de proposer l'aide de Milly à Tim Clyne.

– Autant que sa relation privilégiée avec le frère du bandit serve notre communauté, n'est-ce pas? dit-elle.

Phil eut une nouvelle fois honte de sa femme. Milly félicita Meg pour son délicieux repas.

– Je n'avais jamais mangé de *prune spice cake*[1]. J'aime beaucoup.

– Moi aussi ! Je reviendrai ! dit Finn avec des yeux d'enfant gourmand.

Meg se leva pour entrouvrir une fenêtre et le courant d'air fit se décrocher du mur un petit miroir en forme de cœur. Il se brisa sur le parquet. Meg en balaya rapidement les morceaux.

– Ouh ! là, là ! Il va falloir enterrer les bris sous un arbre un soir de pleine lune, c'est la seule façon d'éviter les sept ans de malheur ! s'exclama Dorothea. Heureusement que l'on conjure ce mauvais sort facilement… parce que je ne vous raconte pas combien de miroirs nous avons déjà brisés au salon de coiffure.

– Je ne suis pas superstitieuse, dit Meg. Et vous, Milly?

– Moi, je crois aux signes… Je suis attentive aux choses qui me préviennent, qui m'avertissent des dangers.

---

1. Gâteau épicé aux pruneaux.

– Dans ce cas, vous devriez être attentive à Josh ! lui conseilla Belvadara au creux de l'oreille en revêtant sa cape, juste avant de partir.

Finn proposa à Milly de la raccompagner jusqu'à l'école. Elwood, lui, n'avait même pas essayé. Soudain, il se trouvait trop vieux, trop roux, trop gras pour Milly. Comment même avait-il pensé qu'il pouvait envisager quoi que ce soit avec elle ? Milly Burnett était une femme merveilleuse. Elle n'était pas née pour être aimée par un homme de la campagne. D'ailleurs, selon lui, ça ne pourrait pas durer longtemps avec Finn. Ce forgeron n'avait rien à dire, alors que Milly adorait discuter.

Effectivement, Finn n'eut rien à dire à Milly sur le chemin du retour. Elle était montée derrière lui, sur son cheval, et ils avançaient en silence. Milly serait bien restée des heures accrochée au cavalier. Elle tenait Finn par la taille. Il sentait bon le cuir et le gingembre. Il prenait son temps. Il prenait aussi le temps de Milly, mais elle lui aurait alors offert des jours, des mois, des années pour rentrer chez elle. Le cheval avançait au pas. Finn posa sa main droite sur celle de Milly.

Leurs cœurs se mirent à battre plus fort, mais ils ne parlèrent pas plus. C'était une belle nuit. Le ciel était si pur dans la région que les étoiles paraissaient beaucoup plus nombreuses que partout ailleurs. La

Voie lactée s'étalait au-dessus d'eux comme un drap de mousseline.

Finn souleva un pan de sa chemise et fit glisser la main de Milly sur sa peau. Elle poussa un petit cri de surprise et caressa timidement le ventre musclé du garçon. Elle se collait de plus en plus contre lui. Elle avait posé sa tête sur son dos. Finn portait une chemise blanche et un court gilet en daim marron. Les lumières de la ville se firent de plus en plus rares, à mesure qu'ils approchaient de l'école. Dès qu'ils furent plongés dans l'obscurité, les caresses de Milly devinrent plus entreprenantes. Finn fit demi-tour sur sa selle et embrassa fougueusement la jeune femme.

– Sacrée Milly Burnett ! dit-il tout bas. Vos baisers ont bon goût.

– Les vôtres ne sont pas mal non plus, Finn Flannagan, chuchota Milly.

Il l'aida à descendre de son cheval et la raccompagna à la porte de l'école. Ils s'embrassèrent encore et encore. Ils n'arrivaient pas à se séparer.

Il y eut un coup de feu un peu plus loin dans la rue. Milly et la jument sursautèrent. Pourtant, ces nuisances sonores étaient assez fréquentes à ces heures tardives où les hommes ivres sortaient des saloons. Tirer en l'air était un jeu. Parfois, les coups de feu ne partaient pas dans la bonne direction et ces balles du soir avaient blessé des passants. Pour cette raison, le shérif Clyne avait interdit l'utilisation des armes à feu dans la rue principale, sous peine d'amende. Mais il manquait de bons adjoints à Tim pour faire respecter les lois de Tolstoy. Pour l'instant, il n'était assisté que d'Elijah King, un jeune homme qui déplaisait à la plupart des habitants de Tolstoy tant il portait l'étoile d'adjoint comme une couronne de roi (il faisait sans doute honneur à son nom[1]) et utilisait ses pouvoirs de justicier sans raison valable. Tim l'avait mis en garde plusieurs fois. Ils étaient là pour aider les habitants, non pour les effrayer. Mais l'adjoint n'en faisait qu'à sa tête, utilisant son arme à tout-va, menaçant le moindre petit délinquant de pendaison. Tim avait hâte de lui trouver un remplaçant. Cependant, il n'était pas évident, en dehors des bandits, de recruter à Tolstoy des hommes en mesure d'assurer de telles fonctions. Ici, on ne pouvait dénicher que des chercheurs d'or, des fermiers et des commerçants.

Ce coup de feu mit fin aux longs baisers des amoureux. Au fond d'elle, pourtant, Milly rêvait de repartir sur le cheval de Finn. Elle n'avait pas envie que la soirée s'achève. Mais elle devait songer à dormir pour être en forme au petit matin.

---

1. *King* (en anglais) : roi.

Soudain, Milly sursauta en entendant un cheval s'arrêter brusquement devant l'école. Elwood apparut dans la courette. Milly sursauta de nouveau. Il semblait si empressé, si maladroit, que Milly pensa qu'il venait lui avouer son amour, et peut-être même se battre contre Finn.

Finn s'était éloigné de Milly. Il avança comme si de rien n'était vers la rue et salua Elwood d'un geste de la main. Le grand homme s'approcha de Milly en disant :

– Je viens vous rapporter votre sac à main. Vous l'aviez laissé sur un fauteuil. Ça aurait pu vous manquer. Les femmes ont toujours des petites affaires précieuses dans leur sac. Pas vrai ?

Il tendit le sac. Finn cria bonne nuit à Milly et repartit chez lui. Milly regretta qu'il ne soit pas resté plus longtemps. Elle aurait voulu qu'il ne la laisse pas seule avec Elwood, qu'il soit encore là pendant des heures, qu'il ne reparte pas. Qu'allait-elle faire maintenant ?

Elle remercia l'homme d'affaires. Elle se tenait à l'extérieur, juste devant sa porte qu'elle n'avait pas encore ouverte. Il restait assez loin d'elle, tout en sueur, un peu pataud. Il avait soudain perdu sa prestance habituelle.

– Je, je ne voulais pas vous déranger… balbutia-t-il.

– Vous ne m'avez pas dérangée, Elwood. Au contraire, je suis contente de vous voir parce que je regrette de ne pas avoir pris le temps, ce soir, de vous dire comme votre livre m'a plu.

– C'est vrai ? Vous me faites bien plaisir.

Elwood pensa qu'il ne devait pas totalement perdre espoir.

– Si vous voulez, je peux vous en rapporter un autre la semaine prochaine, proposa-t-il.

– Vous allez vous ruiner, Elwood. De plus, je ne voudrais pas que cela devienne une habitude.

– Je crois que ce genre d'habitude ne me déplairait pas.

– Elwood, je ne veux pas vous donner de faux espoirs. Je crois que nous devons juste rester amis.

– Peut-être que vous pourriez me donner de vrais espoirs alors ? dit l'homme en esquissant un petit sourire.

Il tentait le tout pour le tout. Il n'avait aucune idée de ce qu'il venait de se passer entre Finn et Milly et se disait qu'il fallait agir vite, s'il était encore temps.

– Je vous donne mon amitié, Elwood, répondit Milly. Si vous pensez que nous pouvons nous fréquenter de cette façon, vous pourrez toujours compter sur moi.

Elwood prétendit qu'il n'avait pas eu d'autres idées en tête jusqu'ici. Milly fit semblant de le croire et tout parut rentrer dans l'ordre.

Avant de remonter sur son cheval, il demanda cependant :

– Au fait, Finn et vous, c'est… ?

Elle opina. Il donna un coup d'éperon à sa monture et repartit vers les lumières du bourg.

14

Milly expira bruyamment. La soirée avait été si intense et mouvementée ! Elle se sentait un peu confuse. Elle introduisit sa clef dans la serrure, mais s'aperçut que la porte était restée ouverte. Elle entra et se dirigea à tâtons vers sa lampe de chevet. Elle poussa un cri d'effroi lorsqu'elle sentit une jambe sur son lit.

– C'est bon, c'est bon, pas de panique ! dit une voix qu'elle connaissait.

Elle gratta fébrilement une allumette et découvrit le visage de Josh.

– Mais, mais, mais... que faites-vous ici ? Et comment êtes-vous entré, d'abord ? Je suis certaine que j'avais fermé à clef.

– Je suis désolé. Je vous attendais et je me suis endormi.

– Ce n'est pas la question que je vous pose.

– Mon frère est revenu cette nuit. Je ne veux pas dormir chez nous. J'ai peur que le shérif débarque et nous zigouille tous les deux. Je peux rester là ?

– Non, non... Josh, enfin, vous n'y pensez pas ? Ce sont des choses qui vont se savoir, forcément. Je n'ai qu'un lit, qu'une chambre... J'ai ma pudeur tout de même.

– Je peux dormir par terre dans la salle de classe, proposa timidement le garçon.

– Écoutez, Josh, vous m'en demandez trop. D'abord les cours, ensuite l'hospitalité... Et qui vous dit que votre frère ne va pas rester chez vous plusieurs jours ?

– Personne. Mais il serait vraiment idiot de ne pas repartir demain à l'aube, parce que Clyne a posté un homme chez les Polonius pour surveiller nos allers-retours.

– Ah ! Vous êtes au courant ?

– Clyne n'est jamais discret.

– Vous l'avez dit à votre frère ?

– Mon frère le savait déjà. Je comprends pas pourquoi il est revenu. Il tourne pas rond, de toute façon. Il a jamais tourné rond, le pauvre.

Milly était fatiguée et n'avait pas envie de discuter toute la nuit avec ce garçon perdu. Elle lui sortit deux couvertures et lui dit de se débrouiller avec ça. Elle alluma une bougie dans la salle de classe et s'enferma dans sa chambre en disant :

– Repartez de bonne heure demain matin. Je ne veux pas que l'on sache que vous avez dormi ici.

– Et je reviens à 9 h 30, c'est ça ?

Milly soupira. Elle trouvait Josh très envahissant, et tout aussi exigeant qu'un enfant. Elle soupira :

– Si vous voulez.

– Bonne nuit, Miss Burnett. Vous êtes une femme sympathique, dit Josh.

– Je n'ai pas le choix, bougonna-t-elle en se couchant tout habillée.

Elle avait tout de même pris soin de défaire son chignon, de retirer les traces de maquillage sur ses paupières et sur sa bouche et de mettre de la crème sur ses mains. Milly n'avait pas l'intention de se lever les yeux cernés de noir, ni avec les mains sèches. Sa mère lui avait appris qu'elle devait « rester avenante en toute circonstance. C'était une question de respect de soi et des autres ».

Lorsqu'elle se réveilla, Josh était parti. Il avait laissé, sur le bureau, le mot « Merci », maladroitement recopié dans le *McGuffey Reader* ouvert sur la chaise. Milly fut émue par cet effort. Elle refusait toujours de voir Josh comme un mauvais garçon.

Il revint à 9 h 30 et demanda à l'institutrice si elle avait passé une bonne nuit. Ses yeux pétillaient de malice, mais il resta très convenable devant les autres élèves.

– Bien, merci. J'ai parfois de belles surprises en me réveillant, dit l'institutrice.

– Et ce matin, c'était quoi ? demanda Josh.

Milly hésita :

– Un écureuil est venu prendre son petit déjeuner avec moi.

Les enfants s'amusèrent de l'anecdote. Josh la fixa d'une façon inhabituelle et rétorqua :

– Vous êtes très accueillante. C'est normal.

Milly ressentit un curieux frisson de peur dont elle ne sut déterminer l'origine. L'assurance soudaine de Josh l'effrayait. Elle ne se sentait plus aussi professeur qu'avant. Il s'était comporté comme un adulte, comme un égal, comme un homme, et cela troublait la jeune femme.

La journée passa très vite. Milly ne pensait qu'à Finn, à la douceur de son ventre, à ses baisers passionnés. À plusieurs reprises, Epsey-Ann lui fit remarquer qu'elle rêvait. Milly se reprit et s'appliqua à son travail, mais les quelques minutes passées dans les bras de Finn la hantaient. Elle se demandait si elle irait le voir juste après ses cours, s'il allait vraiment partir dans le Sud, s'il l'aimait, si cette histoire pouvait durer, mais toutes ces questions n'avaient, en fait, plus lieu d'être.

Apres le déjeuner, Belvadara vint annoncer à Milly que Finn était mort au petit matin, devant sa boutique.

Le révérend était sorti de chez lui après avoir entendu deux coups de feu juste en face de sa maison.

Il avait trouvé Finn en train d'agoniser. Belvadara pleurait.

– C'est terrible, terrible… répétait-elle. Il n'avait rien fait de mal.

Milly se sentit faiblir. Josh s'aperçut de sa pâleur et vint la retenir au moment où son corps basculait en arrière.

– Qu'est-ce qu'il fait ici celui-là ? Ce sont sûrement des types comme lui qui ont tué notre Finn, et vous laissez encore ce bandit entrer dans votre classe !! hurla Belvadara. Sortez !!! Sortez, voyou ! Et que je ne vous revoie jamais ici !

Josh prit tranquillement son colt dans le tiroir de Milly et le remit à sa ceinture. Belvadara se mit à crier plus fort.

– Il a une arme ! Il a une arme ! Farell, Liam, Mat, Walter, prenez vos affaires et venez avec moi. Nous rentrons à la maison. L'école est devenue trop dangereuse.

Milly se sentait ivre et totalement abasourdie :

– Qui a tiré sur lui ? demanda-t-elle.

Belvadara bafouilla :

– On ne sait pas. C'est malheureux. Le révérend n'a vu personne. Il est arrivé trop tard. Le shérif Clyne va s'occuper de tout. À mon avis, c'est encore un coup des *road agents*. Peut-être même un coup du frère de votre protégé.

Milly n'arrivait plus à parler. Elle sentait encore l'odeur de Finn dans ses propres cheveux. Pour une fois, les suppositions de Belvadara étaient peut-être les bonnes. Milly comprenait maintenant pourquoi le frère de Josh était revenu passer la nuit à Tolstoy. Mais pourquoi avait-il prémédité le meurtre de ce pauvre Finn ? Finn n'était pas riche, Finn n'avait pas de dettes de jeu, puisqu'il ne jouait pas, Finn n'avait pas d'ennemis. Pourquoi lui en aurait-il voulu au point de le tuer ?

– C'est un cauchemar, n'est-ce pas ? Je vais me réveiller, murmura la jeune femme.

Elle regarda autour d'elle. Rien ne ressemblait effectivement à la réalité. Les murs ondulaient, les enfants semblaient bouger au ralenti, les fleurs dans le vase avaient perdu leurs couleurs.

– Réveille-toi, Milly, réveille-toi, répétait-elle en se tapotant les joues.

– Vous dormez pas, maîtresse, dit Epsey-Ann. C'est comme ça ici. Les gens meurent pour rien. Mon père est mort pour rien lui aussi.

– C'est la dure loi de l'Ouest, dit encore Farell, en prenant l'attitude d'un vieux cow-boy.

Epsey-Ann le pria d'arrêter de répéter cette phrase idiote.

– On dirait que tu n'as aucune idée de ce que le mot « loi » signifie, poursuivit-elle. Je t'ai déjà expliqué tout ça, mais tu n'es qu'un perroquet.

– Mon fils n'est pas un perroquet ! s'indigna Belvadara qui n'était toujours pas repartie. Nous souffrons tous de la dure loi de l'Ouest.

Belvadara oublia quelques instants la mort de Finn. On touchait à sa famille, à sa progéniture, et cela lui paraissait plus insupportable que tout.

– Quelle insolence ! Si j'étais ta mère, jeune fille…

– Ben heureusement, vous n'êtes pas ma mère…

Devant cette querelle ridicule, Milly sortit de son état de choc et s'écria :

– Un homme est mort. Un homme que nous connaissions tous et que nous aimions tous. Et vous, Mrs Johanson, vous vous chamaillez comme une gamine avec une petite fille… Sortez de ma classe ! Vous n'avez aucun respect pour Finn !

Belvadara n'en revenait pas que Milly lui ait parlé ainsi. La jeune femme avait soudain un regard dur et inquiétant. Jamais Belvadara n'aurait pensé que Milly pouvait se mettre en colère de la sorte. Elle réunit ses quatre enfants et rentra chez elle sans ajouter un mot.

Josh était déjà dehors, mais dès qu'il aperçut Belvadara sur le chemin de sa boutique, il revint à l'école. Milly avait repris sa place et son air stupéfait. Elle regardait dans le vague. Elle peinait à respirer.

Josh la conduisit dans sa chambre et lui conseilla de se reposer et de reprendre des forces. Elle lui tendit la main tant elle avait du mal à se lever et à marcher. Il la trouva très fine et très douce. Milly ressemblait soudain à une enfant qu'il aurait aimé protéger mais que pouvait-il faire pour elle, à part s'occuper de ses élèves jusqu'à ce qu'elle reprenne ses esprits ?

Lorsqu'ils furent dans la chambre de Milly, elle lui demanda tout bas :

– C'est votre frère qui a tué Finn ?

– Non. C'est pas mon frère. Mon frère aimait bien Finn. Moi aussi, je l'aimais bien. C'était un homme de valeur. Mais vous, on dirait que vous l'aimiez encore plus que ça... J'ai raison ?

Milly ne dit rien. Josh délaça les bottines de la jeune femme et l'allongea sur son lit. Puis il referma la porte et retrouva les enfants dans la salle de classe. Il les fit s'asseoir et leur demanda de chanter avec lui. La plupart des élèves n'étaient pas très rassurés en face de Josh. Il n'eut donc aucun mal à tenir les enfants sages pendant le reste de l'après-midi. Epsey-Ann lui demanda de remettre son colt dans le tiroir, et Paul voulut savoir ce que ça faisait d'être un bandit.

Josh répondit :

– Je suis pas un bandit. J'ai juste suivi mon frère quand j'étais plus jeune parce que je savais pas qui suivre d'autre. Mais maintenant, je le suis plus.

– Tu suis qui alors ?

– J'ai grandi. Je suis mes idées et mes envies. Je n'crois plus qu'en moi.

– Il faut croire en Dieu aussi ! s'exclama Myrtle.

– Quand mes parents sont morts, j'ai arrêté de croire en Dieu. S'il avait existé, il m'aurait pas fait un truc pareil, expliqua Josh d'une voix douce. Chez mes amis les Indiens crees, notre Dieu n'existe pas.

Le regard des enfants sur Josh se transforma au cours des heures. Ils finissaient par trouver le garçon sympathique et fraternel.

Milly, toujours alitée, écoutait les conversations en pleurant. Cette disparition soudaine l'avait plongée dans un état d'irréalité, dont il semblait qu'elle mettrait longtemps à sortir.

15

La ville entière assista à l'enterrement de Finn. Même Josh se joignit discrètement à la foule regroupée à l'intérieur et à l'extérieur de l'église, faute de place. Milly pleurait beaucoup. Marceline, à qui Milly s'était confiée, la soutenait en lui disant :

– Je connais ça, je connais ça... Et encore, vous n'en étiez qu'au début, tous les deux. Imaginez que cela vous soit arrivé après deux ans d'amour.

Elwood se fit discret. De mauvaises langues l'accusaient du meurtre de Finn. En effet, après avoir rapporté son sac à Milly et réalisé qu'il n'avait définitivement plus ses chances avec elle, il s'était rendu au saloon où, le whisky aidant, il avait livré sa tristesse à quelques piliers du bar. Certains pensaient donc qu'il avait été capable de tuer celui qui semblait aussi courtiser Milly tant il avait souffert du choix et du rejet de la jeune femme.

Le shérif Clyne ne croyait pas à ce scénario. Elwood était un ami fiable, incapable de la moindre violence. Une enquête dans la ville était en cours. Pour l'instant, elle privilégiait une histoire qui ne plaisait pas non plus à Tim. En effet, Annette Anson assurait que, le matin du crime, elle avait vu de sa fenêtre Elijah King tirer sur un homme en fuite. Les balles de l'adjoint du shérif n'avaient visiblement pas atteint la bonne cible.

Elijah réfutait évidemment cette accusation. Il avait effectivement couru après un homme, qu'il avait surpris en train de forcer la porte d'une boutique, mais jamais, jurait-il, il n'avait sorti son arme. Les habitants de Tolstoy connaissaient les habitudes balistiques et la toute-puissance de King et doutaient de cette version. Cependant, le shérif ne pouvait pas l'accuser sans autre preuve qu'un unique témoignage.

Les *Vigilantes,* eux, continuaient à faire régner leur loi bien particulière sur le territoire et n'avaient pas besoin de preuves pour accuser et pendre un homme. Comme Finn s'était souvent occupé de leurs chevaux, ils voulurent le venger et décidèrent qu'Elwood McDonahue devait être pendu. Les pendaisons des *Vigilantes,* sur le grand arbre réservé à cet usage à Virginia City, attiraient chaque fois plus de trois cents personnes, bien plus que n'importe quel événement dans la région. La plupart du temps, les condamnés étaient des *road agents,* mais il arrivait que la peine de mort soit appliquée à de pauvres innocents ou à de petits bandits qui ne méritaient sans doute même pas la prison. Le père d'Epsey-

Ann était l'un des premiers hommes du coin à avoir été la victime de la loi fantaisiste et meurtrière de ce groupe de justiciers. Les nouvelles communautés du Montana réclamaient constamment une administration locale fiable et permanente ainsi que de véritables tribunaux mais, tant que l'État était en construction, les *Vigilantes* restaient une police parallèle puissante.

Le shérif Clyne apprit qu'Elwood était en très mauvaise posture. Il fallait le retrouver et le cacher avant que les *Vigilantes* le capturent. Malheureusement, Elwood était parti, comme chaque semaine, pour Virginia City.

Milly se sentit coupable de ce qui arrivait à Elwood. Le samedi matin, elle demanda à John Witherspoon si elle pouvait profiter de sa charrette pour descendre en ville avec lui. Elle connaissait l'adresse d'Elwood là-bas, elle pourrait le prévenir si elle arrivait avant les *Vigilantes.*

Lorsqu'ils atteignirent l'orée de la ville, ils remarquèrent sans tarder un attroupement près de l'arbre à pendaison. Le pauvre Elwood avait les poignets ficelés derrière le dos, les chevilles ligotées. Il était tenu devant la potence par trois moustachus au regard sombre.

Milly ordonna à John de s'arrêter :

– Vous ne pouvez pas regarder ça, Miss Burnett, c'est affreux ! dit-il.

Milly sauta de la charrette. John tenta de la retenir, en vain.

– Arrêtez ! Arrêtez ! hurla-t-elle aux *Vigilantes*. Cet homme n'a pas tué Finn ! Cette histoire de jalousie ne tient pas debout. Elwood McDonahue a toujours été un homme très convenable.

– Trop tard ! dit l'un des moustachus.

– Trop tard ? s'étonna Milly, l'air furieux. Vous reconnaissez donc que vos décisions ne sont pas le fruit d'une réflexion ou d'un jugement. Vous ne remettez rien en cause. Vous pendez les gens pour le plaisir, sans vous demander si ce que vous faites est juste. Quels hommes êtes-vous, messieurs ?

Une partie de la foule présente pour la pendaison applaudit Milly.

– Si vous pendez cet innocent, vous ne réparez rien, mais vous commettez un acte gratuit et prémédité. Il n'y a dans cette action pas une once d'intelligence ni de justice, poursuivit-elle.

La foule applaudit encore plus fort. Les yeux d'Elwood s'étaient remplis de larmes. Un bâillon couvrait sa bouche. Milly remarqua qu'il avait uriné dans son pantalon tant il avait peur.

– Pour qui tu te prends ? demanda le plus petit des moustachus. Tu n'es qu'une femme. Les femmes ne pensent pas.

– Visiblement plus que certains hommes ici présents, répondit Milly.

Le type dégaina son colt. Le deuxième lui dit :

– Tranquille, Simon ! On tire pas sur les filles, tu te souviens ?

– Ouaip ! Mais elle m'énerve.

– Je vous énerve parce que vous ne savez pas comment répondre à mes accusations. Vous n'avez que des réponses radicales à tout ce qui vous dérange : descendre les innocents, pendre n'importe qui pour vous sentir plus forts.

– Milly ! Arrêtez ! lui chuchota John Witherspoon qui venait de la rejoindre. Vous risquez votre vie, là.

– Je me bats pour la liberté et la justice, s'écria Milly.

La foule entière applaudit encore. Deux cavaliers masqués de foulards colorés surgirent alors. Milly crut reconnaître le cheval de Josh. Les deux hommes ordonnèrent aux *Vigilantes* de relâcher Elwood. Les moustachus se mirent à tirer pour se défendre. La foule se dissipa, Milly et John coururent vers leur charrette. L'un des cavaliers masqués sauta à terre et délivra Elwood, en coupant d'un geste sec la corde autour de ses chevilles, à l'aide d'un couteau. L'autre homme s'occupait des ennemis avec brio. Il maniait son colt avec excellence.

Milly fit de grands signes à Elwood, il sauta dans la charrette et John fouetta son cheval pour quitter rapidement le lieu.

– Ils vont nous retrouver, ils vont nous retrouver… disait-il, paniqué. Je ne peux pas mourir maintenant. Je viens d'être papa, moi.

Il y eut encore de nombreux coups de feu. Milly se retourna et vit trois hommes au sol qui tenaient leurs jambes en hurlant.

– Ils ne nous retrouveront pas tout de suite, je peux vous l'assurer. Les justiciers masqués ont bien visé. Ces hommes vont mettre du temps à se remettre, dit Milly qui, malgré sa peur, tentait de rester forte et rassurante.

– Mais les *Vigilantes* sont très nombreux et bien organisés. Ah ! Je n'aurais pas dû vous emmener ici, Miss Burnett, regretta John Witherspoon.

– Je serais mort si vous n'aviez pas été là… remarqua Elwood. Je vous suis très reconnaissant, John. Et Miss Burnett, vous m'avez impressionné. Quelle femme ! Quel courage ! Et quelle oratrice !

– Nous vous avons aidé, mais ce sont les deux cavaliers qui vous ont réellement sauvé la vie… Moi, je n'avais que des mots pour vous défendre… et ça n'avait pas l'air de les atteindre. En plus je suis une femme…

– Et moi, je n'avais qu'un chariot. Je ne suis pas courageux du tout, je le reconnais. Ces types me font très peur, avoua John. Où allons-nous maintenant ? demanda-t-il, l'air perdu, quand ils arrivèrent au centre-ville.

– Chercher votre farine, dit Milly comme si rien ne s'était passé.

Elle essayait encore d'avoir l'air calme, mais ses mains tremblaient. Elle non plus n'en revenait pas d'avoir été si téméraire. Bientôt, elle éclata en sanglots. Elwood n'osa pas la prendre contre elle pour la consoler. Il se contenta de poser une main sur son épaule.

– C'est normal de pleurer. Vous avez tellement pris sur vous, dit-il.

– Je ne voulais pas que vous mouriez, vous aussi.

Il la trouva terriblement émouvante, mais ne laissa échapper qu'un tendre regard.

16

Elwood s'enferma dans son appartement de Virginia City. Milly sortit prudemment acheter quelques provisions pour son ami. Ainsi pourrait-il rester chez lui en attendant la venue de Tim Clyne, qui saurait certainement comment le protéger des *Vigilantes.*

Elwood serra longuement la main de Milly pour la remercier de nouveau de tout ce qu'elle avait fait pour lui. John chargea ses sacs de farine et reprit la route de Tolstoy, très inquiet. Il avait beau avoir une arme, il redoutait d'avoir un jour à s'en servir. Milly, elle aussi, avait peur d'être arrêtée par les *Vigilantes.* Ils devaient forcément les attendre quelque part. Mais John, comme Milly, ne pouvaient pas s'attarder à Virginia City. Les enfants et les clients de la boulangerie avaient besoin d'eux. Milly fredonnait des chansons pour se donner du courage. La route était belle. Elle se souvint de ce même voyage, qu'elle avait fait trois mois plus tôt, en compagnie de John, lorsqu'elle était arrivée à Tolstoy. Les oiseaux lui avaient semblé plus libres ici qu'à l'Est. Aujourd'hui, elle rêvait d'avoir des ailes ou de rentrer chez elle, dans le Massachusetts, sur le dos d'un aigle.

Lorsqu'ils virent deux cavaliers venir à leur rencontre, John se mordit les lèvres, Milly arrêta de chanter. Mais elle reconnut vite les foulards colorés des hommes qui avaient sauvé Elwood.

Ils s'arrêtèrent devant la charrette et le premier découvrit son visage.

– Josh ! s'écria Milly, je me doutais que c'était vous tout à l'heure ! J'avais reconnu votre cheval !

Elle était si contente de le voir qu'elle eut envie de le prendre dans ses bras. La présence de ce garçon à leurs côtés la rassurait. Sans doute parce qu'il avait une arme dont il savait se servir. Soudain, elle réalisa que l'autre garçon devait être son frère Mitch, et la peur revint sans tarder.

– C'est votre frère ? demanda-t-elle en observant l'autre homme qui montait son cheval à cru et portait des mocassins.

Elle supposa que Mitch s'était déguisé en Indien pour tromper son monde.

– Non, ce n'est pas mon frère, c'est mon ami, Ahanu. C'est un Cree. Il parle un dialecte cree et un peu anglais. Ahanu, ça veut dire « celui qui rit ». Ça lui va bien.

L'homme hocha la tête et abaissa son foulard à son tour. Il devait avoir l'âge de Josh. En voyant son sourire sympathique, John Witherspoon s'autorisa à respirer de nouveau. Il était resté en apnée depuis l'arrivée des deux garçons.

– On vous escorte jusqu'à Tolstoy, dit Joshua.

Il avait l'air heureux d'aider Milly.

– Mais, en échange, vous me donnez un cours particulier d'écriture demain, ajouta-t-il tout bas.

Milly pointa son nez vers le ciel, l'air amusé.

Ainsi Milly et John rentrèrent sains et saufs chez eux.

John déposa Milly devant chez les Clyne et s'empressa de retourner chez lui.

– J'ai bien cru que je ne reverrais jamais ma femme et notre bébé. Je dois leur dire que je les aime. On ne se dit pas assez qu'on s'aime.

– Ce voyage n'était donc pas si négatif ? remarqua Milly. J'espère que vous n'allez pas m'en vouloir, désormais.

– Vous inquiétez pas. Ce qui est arrivé devait arriver. Dieu l'a voulu ainsi. Et si nous sommes encore en vie, c'est aussi parce qu'il l'a décidé.

– C'est un point de vue confortable, j'imagine.

– C'est la vie, Miss Burnett. On ne décide pas grand-chose, vous savez.

– Non, je ne sais pas ! Je suis trop jeune pour savoir ça. À bientôt, John, et merci !

Ahanu et Josh étaient repartis discrètement sans que Milly ou John aient eu le temps de les remercier.

Tim Clyne sortit de chez lui et assura à Milly qu'il ferait le nécessaire pour protéger Elwood des *Vigilantes.*

– Et moi ? Vous pensez qu'ils vont me rechercher aussi ? demanda Milly.

– Ils ne font pas de mal aux femmes théoriquement… Et puis, ce ne sont tout de même pas des bandits. Ils sont juste persuadés qu'ils protègent le territoire du Montana, mais ils en font beaucoup trop…

Meg Clyne proposa à Milly de dormir chez eux, si cela la rassurait. Milly aimait bien Meg et pensait qu'elle passerait une soirée bien plus agréable chez les Clyne que chez elle. Elle alla jusqu'à l'école pour prendre quelques affaires. Elle trouva devant sa porte une tourte aux fruits rouges enveloppée dans un torchon. Elle reconnut les torchons de Marceline et s'empressa d'aller la remercier. Milly emporta le gâteau chez ses hôtes. Elle discuta longuement avec Meg dans leur cuisine et se réjouit d'avoir trouvé de bons amis à Tolstoy. Il lui était pourtant difficile de ne pas penser à Finn. D'ailleurs, dès qu'elle prit place à la table des Clyne, tout lui rappela sa soirée à côté du beau forgeron et le dîner lui parut long et douloureux.

Plus tard, Meg vint souhaiter une bonne nuit à Milly dans la chambre d'amis. Comme la jeune femme avait les yeux rouges, Meg lui demanda si la mort de Finn l'avait à ce point bouleversée.

Milly lui confia l'intensité de son aventure dans les bras du forgeron.

– Ah oui, c'est évident, ce garçon avait un charme sans pareil ! soupira Meg. Un charme auquel nous avons toutes cédé un jour ou l'autre.

Milly fronça les sourcils. Elle n'était pas sûre d'avoir compris. Elle ne voulait pas avoir compris.

– Vous voulez dire que... vous et Finn...

– Et je ne suis pas la seule. Je l'ai connu juste avant mon mariage. Derrière son apparente timidité se cachait un grand séducteur.

Milly fixa Meg pendant une longue minute, sans rien dire. Sa bouche était restée ouverte, elle était de nouveau en état de choc.

– J'ai hésité à vous révéler cela tout de suite, mais j'ai pensé que je pourrais ainsi vous ôter un peu de peine. Cela dit, Finn était un homme adorable et je ne lui reproche rien. Je sais juste qu'il ne s'attachait à personne et qu'il avait parfois plusieurs aventures en même temps...

– Il savait profiter de la vie, dit Milly en essayant de sourire. Moi, je préfère croire qu'il se serait attaché à moi... Oh, en fait... non... Il vaut mieux que je ne croie pas cela, n'est-ce pas ? Mon Dieu, je n'arrive pas à me faire à l'idée de sa mort. Vous réalisez, vous, qu'on ne va plus jamais le voir ? C'est une idée insupportable. Je me demande encore si l'Ouest est vraiment fait pour moi. J'ai un peu de mal à tout encaisser aujourd'hui. Trop de violence, sans doute...

– Reposez-vous. Demain sera un jour plus calme. Vous retrouverez vos élèves. Tout ira mieux. Bonne nuit, Milly ! Et bravo pour ce que vous avez fait aujourd'hui. Je suis sûre qu'on va parler de vous. Les femmes de tête sont rares. Vous êtes forte. Vous irez loin.

– Je veux juste être heureuse.

– Ça, c'est peut-être plus compliqué. Vous êtes comme moi. À mon avis, vous vous réjouirez plutôt de ne pas être malheureuse. Mais le non-malheur est-il la définition du bonheur ?

Elle referma la porte.

Milly retrouva ses élèves à 9 heures le lendemain. Belvadara avait accompagné ses fils pour s'assurer que « le bandit n'était pas dans les parages ». Milly lui raconta que Josh avait sauvé Elwood de la pendaison, mais Belvadara avait du mal à changer d'avis.

– Bandit un jour, bandit toujours, dit-elle.

– Mais Josh n'a jamais été un bandit. C'était un enfant qui suivait son frère. Il n'avait pas d'autres modèles, vous comprenez ?

– Oh ! On voit bien que vous ne le connaissez pas. Il traîne avec des Indiens et vous savez, il a déjà volé des fruits à la boutique.

– Je sais, je sais ! répondit Milly, un peu exaspérée. Vous n'avez donc que cela à lui reprocher ?

– Un vol est un vol. Ce n'est pas ce qu'on vole qui compte mais l'acte lui-même.

Milly salua Belvadara Johanson sans plus discuter car elle savait que Josh n'allait pas tarder à arriver. À 9 h 30, elle reconnut le galop de son cheval.

Il se mit à son travail comme d'habitude. Une chose avait changé pourtant : les enfants n'avaient plus du tout peur de lui et l'ambiance dans la classe était détendue et assez joyeuse. À l'heure du déjeuner, il n'avait apporté qu'une pomme. Milly lui fit remarquer qu'il ne se nourrissait pas assez. Elle savait bien qu'il n'avait ni potager ni poules, et peu d'argent pour s'acheter à manger. Elle lui offrit de partager son déjeuner.

– C'est pour vous remercier de ce que vous avez fait hier, dit Milly qui cherchait à justifier sa générosité devant les autres enfants.

– Non, non, pour ça, vous me devez une leçon d'écriture en fin d'après-midi. Vous n'avez pas oublié, hein ?

– Entendu, dit Milly très sérieusement.

Elle essayait de retrouver une attitude d'enseignante, mais elle sentait bien qu'elle ne réussissait plus à entretenir ce rapport avec Josh. Il était venu plusieurs fois à son secours depuis la mort de Finn. Elle voyait désormais en lui un homme altruiste sur lequel elle pouvait compter, presque un ami.

Cependant Josh, lui, se considérait vraiment comme un élève. Il était travailleur et avide d'apprendre. Après les cours, il demanda à Milly de lui écrire des modèles de mots qu'il recopia avec application. Milly le corrigeait, prenant sa main comme celle des jeunes enfants pour lui expliquer le mouvement du stylo. Au bout de trois heures de travail intensif, Milly finit par le mettre à la porte.

– Je voudrais me reposer maintenant, Josh, si ça ne vous ennuie pas.

– J'aime bien écrire, dit le garçon.

– J'ai cru le remarquer, oui… s'amusa Milly. À demain ?

– En fait, je ne vais pas pouvoir venir pendant un mois. Mr Zhang m'emploie à plein temps. Il a besoin de main-d'œuvre pour une grosse commande. J'ai pas pu refuser. J'ai besoin d'argent.

Milly ne laissa pas transparaître sa déception. Au moins, elle n'aurait pas de problème avec Belvadara pendant le mois qui venait. Il fallait toujours chercher le bon côté des choses. En cela, elle ressemblait parfois à Annette Anson, dont elle appréciait les leçons de philosophie.

– Très bien, Josh. Nous nous reverrons dans un mois donc, dit-elle un peu sèchement.

Il la regarda avec tendresse, comme s'il n'était pas dupe, comme s'il avait compris qu'elle se protégeait en jouant un rôle.

– Vous êtes une fille bien, dit-il en remontant sur son cheval. Vous avez eu un sacré courage devant les *Vigilantes*.

– Comment le savez-vous? Vous ne m'avez pas entendue leur parler, vous n'êtes arrivé qu'à la fin. Et d'ailleurs, heureusement que vous êtes venu à mon secours ! Je suis peut-être courageuse mais sûrement pas assez prévoyante. Je n'ose même pas imaginer comment aurait fini cette histoire si j'avais été seule devant ces moustachus.

– Vous ne prévoyez rien parce que vous avez confiance en votre guide spirituel, c'est ça ?

Milly se sentit découverte. Comment pouvait-il avoir deviné l'existence d'Angela ?

Il poursuivit :

– Depuis hier, on parle de vous partout. On dit que vous avez un sacré culot. Les gens qui ont du culot sont ceux qui savent qu'ils peuvent faire confiance à leur guide spirituel. J'ai appris ça chez les Indiens.

– Je crois qu'il s'agit plutôt, chez moi, d'un trop-plein de naïveté, répondit Milly, mais vous êtes surprenant.

– C'est quoi, la naïveté ?

– De l'inexpérience.

– Je comprends pas tout ce que vous me racontez, mais ça me plaît quand même. Salut ! s'écria-t-il en repartant chez lui.

Milly imagina le jeune homme, tout seul, chez lui. Elle regretta de ne pas l'avoir convié à dîner. Elle cherchait à garder une distance entre eux et tentait de se protéger ainsi. Vraiment, elle avait manqué d'humanité et de générosité ce soir. Elle repensait beaucoup à Finn. Il avait eu bien raison d'écouter ses envies comme il le faisait. La mort était si présente, en permanence, si menaçante. Ici, plus qu'à l'Est, la vie ne valait pas grand-chose ou peut-être, au contraire, l'insécurité, la fragilité apportaient-elles une valeur inestimable à chaque instant de l'existence.

Il fallait profiter plus fort encore de chaque moment, ne pas se demander si ce que l'on faisait était convenable ou « comme il faut ». Il fallait dire aux autres le bonheur d'être avec eux, ne pas se retenir, se contenir, s'économiser, ne pas prévoir non plus. Rien n'était prévisible à part le fait que nous allions, comme Finn, mourir un jour. Demain peut-être.

Milly s'assit devant sa porte, à l'endroit même où le forgeron l'avait embrassée. Elle peinait à croire ce que lui avait dit Meg. Finn avait si bien caché son jeu. Elle ne regrettait pas de s'être laissé charmer comme les autres. Cette histoire aurait pu durer. Seraient-ils devenus deux amants aussi passionnés que Marceline et son Luke Hartley ? Milly laissa libre cours à son imagination. Les scènes étaient torrides, Finn, si beau. Elle avait l'impression qu'il se serrait encore contre elle. Son odeur ne la quittait plus. Elle sourit puis sanglota quelques instants. Seule, perdue, elle aurait voulu s'allonger dans sa chambre d'enfant, parler à sa mère, tenir sa main. Plus que tout, elle avait perdu un futur meilleur ami. Elle aimait sa complicité, son indépendance. Ils avaient beau être issus de milieux différents, Milly se trouvait de nombreux points communs avec Finn. Mais à quoi bon penser à ce qui aurait pu être. Finn avait été son étoile filante. Elle fit alors le vœu de ne plus être triste. Cela la fit pleurer plus encore. Elle se souvint à cet instant de sa première rencontre avec Finn, chez les Johanson, et de ce qu'il avait dit, cette phrase si jolie, que seuls Phil et elle avaient remarquée : « J'aime bien partir. »

Finn avait finalement fait ce qu'il aimait. Une bonne fois pour toutes.

17

Dans le mois qui suivit, Milly regretta chaque dimanche l'absence d'un véritable jour de congé. La classe du dimanche lui apportait si peu de satisfaction. Belvadara s'octroyait de plus en plus de place et ne laissait aucune chance de développement à cette tentative d'initiation culturelle. Les leçons d'écriture, de lecture, d'histoire et de calcul étaient peu à peu remplacées par le catéchisme et les cours d'éducation civique. Et puis, le dimanche, on évoquait et on regrettait Finn.

Un véritable tribunal existait désormais à Virginia City. Elijah King, l'adjoint du shérif, y avait été jugé coupable d'homicide involontaire. On lui avait retiré son étoile d'adjoint et il avait été emprisonné quelque temps, pour donner l'exemple. Les *Vigilantes* perdaient petit à petit le pouvoir qu'ils s'étaient attribué et cela rassurait la majorité de la population de Tolstoy. Milly n'aimait pas penser à Finn, elle se refusait d'entretenir sa peine. « Il ne cessera donc jamais d'être mort», se dit-elle un jour, avant de réaliser l'absurdité de sa pensée et de consigner cette phrase dans son «journal des amusements». Cependant, elle reconnut que les morts récents tenaient beaucoup plus de place que les morts anciens et que seul le temps finirait par diluer ses tristes pensées dans quelques bonheurs passagers. Pourtant, on lui avait confirmé à plusieurs reprises les talents de séducteur de Finn. Elle et Meg n'avaient effectivement pas été les seules à tomber sous son charme. D'autres femmes plus vulgaires et moins jolies faisaient aussi partie de son tableau de chasse. De nombreuses femmes à Tolstoy étaient liées par ce secret commun. Milly finit par se dire qu'elle n'avait été qu'une conquête de plus. Cela la rendit encore un peu plus triste. Il ne s'agissait pourtant plus de la même tristesse. Celle-ci était mâtinée de déception et de frustration. Milly ne saurait jamais si Finn l'avait aimée plus que les autres, ni ce que leur aurait réservé l'avenir.

L'absence de courtisans rendait soudain les journées de Milly plus ternes. Elle qui avait horreur de la routine fut obligée de constater que son travail la condamnait à d'inévitables répétitions. La plupart des êtres humains se rassurent à refaire les mêmes choses, Milly, elle, avait peur d'être aspirée dans ce qu'elle appelait le «tourbillon du pareil».

– Les habitudes sont une drogue que je n'essaierai jamais, expliqua-t-elle à Marceline. Elles limitent la découverte de nouveautés.

– À mon avis, Milly, vous n'avez pas le tempérament à essayer la moindre drogue. Celle-ci ou une autre. Vous avez peur de la dépendance et vous avez raison. Moi, j'ai été accro à Luke et je fume un peu trop.

– À propos de nouveauté, insista Milly, je m'intéresse à toutes ces ethnies différentes qui peuplent le Montana. Je ne sais pas si la fin de la guerre a rendu les gens plus ouverts, mais j'ai le sentiment qu'il règne ici une entente assez rare entre les peuples. Tout le monde s'accepte, se tolère, trouve sa place... sauf les Indiens... Tous ces traités qui redistribuent les terres aux Indiens me semblent de belles entourloupes. Savez-vous que nous nous situons sur un territoire de chasse commune qui appartient désormais au gouvernement ? Les militaires ont expulsé d'ici plusieurs groupes de nomades d'une façon extrêmement violente ces derniers temps. Je trouve cela scandaleux. Vous fréquentez des Indiens, vous ? Moi, je n'ose pas. Je ne sais pas comment les aborder. Et pourtant, j'en ai très envie. J'ai seulement rencontré l'ami de Joshua, Ahanu. Il a l'air joyeux et sympathique.

Marceline se mit à ricaner, puis elle fut prise d'un terrible fou rire. Milly ne comprenait pas cette hilarité. Elle pensait qu'elle allait obtenir des explications quand Marceline se serait calmée mais cette dernière éluda les dernières questions de Milly et revint sérieusement à leur conversation.

– Je ne sais pas si vous resterez longtemps institutrice. Vous faites ça mieux que quiconque, mais vous avez trop besoin de vous renouveler. Or, d'une année à l'autre, vous retrouverez les mêmes exercices, les mêmes maximes, les mêmes horaires et vous n'aurez plus cet enthousiasme, cette jeunesse qui fait de vous une maîtresse hors pair.

– Vous essayez de me dégoûter ?

– Non, je vais dans votre sens. N'est-ce pas exactement ce que vous étiez en train de me dire ?

– Si, mais lorsque c'est moi qui dis que je vais finir par m'ennuyer, j'en doute encore. Lorsque c'est vous, je me dis que vous avez entièrement raison.

Après cette discussion, Milly organisa ses journées différemment. Elle essayait d'offrir de nouveaux apprentissages à ses élèves et s'attachait à développer, de façon individuelle, les talents de chacun d'entre eux. Elle s'épuisait au travail, courant de l'un à l'autre, se rajoutant des heures de préparation ou de correction après les cours. Mais elle se réjouissait d'être utile, de voir les enfants s'épanouir et progresser, de développer leur curiosité. Un peu trop d'ailleurs, selon Belvadara Johanson, qui se permit de lui demander, « au nom des parents », de ne pas aborder des sujets outrepassant le programme établi par le *Board of National Popular Education.*

– Le programme est un peu trop limité à mon goût, répondit Milly.

– On ne vous demande pas ce qui est à votre goût, Miss Burnett. Moi, quand j'entends mon fils me parler de la religion bouddhiste, ça me dépasse !

– Notre région est habitée par de nombreux Chinois. Je viens d'accueillir un nouvel enfant dont les parents sont bouddhistes. Il me paraît normal d'expliquer cela à la classe.

– Ces gens-là vont se convertir un jour ou l'autre, ce n'est qu'une affaire de temps, dit Belvadara.

– « Ces gens-là », comme vous dites, ont une histoire qui n'est pas la nôtre, donc des choses à nous apporter.

Annette Anson, qui assistait à la conversation, affirma que sa fille affichait un bel enthousiasme en partant à l'école chaque matin. Cela apportait la preuve d'un apprentissage de qualité.

– Je ne pourrais pas dire la même chose de mes garçons. Ils n'ont pas l'air plus enthousiastes que d'habitude, ils sont juste devenus extrêmement curieux, rétorqua Belvadara. Ils passent leur temps à me poser des questions auxquelles je ne peux pas répondre. Vous savez, vous, comment naissent les étoiles ?

– Je sais comment meurent les étoiles filantes, murmura Milly, rêveuse.

Elle comprit alors pourquoi elle déployait tant d'énergie depuis quelques semaines : elle voulait éviter de penser à Finn, à la mort, à la solitude, à la complicité qu'elle aurait aimé avoir avec un homme.

Elwood n'était pas revenu à Tolstoy. Tim Clyne lui avait conseillé de déguerpir quelque temps tant il craignait la vengeance de certains *Vigilantes* trop zélés. Cependant, un mois plus tard, Milly reçut une lettre de Californie où Elwood s'était installé. Il avait repris les mêmes activités et se disait bien peiné d'avoir dû quitter autant d'amis si brusquement. Il invitait Milly, quand elle le voulait, dans la grande hacienda[1] qu'il occupait désormais et la remerciait encore de lui avoir sauvé la vie.

Milly se remémora le moment où Josh avait libéré Elwood. Un mois venait de passer et le jeune homme n'était pas revenu à l'école. Il lui avait manqué sans qu'elle puisse se l'avouer. Il dégageait une tranquillité peu commune et rendait les journées moins monotones.

Josh avait travaillé sans relâche pour Mr Zhang. Il avait coupé des arbres tous les jours et s'était bâti un corps d'athlète à force de manier les haches et les scies, à force de transporter des branches et des

1. Nom d'origine espagnole donné aux grandes fermes d'Amérique latine et en Amérique hispanique.

troncs. Il avait gagné 40 dollars en un mois, un bon salaire. Zhang était sans pitié, n'autorisant aucune interruption du travail pendant les fortes pluies ou les jours de grande chaleur du début de l'été, mais il était honnête et payait mieux que la plupart des autres exploitants forestiers de la région.

– Est-ce que tous ces arbres appartiennent au patron ? avait demandé un bûcheron.

– Nature à tout le monde, avait assuré le contremaître.

Mais les Indiens n'étaient pas toujours de l'avis du Chinois et, parfois, les bûcherons avaient dû déguerpir en évitant leurs flèches. Le Montana était occupé par des tribus qui refusaient aux pionniers l'accès à leurs terres. Après tout, le gouvernement n'avait-il pas délimité une zone de pêche et chasse commune à tous ? Pourquoi les pionniers continuaient-ils à occuper sans autorisation les territoires rabiotés et redistribués aux Indiens ? Des arrangements financiers pouvaient être trouvés. Des sortes de « permis de chasse, de pêche, de passage... ». Grâce à ses amis crees, Joshua parlait certains dialectes et connaissait les pratiques de chaque tribu. Il était donc mieux payé que les autres bûcherons car il parvenait à négocier l'exploitation de parcelles boisées. Les Indiens aimaient les pionniers qui connaissaient leurs coutumes. C'était une preuve de respect à leur égard.

Depuis un an, Josh aimait Wapun, la sœur d'Anahu, une très belle fille de 17 ans, svelte et sportive, la peau très mate, les cheveux longs, bruns et brillants, les yeux vifs, en amande. Une jolie fossette la rendait irrésistible dès qu'elle souriait. Ils se connaissaient depuis leur plus tendre enfance. Leur amour s'était déclaré petit à petit, sans qu'ils s'en rendent vraiment compte. Ils faisaient ensemble de longues promenades à cheval à travers les plaines. Parfois, Wapun restait même passer une partie de la nuit dans la cabane de Josh. Josh ne s'imaginait pas vivre au sein d'une tribu indienne, elle, elle ne se plaisait pas à Tolstoy, mais ils s'aimaient, pour l'instant, sans se poser de questions sur leur avenir. Pourtant le père de Wapun n'aurait vu aucun inconvénient à accepter Josh au sein de leur tribu. À plusieurs reprises, les Indiens s'étaient occupés du garçon comme d'un fils. Ils l'avaient soigné quand il était malade, ils l'avaient nourri quand il avait faim. Josh se sentait bien auprès de cette famille, mais il avait toujours pensé que sa vie se ferait ailleurs.

Wapun avait une très jolie voix. Elle avait appris des chansons françaises et quelques accords de guitare avec Léon, un trappeur français qui s'était marié avec sa cousine cree, Alsoosme. Wapun était depuis peu employée le lundi comme blanchisseuse, dans un saloon de Virginia City. Son patron l'avait entendue chanter tandis qu'elle travaillait et lui avait proposé immédiatement de l'engager comme chanteuse, une fois par semaine, dans son établissement. Josh n'avait pas eu le temps de passer la voir chez elle tant il avait été pris par son travail. Elle lui manquait.

Alors qu'il travaillait dans le coin d'Alder Gulch pour quelques jours, il décida, un soir, de profiter de la proximité de la grande ville pour aller embrasser Wapun à la sortie du saloon. Il l'attendit donc après son spectacle. La jeune fille sortit au bras d'un élégant marchand et Josh ne sut comment il devait se comporter. Il l'observa un moment. Où allait-elle ainsi ? En général, elle passait la nuit chez sa cousine mais, ce soir, elle se dirigeait vers l'autre côté de la ville. Josh se sentit trahi. Pourtant, Wapun n'avait rien fait encore qui aurait pu l'inquiéter ou l'attrister.

Josh avait prévu que Wapun allait se réjouir de le voir, lui sauter dans les bras, lui donner des centaines de petits bisous pointus qui chatouillent. Cela faisait deux semaines qu'il ne l'avait pas vue et il s'était imaginé ces retrouvailles comme une fête. Il craignit que sa déception et sa tristesse ne s'amplifient s'il continuait à suivre Wapun. Il préférait ne rien savoir, ne rien voir. Il remonta sur son cheval et retourna, désappointé, au campement de Malcolm Zhang.

Il aurait sans doute mieux valu qu'il aille embrasser son amie, car les heures et les jours qui suivirent ne lui apportèrent qu'inquiétude et tourment. Il avait l'impression d'avoir perdu Wapun. Il passait ses nuits à se remémorer les promenades qu'ils avaient faites ensemble et leurs heures, enlacés.

Wapun, elle, avait effectivement rencontré un marchand à la fin de son spectacle. Il lui avait proposé de la présenter au propriétaire du théâtre de Virginia City. C'était lui qu'elle allait ainsi rencontrer le soir où Josh l'avait vue partir dans la mauvaise direction. Le directeur du théâtre cherchait une chanteuse pour animer une revue française et Wapun lui plut immédiatement. Ainsi put-elle se réjouir d'avoir trouvé un emploi supplémentaire qui lui permettait de s'offrir les choses qui lui plaisaient. Elle était pressée d'annoncer la nouvelle à Josh. Ils s'étaient retrouvés un soir, en coup de vent, deux semaines plus tôt, mais elle n'avait aucune idée de l'endroit où il travaillait cette semaine-là.

Le contrat mensuel de Joshua s'acheva. Zhang le félicita pour son sérieux et son efficacité et lui offrit une prime de 5 dollars. Dès le lendemain, le jeune homme se présenta à l'école. Lorsqu'il entra, Milly laissa tomber le livre qu'elle avait dans la main. Une rumeur se propagea dans la salle de classe.

– Tu reviens avec nous, Josh ? demanda Epsey-Ann.

– Ouaip, fit-il en déposant son colt dans le tiroir habituel.

Milly eut, à cet instant, la curieuse impression que la vie reprenait son cours, qu'une parenthèse venait de se refermer. Josh remarqua le petit sourire sur le visage de l'institutrice. Elle, au moins, ne l'avait pas oublié, ni abandonné. L'école était devenue une deuxième maison, un havre de paix.

Josh portait une chemise claire dont il avait relevé les manches. Milly constata immédiatement qu'il s'était musclé en travaillant comme bûcheron. Elle s'empêcha de le regarder avec trop d'insistance. Il avait perdu ses allures d'adolescent.

– Tout va bien, Josh ? demanda Milly, l'air détaché.

– Presque, dit Josh. L'argent ça va, l'amour pas trop.

– Il est amoureux, il est amoureux ! chuchotèrent trois filles dans le fond de la classe.

Milly s'étonna d'une pareille réponse. Jamais elle n'avait pensé que Josh pouvait avoir une vie amoureuse. Jamais elle ne s'était posé cette question d'ailleurs. Jamais elle ne l'avait imaginé en compagnie d'une fille. Elle avait préféré le voir comme ce pauvre orphelin mal aimé, auquel elle allait apprendre à lire. C'était sans doute plus facile, même si ce que Belvadara lui avait fait endurer à ce sujet n'avait pas toujours été de tout repos.

– Eh bien, je vous souhaite que tout s'arrange, répondit Milly.

– J'ai pas de chance avec les filles, dit Josh.

Milly reprit ses activités sans rien dire. Elle ne voulait pas déranger sa classe.

Josh avait fait d'énormes progrès pendant son absence. Milly s'en étonna. Josh lui avoua qu'il s'était acheté un cahier sur lequel il s'était entraîné tous les soirs.

– À ce rythme-là, vous n'aurez bientôt plus besoin de moi, s'amusa Milly.

Josh interrompit son travail et fixa Milly comme il le faisait de temps en temps. Elle avait un peu peur de ce regard trop bleu.

– J'aurai toujours besoin de vous, affirma-t-il.

Milly se demanda si Josh avait réalisé ce qu'il venait de dire car il avait repris son livre, sans même s'intéresser à la réaction de Milly. Elle lui avait tourné le dos et faisait semblant de classer quelques papiers.

À l'heure du déjeuner, Josh quitta l'école sans rien dire. Milly aurait aimé alors qu'il ne revienne pas. Sa présence la rassurait, mais elle avait beaucoup de mal à rester efficace avec les autres élèves lorsqu'il était là.

Cinq minutes plus tard, il réapparut pourtant. Il déposa deux petites tourtes à la viande sur le bureau de Milly. Il les avait achetées à l'épicerie des Johanson. Il en offrit une à Milly.

– Je vous devais au moins ça, dit-il.

Dans la boutique, pendant que Phil l'avait servi, Belvadara n'avait pas quitté Josh des yeux, guettant le moindre faux pas de sa part.

– Tu vois, il est bien ce p'tit gars, avait observé Phil dès que Josh était sorti. Il paie, il dit bonjour, merci et au revoir. Et en plus, il est souriant.

– Et pourquoi a-t-il acheté deux tourtes ? Hein ? Pour nourrir son frère, pardi ! C'est sûr que le bandit est de retour dans le coin ! Et en plus, avec quel argent tu penses qu'il t'a payé, hein ? Les dollars ne poussent pas sur les arbres. Il s'agit de l'argent qu'ils prennent à ceux qu'ils tuent. C'est de l'argent sale.

– Belvadara, je crois que tu n'es pas gentille au fond de toi, avait déclaré Phil. Ça me fait de la peine.

Milly remercia discrètement Josh. Finalement, elle était ravie qu'il soit revenu. Elle n'arrivait plus à savoir ce qu'elle voulait. La routine lui déplaisait et Josh était d'évidence la solution parfaite pour apporter des nuances remarquables à chaque journée. Mais elle sentait que son intérêt pour ce genre de changement n'allait pas profiter au reste de la classe.

Depuis le départ d'Elwood et la mort de Finn, Milly ne se sentait plus si bien à Tolstoy. Elle pleurait souvent, malgré toute l'amitié que lui apportaient Marceline et Meg. Sa famille lui manquait. Elle rêvait d'une soirée avec ses frères autour de la grande table du jardin, du climat estival de la côte Est. Elle entendait le rire de sa mère, elle voyait son père tondre la pelouse en fumant un cigare et cette odeur toute particulière de gazon et de tabac lui manquait. Le confort et l'insouciance de sa vie au Massachusetts lui faisaient soudain défaut. Et puis elle se reprenait, elle pensait aux oiseaux si libres dans les cieux de l'Ouest, à ces chevaux sauvages qui galopaient dans les plaines alentour, à ces personnalités singulières qu'elle avait rencontrées à l'Ouest, à son rôle dans la ville, aux progrès des enfants, à tout ce qu'elle leur avait apporté. Elle appréciait sa liberté, certes un peu terrifiante, cette possibilité d'être ce qu'elle voulait, ces options qui constituaient sans doute le véritable confort.

Josh s'était assis sous l'arbre de la cour, comme il le faisait parfois le midi. En général, il restait seul pendant ce temps de pause, sauf si Milly venait lui parler. Mais aujourd'hui, quelques enfants s'étaient installés pour discuter et déjeuner avec lui. Il accepta de jouer avec eux. Ils riaient tous aux éclats. Milly eut du mal à reconnaître le voyou timide et rustre qui avait franchi la porte de sa classe plusieurs semaines auparavant.

Quelques passants avaient dû apercevoir Josh dans la cour et prévenir Belvadara de sa présence, car elle déboula, telle une furie, avant même la fin des cours.

– Je croyais que nous nous étions mises d'accord, s'exclama-t-elle en entrant dans la classe.

Joshua était installé au bureau de Milly tandis qu'elle aidait Farell et Paul dans leur travail, au fond de la classe.

Belvadara marqua un temps de surprise en découvrant le jeune homme à cette place. Joshua la salua poliment.

– Très bonne, votre tourte à la viande, ajouta-t-il.

Belvadara demanda à Milly de sortir afin de pouvoir « discuter entre adultes ». Milly lui répondit qu'elle était occupée et qu'elle lui accorderait du temps après la classe, si elle le souhaitait.

Belvadara ressortit en claquant la porte. On entendit des coups de feu. Le cœur de Milly fit un bond. Elle poussa un cri de frayeur. Elle était devenue très sensible à ces bruits, pourtant fréquents à Tolstoy.

– Belvadara ! s'écria-t-elle en se précipitant dehors.

Les enfants la suivirent. Josh continua son travail et lança :

– Ça, c'était le colt du shérif. Y a rien à craindre.

Effectivement, Tim Clyne était un peu plus loin dans la rue principale. Il avait tiré en l'air pour mettre fin à une bagarre entre deux hommes, devant le saloon de Violetta

Belvadara était saine et sauve. Elle se retourna et pensa que Milly avait voulu la rattraper afin de s'excuser.

– Oui, Miss Burnett ? fit-elle, l'air victorieux.

– J'ai juste eu peur pour vous, s'écria Milly avant de rentrer dans l'école.

– Vous feriez mieux de bien vous occuper de mes enfants, répondit Belvadara en s'en allant. Vous prenez trop de libertés. Ce n'est pas bon, la liberté. Pas bon du tout, Miss Burnett. Vous allez vous en mordre les doigts, c'est moi qui vous le dis.

18

Un samedi soir, les Clyne invitèrent Milly au théâtre de Virginia City. Ils allaient assister à la première de la revue française. Celle-là même dans laquelle chantait Wapun. Bien qu'elle ne sût pas qu'elle était l'amie de Joshua, Milly trouva la jeune femme merveilleuse. Elle était si contente de sortir, comme elle l'aurait fait dans le Massachusetts. Elle avait mis sa tenue la plus élégante et bouclé ses cheveux. Les Clyne lui avaient réservé une chambre dans un très bel hôtel tenu par leurs amis. Les fenêtres de sa chambre donnaient sur Wallace Street, une rue passante et bruyante, mais cela lui plaisait énormément. L'agitation, les lumières, la vie à toute heure. La ville était tellement excitante le soir venu. Une tout autre activité qu'à Tolstoy. Ici, on ne rencontrait pas simplement des mineurs et des fermiers attroupés devant les saloons. Ici, la ville vibrait à chaque endroit. Les femmes aussi sortaient au restaurant, au théâtre, au bal, aux différentes fêtes et soirées organisées un peu partout, et cela plaisait à Milly qui n'avait jamais compris pourquoi elles auraient dû rester à la maison tandis que les hommes s'amusaient. Le théâtre ne se trouvait pas loin de l'hôtel. Virginia City et ses alentours comptaient maintenant plus de 10 000 habitants et la salle était pleine ce soir-là.

Après la représentation, Meg Clyne présenta Milly à Bruce Cameron, sous-directeur du journal *Montana Post*. Il lui demanda ce qu'elle avait pensé du spectacle.

– Pour être honnête, dit Milly, je crois que n'importe quel divertissement m'aurait satisfaite. Tolstoy a l'avantage de créer un tel manque au niveau culturel que l'on ne sait plus faire la fine bouche. Mais en dehors de cela, j'ai trouvé qu'il s'agissait d'une revue de qualité, même si je ne comprends rien au français.

Il rit et lui proposa de lui faire visiter les locaux de son journal le lendemain matin. Milly fut ravie de cette proposition.

Les bureaux étaient ensoleillés, il y régnait une ambiance joyeuse. Milly eut le privilège de saluer Daniel W. Tilton et Benjamin Dittes, les propriétaires de l'entreprise. De grosses piles de journaux liées par des ficelles encombraient le bureau de Bruce Cameron. Milly aimait l'odeur acide un peu sucrée de l'encre et du papier. Certains jours, elle prétendait même qu'il était plus agréable de renifler son journal que de le lire. Elle ne s'attendait cependant pas à ce qui allait suivre.

– Voudriez-vous vous charger de la rubrique culturelle du journal, Miss Burnett ? demanda sans tarder Bruce Cameron. Ce serait une première approche du journalisme, mais vous pourriez ensuite écrire dans d'autres rubriques. Vous feriez une excellente reporter sur les sujets sociaux, j'en suis certain.

Cameron était un homme galant, mais pressé. Il avait une trentaine d'années, une belle allure, des vêtements à la mode, une moustache blonde et un peu d'embonpoint. Il était marié depuis peu à une femme noire, une ancienne esclave récemment affranchie, dont il avait un enfant. Ce genre d'union était peu commun, mais Bruce en parlait avec fierté. Il disait qu'il vivait désormais la vie qu'il avait envie de vivre, et non celle que la société avait toujours essayé de lui imposer. À l'accoutumée, Milly aurait écouté avec intérêt ce genre d'histoire mais elle n'entendait plus grand-chose. Elle était bousculée par la question que venait de lui poser Cameron. Elle pensait qu'elle l'avait mal comprise. Elle s'excusa de l'interrompre et le pria donc de bien vouloir la répéter. Il réitéra sa demande plus doucement, en s'amusant à bien articuler chaque syllabe.

– Mais, mais… j'habite à Tolstoy… et je suis institutrice…

– Je sais tout ça, Miss Burnett… Meg m'a déjà parlé de vous. Mais je sais aussi que vous avez la tête bien pleine, de la volonté et de l'ambition. Vous pourriez vous installer ici et travailler pour nous. Je vous verserai l'équivalent de votre salaire actuel, plus des primes intéressantes. Vous sortirez beaucoup, vous rencontrerez des tas de gens, vous vous sentirez tout à fait à votre aise, il me semble. Vous serez amenée à vous rendre à Helena deux fois par an mais, en général, vous resterez à Virginia City.

– Vous employez souvent des femmes ? demanda Milly, l'air étonné.

– Jamais. Mais il est temps de changer. Votre assurance me plaît. Avec une institutrice, je ne peux pas me tromper : vous savez lire et écrire, vous connaissez la nature humaine, les enfants, les familles, et vous êtes forcément cultivée.

Milly refusa l'offre. Elle ne pouvait pas abandonner ses élèves à Tolstoy.

– Je vous laisse un bon mois pour réfléchir et déménager. Mais je sais que vous accepterez, Miss Burnett. Je suis sûr que vous détestez la routine.

– C'est exact. Mais vous n'avez pas deviné cela tout seul, n'est-ce pas ? Meg vous a bien renseigné, dites-moi.

– Vous me sous-estimez, Miss Burnett. Je perçois bien les gens. J'ai même ce que l'on appelle un sixième sens. Et je sais que vous allez être très utile au journal.

Milly retrouva les Clyne dans la rue principale et repartit pour Tolstoy, assez déboussolée.

– Vous avez accepté ? lui demanda Meg dès qu'ils furent en route.

– Vous étiez au courant ?

– Plus ou moins...

Milly expliqua les raisons de son refus. Tim lui dit que les femmes journalistes étaient rares. Cette proposition lui paraissait fort intéressante, d'autant plus qu'elle laissait entrevoir de belles perspectives d'évolution. Meg avoua que Cameron lui avait d'abord proposé le poste et qu'elle aurait accepté sans hésiter si elle avait pu.

– Et pourquoi n'avez-vous pas pu ? s'étonna Milly.

– Parce que Tim et moi allons avoir un bébé, confia Meg à l'oreille de Milly, comme si son mari n'avait pas été au courant.

Milly se réjouit et félicita les futurs parents.

– Voudriez-vous être la marraine ? demanda Meg.

Milly poussa un cri de joie et embrassa chaleureusement Tim et Meg. Elle n'osait pas leur avouer qu'elle était en fait catholique et que cela risquait de poser un problème au pasteur s'il venait à le savoir avant le baptême.

Elle trouva soudain le vent plus doux et le paysage aussi beau que le jour de son arrivée. Elle était heureuse de sa soirée et de sa matinée, heureuse d'avoir de bons amis qui l'aidaient à oublier l'hostilité de l'Ouest.

Dans la diligence du shérif, le trajet ne générait aucune angoisse. Pourtant, la route n'était jamais sûre mais personne n'osait s'attaquer à Tim. D'une part, parce qu'il était réputé pour être un excellent tireur, d'autre part, parce qu'il était un grand diplomate. Même les bandits lui reconnaissaient des qualités d'écoute et de conciliation. Tim en vint à parler de l'efficacité de Joshua et d'Ahanu lorsqu'ils avaient sauvé Elwood McDonahue. C'était un sujet qui revenait souvent dans les conversations de la ville.

Meg dit que Belvadara exposait, partout où elle allait, le problème que lui posait la présence de Joshua à l'école

– Avez-vous le béguin pour ce gentil bandit ? demanda Meg, l'air complice.

– Pas du tout, se défendit Milly. C'est un garçon doué et travailleur. Je le trouve gentil et intéressant.

– Vous êtes en train de tomber sous le charme, je vous le dis, chuchota Meg.

– Il n'a que 17 ans…

– Et vous n'en avez que 19 ! s'amusa Meg. Où est le problème ?

Milly avait annulé la classe du dimanche car elle savait qu'elle rentrerait trop tard de Virginia City pour être à son poste.

Elle profita de sa fin d'après-midi chez Marceline, qui ne s'étonna pas qu'on ait proposé un poste de journaliste à Milly.

– Je vous le disais. Vous n'êtes pas faite pour enseigner longtemps. Acceptez ! Foncez, Milly !

Milly garantit qu'elle se sentait institutrice avant tout, qu'elle avait envie d'être utile aux enfants et qu'elle saurait composer avec les répétitions inévitables du métier.

– J'imagine que chaque métier comporte une part de répétition désagréable. Il faut que je m'y fasse, voilà tout. Je suis encore un peu gamine, ajouta-t-elle.

Marceline lui fit remarquer qu'un poste de journaliste était tout de même l'assurance d'un renouvellement perpétuel et de variété quotidienne dans le travail, mais elle reconnut qu'elle serait bien triste de ne plus avoir Milly comme voisine.

Les deux femmes sortirent s'asseoir dans le verger de Marceline pour savourer un verre de sirop de fruits rouges. Comme il faisait bon vivre à Tolstoy ce soir-là !

Lorsque Milly rentra chez elle, elle trouva Josh devant sa porte. Il jouait de la guitare.

– Regardez ce que je me suis acheté avec une partie de l'argent que j'ai gagné ! s'écria-t-il en brandissant l'instrument.

– Vous ne travaillez plus pour Malcolm Zhang le dimanche ? demanda Milly.

– Si, mais j'ai fini ma journée.

Milly complimenta Josh. Il s'était relevé. Il restait là, contre elle, la guitare à la main. Milly fut troublée par son souffle et sa proximité. Elle avait la curieuse impression d'avoir toujours connu Josh et, de nouveau, cette terrible envie de l'accueillir en le prenant dans ses bras. Mais elle se retint encore une fois.

Josh précéda Milly dans la salle de classe et balança son chapeau sur la chaise et son ceinturon sur le bureau. Milly ne lui en voulait pas d'être impoli et maladroit. Personne n'avait fait son éducation. Il lui dit qu'il était allé jusqu'à Virginia City, la veille, pour acheter sa guitare.

– Nous y étions ensemble ! Nous aurions pu nous rencontrer là-bas ! s'exclama Milly.

– J'aurais aimé ça, répondit Josh sans détour.

Elle lui raconta le spectacle qu'elle avait vu et décrivit la jolie chanteuse qui animait cette revue française.

– C'était une Indienne, dit Milly.

– Wapun ? demanda Josh à tout hasard.

– C'est bien ça ! Vous la connaissez ?

Josh se mordit la lèvre inférieure.

– Je ne veux plus la voir. Elle m'a trahi.

Milly écouta l'histoire de Josh avec un grand sérieux. Il semblait si malheureux.

– Si j'ai bien compris, vous avez imaginé qu'il s'était passé quelque chose entre ce marchand et Wapun… mais vous n'êtes sûr de rien. Vous devriez retourner voir votre amie, Josh. Vous devriez être certain de ce que vous avancez avant de vous rendre triste pour rien.

– Je suis déjà triste. Je ne pourrai pas entendre ce qu'elle a à me dire. Je l'ai vue sortir du saloon avec ce riche. J'ai bien compris.

– Mais elle n'a peut-être rien à vous dire… enfin, rien de désagréable.

Jamais Milly n'aurait imaginé qu'elle parlerait d'amour avec Joshua. Elle était devenue sa confidente, son amie sans doute.

Josh s'assit sur le coin du lit et se mit à chanter une chanson. Wapun lui avait appris à jouer sur la guitare que lui prêtait parfois Leon, son cousin français.

Milly trouva que Josh avait une très belle voix, mais elle ne dit rien. Elle alluma ses lampes à pétrole et se déchaussa. Il fit la même chose. Il était pieds nus dans ses boots abîmés. Milly observa ses orteils solides et carrés, mais elle tourna vite les yeux car elle s'imaginait soudain le reste de son corps dénudé. Milly se raisonna. Elle ne pouvait décemment pas s'intéresser à Joshua de la sorte alors qu'un mois plus tôt elle avait embrassé Finn avec passion. « Mais qui n'avait pas embrassé Finn avec passion ? » pensa-t-elle en observant les mains bronzées de Josh qui hésitaient sur le manche de la guitare. Josh s'étira soudain. Il bâillait la bouche grande ouverte. Il prenait ses aises, sans chercher à plaire à Milly. Pour lui, les choses n'étaient pas encore définies. Il trouvait Milly très jolie, il en rêvait souvent, mais il lui semblait impossible qu'une quelconque relation amoureuse s'installe entre eux. Même si seulement deux petites années les séparaient, Milly restait pour lui une femme inaccessible. Il était persuadé qu'elle le prenait pour un gamin et se comportait donc de la sorte, afin de répondre à ses attentes.

Elle lui offrit un café. Il essayait des accords, explorait son nouveau jouet avec obstination. La présence de Josh ne dérangeait pas la jeune femme. Elle vaquait à ses occupations comme elle l'aurait fait si elle avait été seule. Elle prépara son travail du lendemain, balaya sa classe et concocta une soupe de légumes dont elle proposa un bol à Josh. Elle n'avait pas envie qu'il s'en aille et éprouvait constamment cette impression de passer du temps avec un ami de toujours, un petit morceau d'elle, un souvenir... Elle se sentait encore rassurée à ses côtés, apaisée. La terre aurait pu trembler, les *Vigilantes* débarquer, elle n'aurait pas paniqué en sa présence.

Ils dînèrent en se racontant des souvenirs d'enfance et Milly, qui ne voulait pas rester sans rien faire tant son attirance pour le garçon la perturbait, lui apprit à jouer aux échecs. Josh se passionna aussitôt pour ce jeu. Il voulut refaire une autre partie. Mais Milly préféra rester sage et ne pas se coucher trop tard pour être vaillante le lendemain. Josh mit sa guitare en bandoulière et repartit sur son cheval sans même, cette fois, dire merci. Pourtant, Milly savait qu'il était heureux de la soirée qu'il venait de passer. Il n'avait juste pas l'habitude d'exprimer son bonheur et sa gratitude. Pour le taquiner, elle s'écria :

– Merci pour la musique, Josh !

– Oh, de rien ! répondit-il seulement. Faut que je m'améliore. Je reviendrai vous chanter une chanson quand j'aurai fait des progrès.

– Vous ne venez pas à l'école demain ?

– Ben si pardi ! Je veux faire le concours d'orthographe la semaine prochaine avec les autres. Bonne nuit, Miss Burnett.

Milly n'eut pas le temps de protester, il était déjà loin. Mais il était impensable que Joshua concoure avec les enfants. Belvadara et ses amies n'allaient pas supporter sa présence.

– Non, non, non, se répétait-elle en secouant la tête. Il est complètement inconscient. Je dois l'empêcher de venir ce jour-là.

Le concours d'orthographe était un jour de fête pour les parents et les enfants. Désormais, le lauréat remportait un panier garni par le cadeau de chacune des familles. Mais qu'allait être alors la contribution de Josh ? Milly se posait ainsi des questions inutiles pour éviter de réaliser ce qui lui arrivait vraiment.

Joshua revint tous les jours. Milly avait décidé d'ignorer les remarques et menaces de Belvadara. Si on la renvoyait de cette école, elle savait qu'un poste de journaliste l'attendait au *Montana Post* et elle saurait s'en accommoder.

Josh avait fait des progrès impressionnants. Chaque jour, après la classe, il restait travailler quelques heures de plus chez Milly. Elle ne pouvait pas le chasser. Il l'attendrissait. Son envie d'apprendre, sa volonté, sa force, son obstination plaisaient à la jeune femme. Parfois, elle s'approchait de lui pour corriger son cahier, mais elle n'arrivait à regarder que ses belles épaules, ou sa nuque, sur laquelle elle aurait volontiers posé ses lèvres. Josh ne semblait manifester aucun signe d'intérêt de ce type pour Milly. Pourtant, son cœur battait plus fort dès qu'elle était à côté de lui, pourtant, il attendait qu'elle pose sa main sur lui, qu'elle se penche devant lui pour qu'il aperçoive ainsi sa jolie poitrine. Il faisait chaud en ce début d'été. Milly avait laissé toutes les fenêtres ouvertes. Le vent tiède circulait dans la salle, des insectes entraient en bourdonnant, en zigzaguant, ivres de soleil et de pollen. Milly prépara deux citronnades et imposa une pause à son élève.

– Je ne veux pas m'arrêter ! Je veux gagner le concours d'orthographe. Je veux épeler la liste des mots préparés, par cœur.

Milly tenta de dissuader Josh. La liste des mots à connaître était longue et Josh n'était pas encore au niveau des meilleurs élèves. Elle lui dit que les enfants participaient à cet événement pour montrer à leurs parents les progrès qu'ils avaient faits.

– Eh ben moi, si je gagne, ma mère sera fière de moi, là-haut, dit-il.

– Mais si vous gagnez, Belvadara va devenir encore plus insupportable, tenta Milly.

– Elle vous fait peur ? Je peux lui faire peur moi aussi, vous savez. Mon frère m'a appris à effrayer les gens.

Milly dit qu'il ne fallait surtout pas entrer dans des conflits de ce genre. Elle reconnut que Belvadara exerçait une sorte de tyrannie autour d'elle mais qu'elle ne l'effrayait plus désormais. Depuis son altercation avec les *Vigilantes,* elle se sentait plus forte et soutenue par les habitants. Josh voulut que Milly lui explique le mot « tyrannie ». Il était assis au bureau, elle se tenait debout devant lui, si bien qu'il levait les yeux pour lui parler. Il la trouvait de plus en plus jolie et fragile. Il la fixait. Elle ne soutenait pas son regard. Elle tenta de répondre à Josh, bafouilla. Il ne l'écoutait pas vraiment. Il inspirait fort pour sentir son parfum.

– Vous sentez bon, dit-il soudain.

C'était la première fois qu'il s'autorisait à lui faire une remarque de cet ordre.

– Merci. C'est une eau de Cologne à base de bois de santal des Indes, répondit Milly en s'éloignant de Josh.

La tension devenait insupportable. Milly pria Angela que Josh s'en aille mais il lui proposa alors une partie d'échecs, et elle ne put lui refuser.

19

Milly partit chercher la boîte de jeu d'échecs qu'elle rangeait sous son lit. Josh la suivit et s'installa en tailleur sur son lit, là où ils avaient fait leurs premières parties. Il déboutonna sa chemise. Il se sentait chez lui, un chez-lui occupé et chaleureux comme celui de son enfance. Un cocon, un nid, un abri. L'école était un monde à part dans lequel son frère et la bande de bandits ne mettraient jamais les pieds. L'école était un monde paisible où il ne craignait soudain plus grand-chose.

Milly, elle, avait très peur. Peur de tomber amoureuse. Mais il était déjà trop tard. Ses gestes devenaient maladroits, ses pensées se bousculaient. Elle tenta de rester sereine et installa le plateau entre eux. Leurs mains s'effleuraient tandis qu'ils installaient les pions. Josh demandait :

– Sur quelle case se pose le roi ? Et le fou ?

Elle pointait les cases du bout de son index sans rien dire et sans regarder Josh, toute concentrée sur l'arrangement de ses pions à elle, toute concentrée sur sa volonté de ne pas céder à son envie incontrôlable de passer de l'autre côté du plateau pour se blottir contre Josh.

Elle tenta un ou deux coups classiques pour abréger la partie mais Joshua, malgré son manque de pratique, réussit à les déjouer et à faire durer la distraction.

Au bout d'une demi-heure, il déplia sa jambe le long du plateau, prétextant un engourdissement. Son pied vint donc se poser sur les genoux de Milly. Elle se déplaça sur le côté afin d'éviter le contact, mais le pied la suivit. Elle ne vit pas le visage amusé de Josh, car elle persistait à ne pas regarder sa tête, ni son torse d'ailleurs, costaud, hâlé et recouvert de poils dorés par le soleil.

– Échec et mat ! s'écria soudain Josh en levant ses bras victorieux.

Pour Milly, le supplice s'achevait enfin.

– Vous m'avez laissé gagner, pas vrai ? demanda Josh.

Elle dit qu'elle ne voyait pas l'intérêt de faire une partie de quoi que ce soit si on laissait gagner l'autre. Elle, en tout cas, prétendait jouer pour gagner.

– Moi, je joue pour être avec vous, dit Josh, en souriant. J'aime ça.

Milly ne sut pas s'il s'agissait d'une déclaration d'amour ou d'une réflexion enfantine. Elle ne demanda pas de précisions. Josh reboutonna sa chemise et rentra chez lui, dans la nuit.

Il trouva Wapun dans sa cabane. Elle s'était endormie dans son lit. Il lui dit qu'il savait.

– Tu sais quoi ?

– Je t'ai vue avec le marchand.

Wapun s'esclaffa. Elle comprit pourquoi Josh s'était ainsi tenu à distance depuis quelque temps. Elle eut vite fait de le convaincre de son amour mais Josh, lui, n'éprouvait plus tout à fait la même chose pour elle. Il regardait son corps si beau, éclairé par la bougie qu'il venait d'allumer. Il aimait son allure sauvage et féline. Elle était agile, souple et précise dans tous ses gestes. Joshua se trouvait chanceux et bienheureux, mais le visage souriant de Milly venait le hanter sans relâche.

Les jours suivants, Wapun se fit très présente aux côtés de Josh. Le théâtre accueillait pendant plusieurs jours un autre spectacle et cela lui laissait soudain plus de temps libre. Josh ne se plaignit pas de toute l'attention que la jeune femme lui portait. Elle le convia à dîner avec Ahanu et sa tribu qui avait installé son camp de chasse sur le haut d'un plateau voisin. Les Crees-des-plaines étaient nomades mais la famille étendue d'Ahanu et de Wapun (ils étaient une quarantaine d'individus) avait toujours vécu dans le coin. Cependant, le gouvernement, qui essayait de compartimenter les tribus locales en leur attribuant des parcelles de terrain bien délimitées, n'avait pas pris en compte les Crees puisque leur origine était canadienne. Les Crees étaient donc des Indiens sans terres. Ils occupaient pour l'instant les zones déclarées « communes » à tous. Les Crees-des-plaines étaient principalement des chasseurs de bisons. Pourtant, ce soir-là, les amis dégustèrent des truites grillées sur le feu et des myrtilles juteuses et sucrées. Ils s'étaient assis tous les trois l'un à côté de l'autre et regardaient l'énorme soleil rouge se coucher à l'horizon. Lorsqu'ils se retrouvaient ensemble, ils parlaient un mélange d'anglais et de dialecte cree.

Josh était apprécié de la famille de Wapun et d'Ahanu. Les parents et le grand-père vinrent le saluer et échanger quelques mots avec lui. Joshua aimait leur sagesse, leur gentillesse. Les Crees étaient une nation pacifique. Contrairement à certaines tribus plus guerrières qui n'hésitaient pas à provoquer les Blancs, mais aussi d'autres tribus indiennes, les Crees, eux, tentaient d'éviter les conflits en restant diplomates et conciliants. Les membres de la tribu d'Ahanu n'avaient jamais pensé que Joshua était un bandit comme son frère. Ils savaient que le garçon avait eu une enfance difficile et lui reconnaissaient une grande force intérieure. Ils ne le considéraient pas vraiment comme un pionnier et pas vraiment non plus comme l'un des leurs. Josh était unique à leurs yeux. Un enfant de la nature, protégé par quelques divinités. Il avait un côté magique, marginal et sans danger qui leur permettait de l'accepter chez eux sans crainte ni réticence.

Josh ne ratait pas un jour de classe. Parfois, il partait plus tôt ou arrivait plus tard lorsque Zhang lui demandait un coup de main de dernière minute, mais il avait toujours hâte de retrouver Milly et son cahier. Il avait raconté à Milly sa réconciliation avec Wapun, et la jeune femme s'était sentie délivrée, comme si cette histoire pouvait empêcher son propre amour de se développer davantage. Pourtant, elle reconnut qu'elle éprouvait une petite jalousie lorsque Josh évoquait les bons moments qu'il avait passés, la veille, avec la belle Indienne.

La revue française de Wapun fut de nouveau à l'affiche et elle repartit chez ses cousins, à Virginia City, pour quelques semaines. Josh s'attarda donc un peu plus chez Milly après la classe.

Belvadara menaça Milly de ne plus lui confier ses enfants si elle continuait à recevoir « le bandit ». Belvadara savait pourtant que le garçon n'était pas dangereux mais il s'agissait plus d'une guerre de pouvoirs entre elle et Milly que d'une véritable crainte de sa part.

– Faites ce que bon vous semble, avait dit Milly sans paraître perturbée par la menace de Belvadara. Moi, je fais mon travail. Je suis là pour enseigner. J'enseigne.

– D'après ce qu'on dit, vous n'êtes pas là que pour enseigner, lança Belvadara devant la porte de l'école en fixant Joshua.

– B'soir, Mame Johanson, dit-il. Vous allez bien ?

Elle tourna les talons et repartit la tête haute, suivie par ses oisons. Les autres élèves étaient déjà rentrés chez eux mais Josh restait derrière la porte, à côté de Milly, comme s'il habitait là. Josh ne put s'empêcher de prendre la main de la jeune femme et de la serrer doucement. Elle ne tourna pas la tête vers lui. Elle eut juste l'impression que le temps n'existait plus. Tout à coup, la nuit était tombée et ils étaient toujours là, la main dans la main, devant la porte de sa maison.

– Je vais gagner le concours d'orthographe, lui dit-il enfin dans le creux de l'oreille.

Elle aurait pu rire d'une telle déclaration car elle s'attendait à des mots plus appropriés en cet instant amoureux, mais elle était prête à entendre n'importe quoi. Tout ce qu'il disait ressemblait à des mots d'amour.

Il resta quelques instants le nez plongé dans son cou.

– Tu sens tellement bon, lui dit-il.

Il ne lui parlait plus de la même façon ou peut-être ne l'entendait-elle plus de la même façon. Quelque chose venait de changer.

Josh ne s'expliquait pas pourquoi Milly l'obsédait ainsi. Elle occupait son esprit jour et nuit. Pourtant,

Wapun était pour lui la plus belle femme de la région et personne n'avait une voix aussi jolie que la sienne, douce et légèrement cassée. Pourtant, Wapun était son amie depuis toujours, son âme sœur, son bonheur. Mais Milly était un rêve. Milly était une femme.

Ils s'enfermèrent dans l'école. Milly tira les rideaux. Ils étaient gauches tous les deux. Ils hésitaient, se regardaient dans les yeux, se serraient dans les bras, se caressaient les mains. Milly se répétait qu'elle était en train de faire une bêtise, Josh pensait qu'il ne pouvait plus attendre, que son supplice avait assez duré, qu'il devait embrasser Milly, lui faire savoir qu'elle occupait toutes ses pensées, qu'il mourait d'envie d'être tout contre elle dès qu'il l'apercevait.

Milly caressa le dos de Josh. Il avait encore ouvert sa chemise. Sa peau était douce et chaude. Milly promena longtemps ses doigts timides le long de sa colonne vertébrale. Il fut parcouru de frissons. Leurs visages se rapprochèrent de plus en plus, leur souffle s'intensifiait, s'accélérait. Josh défit l'attache qui remontait les cheveux de Milly en chignon et passa la main dans ses boucles soyeuses.

Milly avait fermé les yeux comme si elle ne voulait plus rien voir. Josh prit doucement son visage entre ses mains, mais on frappa à la porte. Milly sursauta, paniqua. Elle poussa Josh jusque dans sa chambre. Il se laissa faire en riant. Elle ouvrit sa porte à un facteur de la *Holladay Overland Mail and Express Company*, qui finissait sa tournée à Tolstoy.

– Dernière livraison de la journée, dit-il ! Je redescends à Virginia City maintenant. Des nouvelles de l'Est pour vous, ma petite demoiselle. En express ! Pourvu qu'elles soient bonnes.

Milly reconnut l'écriture de sa mère sur une lettre et s'en réjouit. L'homme lui tendit une seconde lettre. Lucia Grey, sa compagne de voyage, lui avait aussi écrit. Milly remercia l'homme et lui offrit une citronnade. Il lui fit des compliments sur sa robe et son sourire. Milly avait hâte qu'il s'en aille. Elle s'impatientait de lire ses lettres. Le type lui dit :

– Vous gênez pas pour moi, si vous voulez lire vot' courrier…

Elle dit qu'elle préférait prendre son temps quand elle serait toute seule, pensant que cela inciterait le livreur à s'en aller. Mais au contraire, il resta là, décrivit sa journée dans tous ses détails, les villes par lesquelles il était passé, les surprises que les gens avaient reçues. Il précisa qu'il aimait assister à l'ouverture des lettres ou des paquets. Il avait ainsi l'impression de participer à la joie des gens. Parfois, pourtant, il s'agissait de tristesse. On annonçait la mort d'êtres chers ou de tristes nouvelles, et les pionniers, si loin des leurs, ressentaient une grande frustration et une terrible peine à ne pas pouvoir revenir rapidement à l'Est pour consoler leur famille et leurs amis.

Milly ne céda pas aux envies du facteur. Elle répétait qu'elle préférait attendre d'être seule pour découvrir le contenu de ses missives, même si elle savait que Josh s'impatientait derrière la porte. En fait, elle était aussi pressée de le retrouver que d'ouvrir ses lettres. Il devenait même une priorité.

L'homme la complimenta sur ses beaux cheveux. Elle sourit à peine. Il s'approcha d'elle et lui fit encore quelques déclarations. Il trouvait qu'elle était bien faite, qu'elle avait des yeux de biche et une bouche parfaite pour l'amour. Il lui agrippa le bras et la plaqua contre lui. Milly s'écria :

– Au secours !

Joshua ouvrit brutalement la porte. Il était torse nu, solide et musclé. Son regard bleu fusilla l'homme.

– Lâche-là ! commanda-t-il.

Le facteur, sidéré, s'exécuta et déguerpit sans rien dire. Milly se précipita vers Joshua.

– Tu es un homme, dit-elle en se blottissant contre lui.

Josh l'enveloppa de ses bras costauds et la prit par la taille pour la soulever. Elle s'accrocha à son cou et plaça ses jambes autour de ses hanches. Il la porta jusqu'à son lit sur lequel il l'embrassa longuement. Milly n'avait toujours pas ouvert ses lettres. Elle les avait coincées dans le large ruban qui marquait la taille de sa robe. Josh défit le ruban et lui tendit les enveloppes :

– Plus tard, dit-elle.

Elle ne les ouvrit qu'au petit matin. Josh dormait encore. Elle ne put retenir des larmes d'émotion. Elle apprit que son frère allait avoir un enfant. Puis ce furent des larmes de tristesse, lorsqu'elle lut la mort de son amie d'enfance, Charlotte Paley. Quant à Lucia Grey, sa compagne de voyage, elle lui racontait sa vie d'institutrice et ses multiples difficultés d'adaptation, ce qui permit à Milly de réaliser que sa vie à Tolstoy était bien agréable.

Les enfants allaient bientôt arriver. Il fallait s'habiller, se coiffer, prendre le petit déjeuner, réveiller Joshua et le chasser discrètement de l'école. Milly observa un instant sa peau, ses cheveux, sa nuque qu'elle aimait tant. Elle se demandait s'ils venaient de commettre une erreur. Peut-être Josh allait-il, comme Finn, mourir au petit matin ? Qu'est-ce qui, soudain, la poussait à se laisser facilement aimer de la sorte ? Elle se sentait plus heureuse et plus légère que jamais. Deux petites ailes lui permettaient de se déplacer sans même poser les pieds à terre. Elle embrassa la joue de Josh et lui tendit ses vêtements.

– Reviens dans une heure ! Il ne faut pas qu'on te trouve ici.

Le garçon recouvrit son visage avec le drap.

– Je ne veux pas m'en aller. Je suis bien ici, assura-t-il en plaisantant.

Mais Milly, malgré son bien-être et ses nouvelles ailes, ne riait plus. Elle avait peur tout à coup. Peur du qu'en-dira-t-on, de la réaction des élèves, de l'évolution de sa relation avec Josh.

– File ! Sors par la fenêtre. Je ne veux pas qu'on sache...

– Un baiser ! Encore un baiser ! réclama Josh en fermant les yeux.

Milly avait déjà disparu dans la salle de classe. Les enfants frappaient à la porte.

Josh avala une tasse de café, prit une pomme et sortit par la fenêtre, débraillé et sans son arme qu'il avait laissée dans le tiroir du bureau de Milly. Il attendit un moment dans le pré derrière l'école, à l'abri d'un gros chêne.

Belvadara était venue avec Rebecca accompagner ses enfants. Elle voulait, bien sûr, s'assurer que Josh ne serait pas là.

Elles entrèrent comme des tornades dans la salle de classe, regardèrent à droite, à gauche, et Belvadara, sans attendre, fila vers la chambre de Milly dont la porte était fermée.

– Que faites-vous ? demanda Milly lorsque Belvadara posa sa main sur la poignée.

– Je m'assure que mes enfants ne sont pas en danger.

Milly ne savait pas si Josh était parti. Elle se précipita sur la curieuse et lui barra l'accès à sa chambre.

– L'école est peut-être ouverte à tous, mais mon appartement reste privé ! s'exclama-t-elle. Vous ne donnez pas un bon exemple de politesse à vos enfants.

– Puisqu'il en est ainsi, allons droit au but : est-ce que le bandit est ici ? demanda Rebecca en souriant.

Elle avait l'air tout excitée par cette matinale chasse à l'homme.

Milly ne répondit pas et pria les femmes de sortir.

– Vous n'avez pas besoin de répondre. Son cheval est attaché devant l'école et, selon l'un de nos clients, le cheval n'a pas bougé d'ici depuis hier soir, dit Belvadara. Je vais prévenir le *Board,* Miss Burnett. Je ne pense pas que vous soyez à même d'exercer votre profession dignement.

Elle sortit et ajouta entre ses dents :

– Traînée…

– Tout de même, Belvadara, un peu de retenue, ma chère ! Tu te laisses emporter, lui dit Rebecca, qui continuait à s'amuser de la situation. Je me demande ce qu'elle peut trouver à ce jeune délinquant, franchement. Je lui avais dit de se dénicher un banquier. Elle a pourtant tout pour plaire, cette petite.

Joshua apparut dans la rue principale. Il avait fait un détour par-derrière la maison de Marceline pour revenir la bouche en cœur à l'école. Lorsqu'il aperçut Belvadara, il la salua en retirant son chapeau. Elle lui dit :

– Inutile de faire du cirque, votre cheval a passé la nuit ici, comme vous d'ailleurs. C'est une honte ! Une institutrice et un voyou… c'est pas permis… un gamin, en plus !

Josh se contenta de répondre :

– J'avais prêté mon cheval à Miss Burnett pour qu'elle fasse une promenade avec sa voisine. Je viens le récupérer.

Marceline sortit alors de chez elle et confirma l'histoire de Josh avec un aplomb qui déstabilisa Belvadara Johanson.

– Peut-être que Mrs Johanson a un peu exagéré la situation, dit Rebecca à Marceline, mais nous ne sommes pas aveugles tout de même. Miss Burnett accueille ce garçon beaucoup trop souvent dans sa classe et ce n'est pas bon pour les élèves.

– Ce ne sont pas mes affaires, répliqua Marceline en rentrant chez elle. Et sans doute pas les vôtres non plus, Mrs Clarck.

Milly accueillit Josh avec le plus beau des sourires. Un sourire qui disait qu'elle se fichait finalement des deux oies et de leurs commentaires, un sourire complice et amoureux.

– Je suis venue dans l'Ouest pour me sentir libre. Avec toi, je me sens libre, lui dit-elle tout bas.

Joshua se mordit la lèvre et fronça les sourcils.

– Ouaip, mais moi, j'suis pas libre... Il y a Wapun.

Il s'assit au bureau et se mit au travail. Milly s'amusait à le toucher en passant. Elle restait guillerette malgré la colère de Belvadara. Josh n'arrivait plus à se concentrer. Il ne rêvait que de retourner dans la chambre voisine. Elle repassa près de lui et lui prit la main pour le guider dans l'écriture d'une majuscule. Comme elle était derrière lui, il sentait son sein posé sur son épaule et se consumait d'envie. La situation était impossible. Il aurait voulu apprendre encore, mais la proximité de Milly le rendait fou. Sa main tremblait, son corps ne pouvait plus attendre. Il se leva brusquement, attrapa son colt dans le tiroir et disparut sur son cheval en disant :

– Il faut que j'y aille !

20

Milly fut assez troublée par ce départ soudain. Elle eut du mal à poursuivre clairement ses cours.

Epsey-Ann lui fit remarquer qu'elle était peut-être amoureuse.

– Parce que quand on est amoureux on est distrait et on raconte n'importe quoi, des fois. Je sais parce que, moi, j'étais amoureuse de Paul avant, et Maman m'a dit que ça me rendait distraite. Mais maintenant, je l'aime plus parce qu'il a trop de moustache.

Paul passa le doigt sur le duvet qui recouvrait sa lèvre.

Toute la classe se mit à rire. Milly était heureuse du climat qu'elle avait instauré dans son école. La bonne entente, la fraternité et toujours cet enthousiasme, ce besoin d'apprendre qu'elle avait su développer chez chacun de ses élèves, tout cela l'enchantait. Pourtant, ce jour-là, elle n'eut que Joshua en tête et se demanda comment elle allait pouvoir continuer à être une bonne institutrice si le garçon l'obsédait à ce point.

Belvadara avait peut-être raison, elle n'était sans doute plus en mesure de bien exercer sa profession. La proposition du *Montana Post* était sans doute une solution à ses problèmes.

Rose s'approcha de son bureau en lui tendant un dessin. C'était une petite fille qui tenait un soleil dans ses bras.

– C'est bien l'école avec vous. On apprend plein de choses. Maman pense que Mrs Johanson va finir par vous faire renvoyer à cause de Josh. C'est pas vrai, hein ? Vous allez rester avec nous ? demanda-t-elle.

Milly sentit de nouveau comme elle comptait pour les enfants de Tolstoy. Elle avait envie de se battre pour continuer à enseigner ici, envie de se battre pour la liberté d'aimer qui elle voulait, et elle le ferait. Milly vivait ainsi régulièrement des crises d'enthousiasme, des moments exagérément positifs pendant lesquels elle était persuadée que rien ne pouvait contrer ses projets, ses désirs. Souvent, ces crises faisaient suite à une déception, à un empêchement, à un échec. C'était sa façon à elle de vaincre ses adversaires : se sentir invincible, croire en elle plus fort que tout, lutter, sans douter des possibilités d'échec. Milly reconnaissait pourtant que le doute l'habitait trop souvent mais, comme la plupart des gens réalistes, elle avait besoin de se mentir un peu pour pouvoir satisfaire ses idéaux. Sans ces accès ponctuels pendant lesquels elle prévoyait avec certitude la réalisation de ses rêves, elle ne serait jamais venue s'installer à Tolstoy.

Chez elle, Belvadara tentait de rédiger une lettre de rapport au *Board of National Popular Education*. Elle connaissait l'une des administratrices, parce qu'elle avait été sa femme de ménage, mais cela, elle évitait de le préciser. Phil lui fit remarquer que ses journées devaient être vraiment dépourvues d'intérêt pour qu'elle se soit ainsi focalisée sur cette histoire de bandit dans l'école.

– Je n'arrive pas à comprendre si tu en veux à Miss Burnett parce qu'elle plaît beaucoup, ou parce qu'elle s'autorise ce que tu ne t'autorises pas, ou encore parce qu'elle est une des rares femmes de Tolstoy, avec Meg Clyne, que tu ne réussis pas à contrôler.

– Je pense aux enfants de Tolstoy, avant tout, répondit Belvadara, convaincue de ce qu'elle avançait.

– Les enfants de Tolstoy ont tous l'air très heureux, remarqua Phil.

– Il est inutile de discuter avec toi, Philip-Benjamin Johanson. De toute façon, cette fille te fait tourner la tête.

– Jalouse, donc ! As-tu parlé de tout ça avec le révérend Montjoy. Je suis sûr qu'il serait de bon conseil. Il est un peu rigide mais il perçoit bien les gens.

– Bien sûr. Le révérend pense que Josh et son frère sont deux brebis égarées. Je lui ai fait remarquer qu'il n'existait pas de brebis assassines... Je lui ai dit que ces garçons étaient plutôt l'incarnation du diable.

– Et qu'a-t-il dit ?

– « Le diable n'est pas celui qui nous dérange. Le diable est celui qui nous entraîne sur le mauvais chemin. »

– Il a bien raison ! Tu devrais t'occuper des brebis égarées au lieu de les critiquer et de leur en vouloir.

Belvadara, qui s'était installée dans l'arrière-boutique, haussa les épaules et poursuivit la rédaction de sa lettre. Le facteur ne passerait pas avant quelques jours, mais au moins la lettre serait prête. Le mieux serait sans doute de faire signer une pétition aux parents pour accompagner son courrier. Oui, voilà qui était une brillante idée. Ainsi, Phil réaliserait qu'il ne s'agissait en rien d'une histoire de jalousie mais d'un véritable problème au sein de leur communauté. Jalouse, elle ? Non mais, vraiment ! Phil ne savait plus qu'inventer ! se répétait-elle en dodelinant de la tête.

Elle entendit la cloche de la porte du magasin et tendit l'oreille. En général, elle reconnaissait rapidement la voix des clients. L'épicier ne salua pas la personne qui venait d'entrer. Belvadara sursauta lorsqu'une voix rocailleuse ordonna :

– Ouvre ta caisse et vide tout là-dedans !

– Je vous donne tout ce que j'ai mais, s'il vous plaît, ne tirez pas, n'abîmez rien. Je tiens à ma boutique. J'ai mis des mois à tout décorer.

Belvadara ne fit plus un bruit. La peur la tétanisait. Elle essaya d'avancer tout doucement pour observer ce qui se passait réellement. La porte qui séparait les deux pièces était à peine entrouverte, elle découvrit Mitch Jackman, accompagné d'un homme bien plus âgé que lui. Tous les deux pointaient leurs armes sur Phil, tandis qu'il remplissait un sac des billets et des pièces que contenait sa caisse.

– Il n'y a pas grand-chose, constata Phil, d'une voix tremblante. On est encore le matin. On n'a pas eu beaucoup de clients.

– File l'argent de ta semaine ! Où est-ce que tu le planques ? Dis-le-nous, ou on fout toute ta baraque en vrac jusqu'à ce qu'on le trouve ! demanda le plus âgé des deux.

– Dans le coffre-fort dans l'arrière-boutique, finit par lâcher l'épicier lorsqu'il sentit le canon du colt sur sa tempe.

Belvadara recula d'un pas, terrorisée, et poussa un petit cri en voyant les bandits s'approcher d'elle. Phil précéda les deux hommes et introduisit la clef dans le coffre-fort.

– Grouille-toi ! ordonna le frère de Josh. Et toi, la grosse, pose ton cul sur la chaise et tais-toi !

– Ce n'est pas l'argent de la semaine, c'est tout notre argent, déplora l'épicier.

– Tant mieux, dit le vieux, et rajoute-nous un gallon de whisky.

Phil s'exécuta, l'air dépité, mais la clochette de la porte retentit de nouveau. Les hors-la-loi avaient oublié de fermer la boutique à clef pour ne pas être dérangés.

C'était Josh, qui avait repéré le cheval de son frère devant la porte.

– Mitch, tu es là ? s'écria-t-il.

– Putain, il fallait qu'il arrive, celui-là ! s'exclama Mitch. Il faut toujours que je l'aie dans les pattes.

Mitch sortit de l'arrière-boutique, le colt braqué sur les Johanson qui marchaient devant lui.

– Qu'est-ce que tu fous ? T'es malade ? demanda Joshua.

– Je t'ai pas demandé ton avis, dit Mitch, et il tira une balle sur la porte pour se donner de l'importance.

– Pas ma boutique, s'il vous plaît ! s'exclama Phil.

– Tu préfères qu'on te tire dessus ? demanda le vieux.

Josh se plaça devant la porte, la main sur son pistolet, pour empêcher son frère de sortir.

– Rends-leur le blé ! ordonna-t-il à Mitch.

– Le petit, tu te mêles pas de mes affaires, OK ? Maintenant, tu dégages gentiment ou je deviens méchant.

Mitch, contrairement à son frère, avait les yeux sombres. Tous les deux se ressemblaient pourtant, mais l'aîné avait du ventre et les dents cassées.

Josh hésita un instant. Il connaissait les caprices et les colères de son frère. Il savait qu'il ne plaisantait pas et qu'il était capable de tirer sur les Johanson s'il ne leur laissait pas la voie libre.

– Mitch, tu deviens dingue, tu fais n'importe quoi ! C'est ici que j'achète à manger, moi. Ces gens-là, on les connaît bien. On va devoir déménager, à cause de toi. Tu me fous dans la merde tout le temps... et t'en as rien à faire !

– Je suis pas ta mère, je suis pas ton père, répondit Mitch en poussant son frère pour pouvoir sortir.

Le vieux tenait aussi son arme pointée sur les Johanson. Il sortit à reculons et tira sur le lustre si bien que des morceaux de verre vinrent se briser sur le sol.

– Vauriens ! Bons à rien ! s'exclama Belvadara lorsqu'ils furent sur leurs chevaux.

Josh s'excusa de ne pas avoir su arrêter son frère.

– Ça aurait mal fini, ajouta-t-il.

– Parce que tu trouves que ça finit bien ? demanda Belvadara.

Phil la pria de se taire. Il semblait en état de choc. Il s'assit à même le sol et tomba en arrière, inanimé.

Josh se précipita sur lui et tenta de le réveiller. Belvadara hurlait :

– Il est mort ! Il est mort. Ton frère l'a tué !

Josh secoua la tête. L'épicier revenait à lui. Belvadara s'écria qu'il fallait aller chercher le médecin. Josh fut immédiatement en selle. Il revint avec le docteur Ha Fong qu'il avait, par chance, rencontré dans la rue. Ce dernier diagnostiqua un simple malaise.

– De temps en temps, nos corps préfèrent ne pas affronter la douleur ou la réalité, expliqua le docteur.

– Nous sommes ruinés, déplora Phil. Ils nous ont tout pris.

– C'est pas commun de s'attaquer à une épicerie générale ! remarqua le docteur. En général, c'est plutôt les banques...

Il avait un fort accent chinois et ressemblait presque à un Indien de la région. Sa peau était très mate, sa bouche fine et assez sévère, ses pommettes saillantes, son nez extrêmement court et épaté, ses cheveux très fins et assez longs. Ses paupières « en casquette » tombaient sur ses yeux. Il ne souriait pas souvent, mais son calme rassurait beaucoup les malades.

– Mon frère ne tourne pas rond, remarqua Josh.

– Je me demande ce que tu fais encore ici, lui répondit Belvadara.

– Je voulais juste être sûr que tout allait bien, répondit Joshua.

– Eh bien, tu vois, ça va mieux ! Si tu ne veux rien d'autre, va-t'en !

Josh sortit en baissant la tête. Dès qu'il fut sur son cheval, Belvadara lança :

– Je suis sûre qu'il va retourner voir Miss Burnett !

– Et alors ? s'indigna Phil. Laisse-le vivre ! Tu ferais mieux de t'occuper de nos affaires ! On n'a plus d'argent. Je ne sais pas comment on va pouvoir s'en sortir.

– Il faut que Tim Clyne mette la main sur ce type, se révolta le docteur. Un shérif se doit de protéger les habitants de sa ville. Ça ne peut pas durer ! Il faut la paix à Tolstoy. Ici, vraiment, les gens se croient tout permis.

Dans la boutique, Josh avait eu l'intention d'aller reprendre l'argent des Johanson à son frère, mais il était trop sensible à l'amour qu'on lui portait, et la méchanceté de Belvadara lui avait tout à coup retiré l'envie d'intervenir. Il avançait au pas sur sa jument Okana, dont le nom signifiait « guide » chez les Crees.

C'était un cheval sauvage qu'Ahanu avait attrapé et dressé pour lui. Il y était très attaché et lui parlait souvent. Leur complicité était surprenante. La jument semblait comprendre tout ce qu'il lui disait. Elle émettait des sortes de grognements ou de courts hennissements pour répondre à Josh.

– Tu crois qu'il faut que je récupère les sous des Johanson ? lui demanda-t-il.

Elle hocha la tête.

– Je suis perdu, Okana. Conduis-moi où je dois aller. J'sais plus quoi faire, moi...

Josh ne s'attendait pas à ce qu'Okana réagisse aussi promptement. Peut-être aussi avançait-elle simplement sans savoir où elle allait, mais elle avait immédiatement fait demi-tour pour déposer Josh devant l'école.

Milly l'aperçut par la fenêtre. Elle le vit hésiter devant la barrière. Il souriait. Il était tellement surpris qu'Okana l'ait conduit ici. Qu'allait-il dire à Milly ? Que devait-il faire maintenant ? La jument n'avait pas de réponses à ces questions. Elle buvait l'eau de pluie qui avait rempli un petit abreuvoir, juste devant chez Marceline. Milly essayait de s'occuper de ses élèves mais son regard suivait Josh. Qu'attendait-il pour ouvrir la porte ?

Il entra brusquement, d'un pas décidé, dans l'école, saisit Milly par le bras, l'entraîna à l'abri des regards derrière l'école et l'embrassa tendrement.

– Tu m'as manqué, dit-il.

Milly fondait de plaisir, transportée, secouée par cette passion naissante mais elle se reprit rapidement, réalisant qu'elle venait de laisser les enfants seuls en classe.

– Tu es fou ! C'est pour ça que tu me déranges ? dit-elle en riant.

Elle repartit vers la classe.

– Mon frère vient de dévaliser le coffre-fort des Johanson, devant mes yeux. Je me sens nul et impuissant, s'écria Josh.

Milly se retourna et souffla, l'air désolé :

– Ton frère n'a pas de chance. Il n'a pas ta force, lui. Il est bandit parce qu'il ne sait rien être d'autre.

– Mon frère n'a pas eu de grand frère ni de parents pour l'aider à grandir, répondit Josh. Moi, j'ai été protégé, malgré tout. Il ne tourne pas rond. Mais je ne sais pas quoi faire dans cette histoire.

Milly se tenait devant la porte de la classe. Elle n'en revenait pas de la justesse de l'analyse de Josh.

– Va lui parler, dit Milly. Tu dois pouvoir le convaincre de rendre cet argent aux Johanson.

– Il l'a sûrement partagé avec le vieux Bert.

– La moitié de l'argent, ce serait déjà pas mal...

– Qu'est-ce qui se passe avec mes parents ? demanda Farell. Pourquoi vous parlez d'eux ?

Milly tenta de rassurer les quatre enfants qui paniquaient à l'idée que leurs parents aient été tués par Mitch. C'était l'obsession du plus jeune. Il s'était mis à pleurer en disant :

– Je veux pas qu'ils sont tout-morts.

Josh leur assura qu'ils allaient très bien maintenant.

– Si on n'a plus de sous, ils ne doivent pas aller très bien, dit Liam.

– Je vais essayer de récupérer une partie de l'argent... dit Josh. Mais je ne suis certain de rien.

Josh regardait Milly. Le soleil qui venait s'écraser sur le mur de rondins faisait ressortir les jolis reflets de ses cheveux. Il avait envie de l'embrasser encore et encore. Elle s'approcha de lui et lui dit tout bas.

– Reviens ce soir, mais attache Okana dans le champ derrière.

Il remonta sur sa jument et partit à la recherche de son frère.

21

Pendant trois jours, Josh arpenta la région, à la recherche de Mitch. Il se rendit dans toutes ses planques habituelles, puis chez le vieux Bert dont la cabane perdue, à l'orée d'un bois de conifères géants, était un taudis qu'on aurait pu croire abandonné.

Josh retrouvait Milly en cachette, quand la nuit était tombée, et repartait au petit matin arpenter les plaines. Il pensait que s'il parvenait à retrouver l'argent des Johanson, Belvadara cesserait sans doute de les persécuter, lui et Milly.

Milly connaissait désormais la méchanceté de Mrs Johanson et tenait d'autant plus à son poste que Belvadara voulait l'en chasser. Milly était une guerrière. Si quelqu'un s'opposait à elle, elle se battait jusqu'au bout.

Les Johanson mirent en place un système d'économie drastique pour tenir le coup. Phil vendait ce qu'il avait dans la boutique, mais ne rachetait plus de stocks à Virginia City, en attendant des jours meilleurs. Il n'était plus question d'aller au restaurant ni au salon de thé, plus question d'inviter les voisins à festoyer. Phil se félicita d'avoir été aide-comptable et de pouvoir élaborer des plans d'action financiers. Au moins, cet ancien travail, qu'il avait tant détesté, lui servait à quelque chose. Annette Anson, qui passait à l'épicerie pour acheter les provisions nécessaires à la confection de ses cakes, reprit son discours habituel : pour elle, même les choses inutiles trouvaient un jour leur utilité...

– Je ne vois pas en quoi le hold-up dont on a été victimes va nous servir un jour, répondit Phil.

– C'est une expérience très désagréable, mais c'est une expérience quand même, expliqua Annette. À mon avis, les expériences, aussi diverses soient-elles, sont le sel de la vie. Plus vous en faites, plus votre vie devient intéressante.

– Mais il n'y a rien d'intéressant à se faire dévaliser, je vous assure !

– Les mauvaises passes nous rendent plus forts et débouchent parfois sur des situations positives.

– Je ne me sens pas plus fort... au contraire ! Je me suis laissé faire par ces deux types. Je n'ai pas osé attraper mon arme sous le comptoir, j'avais peur qu'ils ne démolissent tout.

Annette acheta du beurre, du sucre, de la farine et des fruits secs et repartit en disant :

– Nous avons choisi de nous installer ici. Nous savions tous que ce n'était pas sans risque.

Belvadara qui peaufinait ridiculement sa lettre pour le *Board* depuis trois jours, sortit de l'arrière-boutique où elle était encore en train d'écrire.

– Elle est un peu illuminée, notre Annette, non ?

Phil ne répondit pas. Il ne répondait plus à sa femme. Il la trouvait de plus en plus aigrie et ses histoires autour de l'école l'exaspéraient au plus haut point. Il savait, lui, qu'elle n'avait pas l'importance qu'elle s'accordait au sein du *Board*, il savait qu'elle souffrait d'un complexe d'infériorité. Mais jusqu'ici, il avait voulu la protéger, l'aider à surmonter ses problèmes. Il s'était marié avec elle sans vraiment la connaître. Elle était la bonne à tout faire de son patron. Comme il était un jeune aide-comptable, très apprécié par son chef, elle s'était dit qu'il évoluerait rapidement dans son métier et qu'il aurait une bonne situation. Certains aides-comptables restent cependant toujours des aides-comptables, comme certaines fleurs ne sont pas destinées à s'ouvrir. Elles demeurent semblables à elles-mêmes jusqu'à ce qu'elles fanent. Les ambitions de Phil n'étaient pas celles de sa femme. Lui, comme Milly, voulait être heureux avant tout. Depuis qu'ils s'étaient installés à Tolstoy, il découvrait Belvadara sous un autre jour, et cela le poussait à s'en éloigner, pour éviter la morosité. Il préférait rêver de Marceline ou discuter avec une « illuminée » comme Annette Anson.

Les conséquences du hold-up et le comportement de sa femme l'enfermèrent dans une petite dépression.

« Toutes ces heures de travail pour rien ! » se répétait-il. Eux qui avaient commencé à économiser pour ouvrir une boutique de vêtements à Tolstoy et pour payer des études supérieures à leurs enfants devaient maintenant revoir leurs projets. Il leur faudrait se contenter de leur épicerie générale pendant encore un bon moment et envisager différemment l'avenir de leurs petits.

C'était sans compter sur Josh qui avait fini par débusquer son frère. Il se cachait chez une amie à eux, une prostituée de Virginia City, que Josh et lui connaissaient depuis leur enfance. Elle faisait partie de ces adolescents orphelins qui avaient dû, comme les deux Jackman, se débrouiller seuls dans cette région violente.

Selina ouvrit la porte de son appartement et accueillit Josh en l'embrassant tendrement.

– T'es un mec, maintenant, dis-moi ! s'exclama-t-elle en lui tâtant les pectoraux.

– Dégage, Josh ! hurla Mitch, avachi dans un canapé. Qu'est-ce que tu fous ici ?

– Je suis venu te parler…

Selina était attendue à son travail. Elle leur demanda de refermer derrière eux en partant. Ils n'auraient qu'à déposer la clef dans la niche de la Sainte Vierge, juste au-dessus de sa porte.

Mitch grogna. Il n'avait pas envie de discuter. Josh s'assit. Mitch sortit son flingue.

– Faut que tu m'oublies, OK? Je suis plus ton frère. Dégage! répéta-t-il en visant le pied de Josh.

– Arrête tes conneries, Mitch. Tu es soûl, ça se voit.

– Un gallon de whisky, qu'il nous a donné, Johanson.

– Il ne vous a rien donné, vous l'avez volé. Qu'est-ce que tu as fait de l'argent?

– J'l'ai planqué là où personne ne viendra jamais le chercher...

– Ici?

– Je reste près de mon fric, moi, qu'est-ce que tu crois? Y en a là-dedans! affirma-t-il en se tapant la tête de sa courte main.

Il se resservit un verre de whisky.

– Tu devrais arrêter. Tu vas tomber raide à force...

– Tu m'emmerdes avec tes conseils.

Il tira une balle sur le sol, pas loin des boots de Josh.

Josh lui reprocha d'être inconscient. Mitch tira de nouveau, et cette fois-ci un peu plus près de son frère.

– Va-t'en, je te dis! Je peux plus rien t'apporter de bon.

– Tu pourrais rendre l'argent aux Johanson, au moins.

– Et je fais comment, sans argent, moi?

– Tu vas travailler, comme les autres! C'est aussi fatigant que d'être un bandit mais c'est moins dangereux. Parce que là, t'es mal barré. Y a des affiches partout : ta tête est mise à prix par le shérif et les *Vigilantes*.

– Il est trop tard ! Tu sais ce qu'ils disent tous : « Bandit un jour, bandit toujours… » soupira Mitch, l'air un peu triste.

Puis il but encore, parla de leur mère en versant quelques larmes alcoolisées. Il avait gardé son colt dans la main et finit par s'assoupir sans même terminer sa phrase. Josh fouilla le petit appartement de fond en comble et ne trouva pas l'argent.

Il secoua son frère pour lui dire qu'il partait. Mitch était dans un semi-coma et ne se rendit compte de rien.

Josh retourna chez Milly le soir et révisa la liste des mots imposés pour le concours d'orthographe, qui allait avoir lieu le lendemain à la place de la classe du dimanche.

Milly tenta une dernière fois de décourager Josh de se lancer dans ce défi. Mais Josh répéta qu'il devait faire ça pour sa mère. Il avait déplacé sa journée de travail avec Malcolm Zhang pour pouvoir participer au concours. Tout était prévu. Rien ne devait changer maintenant.

Milly passa le dimanche matin à préparer la fête. Elle installa des guirlandes et afficha les dessins des enfants aux murs.

– Tu vois, Josh, dit-elle, je n'ai aucun dessin de toi. Tu ne fais pas partie de mes élèves, tu ne peux donc pas concourir. Tu imagines si je devais afficher l'un de tes dessins ? gloussa-t-elle. Ce serait quoi ?

– Toi, toute nue ! s'exclama Joshua, hilare.

– J'imagine la tête de Belvadara !

Josh s'était assis par terre au fond de la classe, comme il l'avait fait les premiers jours. Il n'écoutait plus Milly. Il se disait simplement qu'il avait de la chance d'être là, d'être aimé, d'être aidé. Mais il pensa à Wapun qui n'était pas revenue le voir depuis qu'elle avait repris le spectacle. Son rire et sa tendresse lui manquaient. Peut-être ne l'avait-elle plus trouvé chez lui. Ahanu se doutait de la relation de Josh avec Milly. Il s'était moqué de lui en le traitant d'Indien. « Tu deviens polygame comme les plus riches d'entre nous... » avait-il remarqué. Josh n'avait rien confirmé. Il n'avait rien besoin d'ajouter. Ahanu l'avait toujours deviné. Désormais, ils éprouvaient ensemble la même nostalgie. L'enfance s'éloignait d'eux. Wapun vivait de plus en plus en ville, loin de la tribu, et Josh passait son temps à l'école. Ahanu, lui, s'occupait des siens. Il voulait se battre à leurs côtés pour ne pas se laisser envahir par les pionniers. Il voulait protéger les Crees, ne pas perdre son identité. C'était un combat de tous les jours. Josh le forçait à apprendre à lire. Il tentait de le faire profiter de ce qu'il avait appris.

– Ça te servira forcément un jour ou l'autre, disait-il.

– Personne ne sait lire chez nous, avait fait remarquer Ahanu.

– C'est dommage ! Vous ne pourrez jamais faire de vraies affaires, avec de vrais contrats et de vraies signatures... Vous perdrez contre le gouvernement américain, vous perdrez contre les gros marchands. Milly dit que la lecture et l'écriture sont de sacrées armures.

– On ne va pas imiter les pionniers, quand même. On était là avant, non ? On a d'autres armures, nous.

Josh était, à sa façon, aussi têtu qu'Ahanu. Il refusa de laisser tomber le concours. Les familles envahirent bientôt l'école. Josh était rentré chez lui pour se changer. Il voulait être aussi élégant et propre que les autres participants. Il pensait à sa mère. Ainsi, elle serait fière de lui de la tête aux pieds.

Milly craignait l'instant où il allait revenir dans la classe et se joindre au rang des participants.

Ils étaient déjà onze en ligne devant le bureau de Milly. Elle attendit un bon quart d'heure avant de commencer les festivités. Les parents et leurs amis, serrés dans la salle, s'impatientaient. Il faisait très chaud, la sueur perlait sur tous les visages.

– Faut que ça commence, on cuit ici ! hurla le père Polonius.

Milly s'inquiétait de ne pas voir Josh revenir. Il avait dû être pris d'un élan de sagesse ou d'angoisse et réaliser que ce concours n'était pas fait pour lui.

Elle appela donc la première candidate. Elle avait choisi Rose, dernière tenante du titre. Elle la fit grimper sur son bureau afin qu'on puisse mieux la voir, mais les petits, assis par terre et devant elle, lui firent remarquer qu'on apercevait un bout de sa culotte. Rose en fut si troublée qu'elle ne parvint plus à épeler un seul mot correctement.

Milly tira au sort des mots dans une boîte et sourit en les découvrant : le premier mot était « absence », le deuxième fut « patience ». « Encore une farce d'Angela », pensa Milly. Mais lorsqu'elle piocha le mot « complication », son visage s'assombrit. Angela lui signalait que Josh avait eu un problème. La voix de Milly, jusqu'alors enjouée, se modifia en quelques secondes. Les élèves se suivaient, épelant d'autres mots, recevant les applaudissements de l'assemblée. Les visages des parents s'illuminaient et se crispaient en fonction des prouesses de leurs enfants. Milly ouvrit la seule fenêtre qui était restée fermée. Plus le temps passait, plus elle se sentait mal. Elle avait l'impression d'être beaucoup trop serrée dans sa robe, elle respirait avec difficulté, souffrait exagérément de la chaleur, s'éventait avec un cahier. Elle avait hâte d'en finir avec le concours, hâte de remettre le prix. Où était Josh ? Que faisait Josh ? Ces questions l'obsédaient tant qu'elle finit par appeler Liam « Josh ». Belvadara s'exclama :

– Quelle honte !

Phil écrasa le pied de sa femme pour qu'elle se taise. Il trouvait Milly beaucoup plus nerveuse que d'habitude, mais toujours aussi agréable et enjouée. Il considérait la jeune femme comme sa nièce, ou sa filleule, un être à protéger en tout cas. Il avait l'impression d'entretenir des rapports privilégiés, presque paternels, avec elle.

Le mot de la fin, épelé par Epsey-Ann, la dernière candidate, fut «blessure». Milly se sentit défaillir. Elle reconnut heureusement les sabots d'Okana et se précipita à la porte, tandis qu'Epsey-Ann épelait B-L-E-C-U-R-E et que sa mère grimaçait en secouant l'index.

Josh descendit de son cheval avec difficulté et s'écroula sur le sol terreux.

22

Milly se jeta sur Josh qui geignait à terre. Epsey-Ann tourna la tête vers la porte ouverte et s'écria :

– C'est Josh ! C'est Josh ! Il est tombé !

Belvadara fit un signe de croix.

– Doux Jésus, pourquoi vient-il nous déranger, celui-là ? Il ne manquait plus que lui.

La jambe gauche de Josh saignait énormément. Il parvint à articuler :

– Mon frère ! Il est venu récupérer ses sous... mais je ne les lui avais pas pris...

Phil évacua les familles de l'école et demanda à un homme costaud de l'aider à transporter Josh sur le lit de Milly.

– Pas sur le lit de Miss Burnett, tout de même ! s'exclama Belvadara. Le gamin saigne bien trop !

– Oh, je t'en prie, tais-toi et attends-moi dehors ! ordonna Phil à sa femme en pointant la porte du doigt. Qu'on aille chercher le doc !

– C'est déjà fait, dit Milly. Mr Polonius est parti à cheval.

– Je suis désolé, Mr Johanson, articula Josh avec peine.

– Tu n'as pas à être désolé… répondit Phil.

– J'ai voulu récupérer votre argent.

– Ne parle pas, tu t'épuises, lui conseilla l'épicier.

– Mitch a cru que je lui avais volé pendant qu'il dormait… Il a pas voulu me croire… Il était complètement soûl… Ooh bon sang ! J'ai mal ! J'ai mal comme jamais j'ai eu mal… gémit-il.

Milly avait refermé la porte. Certains parents étaient restés dans la cour pour soutenir Joshua. Belvadara attendait son mari juste devant l'entrée. Le père Polonius revint bredouille. Le médecin n'était pas chez lui ce dimanche. Paul, qui avait accompagné son père, et qui savait lire désormais, dit que le docteur Ha Fong avait laissé un mot destiné aux patients : il était à la ferme des Loïs, sur la route de Virginia City, pour un accouchement.

Comme il s'agissait des voisins des Polonius, le père de Paul proposa donc de prévenir le docteur de l'urgence de la situation. Mais sa femme, qui ne parlait pourtant pas souvent, lui fit remarquer qu'un accouchement était aussi une situation d'urgence. Les Polonius prirent tout de même la décision d'avertir le docteur en rentrant chez eux. Lui saurait mieux que quiconque ce qu'il devait faire.

Johanna Gartrell demanda à voir Josh. Lorsqu'elle travaillait au saloon, elle avait soigné de nombreux blessés par balles en attendant la venue du médecin. Belvadara, qui gardait l'entrée comme un cerbère, n'avait pas appris à aimer la mère de Rose. Elle lui dit que seul un docteur ferait l'affaire. Mais Phil vint ouvrir à Johanna et la pria d'entrer.

– J'ai entendu ce que vous disiez, Mrs Gartrell. Si vous pouvez faire quelque chose, c'est tant mieux. Le p'tit est au plus mal.

Milly s'était assise à côté de Josh. Elle lui avait pris la main et se fichait bien de ce que l'on pourrait penser d'elle.

Johanna découpa le bas du pantalon de Josh et observa la plaie.

Elle regarda Phil avec des yeux inquiets.

– La balle est dans l'os, dit-elle. Il faut l'extraire.

– Vous savez le faire ? demanda Phil.

– Je peux me débrouiller pour sortir la balle, mais il faudra recoudre et je n'ai pas ce qu'il faut pour ça.

– C'est bête d'être tué par son frère, marmonna Josh.

– Mais tu n'es pas mort, dit Milly en retenant ses pleurs. Tu vas te battre et tu vas t'en sortir.

– Je me sens si faible...

Johanna déclara qu'il fallait, avant toute chose, arrêter l'hémorragie. Elle déchira un vieux drap en lanières et plaça un garrot sur la cuisse de Josh.

Phil voulut lui faire boire du whisky pour le requinquer mais Josh murmura qu'il ne buvait jamais. L'épicier sourit, l'air bienveillant.

Milly mit à la disposition de la jeune femme tout ce qui pouvait lui être utile. De l'éther, de la gaze, une cuvette, des linges propres.

Johanna Gartrell fit bouillir de l'eau et trempa une pince à épiler dans la casserole. Lorsque, malgré la petite taille de son instrument, elle parvint à extraire la balle, Josh s'évanouit.

Phil répéta immédiatement, mot pour mot, la phrase du docteur :

– De temps en temps, nos corps préfèrent ne pas affronter la douleur ou la réalité.

Johanna confirma qu'il ne fallait pas s'en faire, qu'il s'agissait d'un réflexe de protection, que nous réagissions tous de la même façon en cas de souffrance extrême. Elle avait beaucoup de sang-froid et d'expérience. Milly apprécia son tempérament. Et peu importe ce que pouvaient lui reprocher Belvadara et d'autres commères de Tolstoy, elle trouvait cette femme plus forte, plus chaleureuse, plus humaine que la plupart des bonnes chrétiennes de la ville.

Milly faisait les cent pas dans la salle de classe. Par la fenêtre, elle aperçut la vingtaine de parents et d'enfants. Isabel et Epsey-Ann s'approchèrent d'une fenêtre ouverte et lui demandèrent des nouvelles du garçon.

– Il s'est évanoui... mais on a retiré la balle, dit Milly.

– Il va mourir ? demanda Epsey-Ann.

– On attend le médecin... Pour l'instant, on espère que tout va bien se passer.

– Peut-être qu'il faut appeler le révérend, quand même, dit Isabel. Maman dit que ce serait plus sage.

– Je préfère ne pas être sage et penser qu'il va vivre, dit Milly.

Phil signala à Milly que Josh était revenu à lui. Mais dès que Milly arriva devant son lit, Josh perdit de nouveau connaissance.

– L'hémorragie a été trop importante, remarqua Johanna. Je ne sais pas s'il va tenir le coup. Il faudrait peut-être appeler le révérend.

– Non ! s'exclama Milly sans se contrôler.

Puis elle éclata en sanglots. Phil lui conseilla de prendre un petit remontant.

– Mais je n'ai que le whisky dont je me sers pour mes gâteaux, et je ne bois pas d'alcool fort, moi non plus, répondit Milly en sanglotant.

Phil se dirigea d'un pas décidé vers la porte, où se tenait toujours son épouse.

– Tu pourrais aller chercher une bouteille de vin doux à la boutique, s'il te plaît ? lui demanda-t-il.

– C'est pour qui ? s'enquit Belvadara.

– Est-ce qu'il faut toujours tout justifier ? rétorqua Phil.

– J'aimerais bien que tu ne me laisses pas dehors comme ça. C'est embarrassant vis-à-vis des autres, chuchota-t-elle.

– Va nous chercher du vin doux, s'il te plaît, répéta-t-il seulement.

Puis il lui glissa au creux de l'oreille :

– Et fais venir le révérend.

Belvadara se sentit de nouveau dans le train de la confidence et des secrets. Cela la rendit plus aimable. Elle aimait tant en savoir plus que les autres qu'elle s'exécuta sans argumenter, trop heureuse de faire partie des privilégiés.

Elle confia ses enfants à Rebecca et sortit discrètement de l'école. Mais il s'agissait d'une fausse discrétion. Elle baissait exagérément la tête et avançait à tout petits pas rapides – alors qu'elle aurait pu marcher normalement – pour exprimer l'urgence de la tâche qui venait de lui être confiée. Elle rêvait, en fait, qu'on ait remarqué sa sortie et qu'on se demande ce qu'elle allait faire. Elle jeta un petit coup d'œil en arrière pour s'assurer que quelques têtes s'étaient tournées vers elle, et poursuivit son chemin en ouvrant les pieds et en dandinant le derrière, comme la grosse oie qu'elle demeurait, malgré elle.

– Qui a pris l'argent à mon frère ? disait Josh dès qu'il revenait à lui.

– Peu importe, répétait Phil. Ne t'inquiète pas pour ça. On va te sortir de là. Ne t'encombre pas la tête de choses inutiles.

– J'essaie de rester en vie... murmura Josh. Les choses inutiles, ça remplit la vie...

– J'avais jamais vu les choses sous cet angle, répondit le père Johanson.

Le mollet de Josh était devenu froid et bleuté. Johanna Gartrell desserra le garrot.

– Faudrait pas qu'on finisse par lui couper la jambe, souffla-t-elle à l'oreille de Phil.

Milly, qui avait tout entendu, imagina Josh amputé. Les images qui lui traversaient l'esprit devinrent tellement insupportables qu'elle préféra sortir prendre l'air quelques instants.

Belvadara revint avec le vin doux et le révérend.

– Vous êtes dehors parce que ça va mieux ou parce que ça va moins bien ? demanda-t-elle à Milly.

– Je suis encore une petite fille en face de ce genre de situation, dit Milly. Je n'ai jamais vécu ça dans le Massachusetts. J'ai dû être trop protégée mais j'ai vraiment du mal à voir Josh souffrir ainsi. Je ne suis pas forte. Mon corps tout entier réagit et je ne contrôle plus rien... Je me suis sentie très mal, alors je suis sortie...

Le révérend fit remarquer à Milly qu'elle était franche et honnête et que c'était là deux belles qualités. Il essayait d'être rassurant. Aurait-il été si gentil s'il avait été au courant de la relation amoureuse qui unissait Milly et Josh ? Il dit aussi qu'il était bon de reconnaître sa faiblesse, et tout à fait normal de partager la souffrance des autres.

Le sourire de Belvadara exprima une certaine satisfaction. Tout ce qui rendait Miss Burnett un peu moins parfaite lui faisait plaisir.

Lorsque le révérend se présenta devant Josh, le garçon s'était de nouveau évanoui. Phil essaya de le faire revenir à lui en lui tapotant les joues, mais le garçon sombrait de plus en plus longtemps et profondément à chaque syncope.

– Il ne pourra pas réciter sa prière mais je suis sûr qu'il entendra la mienne, dit le pasteur.

Johanna Gartrell sortit de la pièce. Ses traits étaient tirés, son visage, beaucoup plus marqué qu'à l'accoutumée. Elle rejoignit Rose dans la cour et l'embrassa tendrement.

– Il va bien, Josh ? lui demanda la petite.

Les autres parents encerclèrent immédiatement Johanna. L'arrivée du pasteur les avait déjà renseignés sur la mort imminente de Josh. Ils attendaient une confirmation.

Le docteur arriva à cet instant. Il croisa le révérend sur le pas de la porte.

– Vous allez bientôt baptiser une petite Aglaé, lança le médecin au révérend.

Ils se connaissaient si bien tous les deux qu'ils n'avaient pas besoin de se parler plus pour se dire que Joshua Jackman était encore en vie.

La peau du docteur luisait, ses paupières semblaient plus lourdes encore que d'habitude. Lorsqu'il ôta son chapeau, ses cheveux étaient collés entre eux. Il était fatigué de sa journée, accablé par la chaleur excessive de ce début de juillet, mais il entra dans la chambre de Milly avec son calme et sa douceur habituels.

– Alors, bonhomme, dit-il à Josh qui entrouvrait un œil, comment te sens tu ?

– Amoureux, marmonna Josh.

Phil s'étonna de voir Ha Fong sourire.

– Il divague comme ça depuis longtemps ? demanda le docteur.

– Je ne suis pas certain qu'il divague, dit Phil.

Belvadara pinça sa bouche en avant et souleva les sourcils, l'air désapprobateur.

– Moi, je préférerais qu'il divague, dit-elle en fixant Milly.

Le docteur fit sortir les femmes et ausculta Josh. Devant son état préoccupant, il agit sans plus rien dire. Il fit une piqûre analgésique et somnifère au blessé puis désinfecta, sutura et pansa la plaie en un temps record.

– Il va dormir un moment maintenant. Il vaudrait mieux ne pas le déplacer, conseilla-t-il à Milly, qu'il avait retrouvée dans la salle de classe. Allez-vous veiller sur lui ?

– Cette nuit ? demanda Milly.

– Cette nuit et pendant les quinze jours qui viennent.

– Mais c'est impensable ! s'indigna Belvadara. Miss Burnett doit assurer ses cours jusqu'à la mi-juillet.

– Entre femmes, vous trouverez bien une solution pour vous relayer... dit le médecin.

– Les hommes sont exclus du projet ? demanda Milly.

– Les hommes, ici, ne sont pas souvent disponibles pour veiller sur les malades. J'ai constaté ça. Josh n'a pas de famille, vous savez, dit le docteur. Les Indiens se sont occupés de lui et l'ont souvent soigné. Et quand je l'ai fait moi, je l'ai fait gratuitement depuis que ses parents sont morts.

– Je sais, je sais... dit Milly.

– Nous le connaissons tous, ajouta Phil, avant d'annoncer qu'il serait là pour s'occuper de Josh si on avait besoin de lui.

Car non, les hommes n'étaient pas exclus du projet, assura-t-il à Milly et au médecin. Il s'agissait là d'une opération de solidarité et il comptait bien y participer.

– Phil, tu as déjà quatre enfants, une femme et une boutique et nous n'avons plus un dollar d'avance. Tu ne crois pas que tout ça te suffit largement ? demanda Belvadara.

– Il faut croire que non. Je serais heureux de donner un exemple d'altruisme et d'empathie à mes enfants. Nous devons aider Miss Burnett. Elle ne peut pas assumer cela toute seule.

– Que faudrait-il faire exactement ? demanda Milly.

– Il suffit d'observer d'éventuels changements. Si vous le trouvez plus chaud ou s'il se met à délirer, venez me chercher ! dit le docteur. Il faudra aussi refaire le pansement régulièrement. La plaie peut s'infecter facilement. On doit éviter une septicémie.

– J'ai du mal avec le sang et les blessures, avoua Milly. Je suis désolée, mais je me sens incapable de refaire un pansement.

– Mrs Gartrell voudra peut-être nous aider, dit Phil.

– Enfin ! On ne va quand même pas demander de l'aide à cette... femme ! Elle n'est pas distinguée, réagit Belvadara en chuchotant.

Phil ignora son épouse et retrouva Johanna Gartrell à l'extérieur. Elle accepta de passer chaque jour pour refaire le pansement.

En rentrant chez elle, Marceline aperçut l'attroupement devant l'école et s'approcha d'Isabel et Rose. Elles jouaient près de la route.

– Qui a gagné le concours ? leur demanda-t-elle.

– On ne sait pas, on n'a pas pu remettre le prix à cause de Josh. Le révérend est venu, le médecin est venu...

Marceline se hâta vers la salle de classe et prit des nouvelles du garçon. Le visage de Phil Johanson s'illumina lorsqu'elle entra dans la chambre. Elle proposa de prêter un lit à Milly et dit qu'elle pourrait la relayer de temps en temps, pendant ses heures de cours, ou lorsqu'elle voudrait faire des courses.

– Je viendrai aussi deux heures par jour, annonça Phil.

– Deux heures ! s'exclama Belvadara. Mais tu les trouves où, tes heures ?

– Dans mon cœur, répondit-il.

Cela plut à Marceline qui adressa un clin d'œil complice à Milly. Elle aimait si peu Belvadara.

Ainsi, pendant la fin d'après-midi se mit en place un surprenant réseau d'entraide. Les parents qui étaient restés dans la cour proposèrent aussi leur secours. Annette Anson dit qu'elle s'occuperait de préparer les déjeuners de Milly et de Josh. Cela ne lui posait aucun problème puisqu'elle cuisinait le matin de bonne heure pour ses clients. Rose livrerait les plats en arrivant en classe.

Milly n'en revenait pas que tout le monde se mobilise pour celui que la plupart des habitants de Tolstoy prenaient encore pour un bandit. Mais l'histoire d'Elwood McDonahue avait rendu Josh populaire.

Les enfants avaient aussi parlé à leurs parents de la gentillesse du jeune homme et il était soudain passé du côté des victimes et des bons parce qu'il avait été blessé par le terrible Mitch.

Les Johanson finirent par rentrer chez eux. Marceline se réjouit du départ de Belvadara :

– Je ne l'aime toujours pas plus, déclara-t-elle. Elle est plus aigre que les pommes à cidre.

Plus tard, le shérif fit une halte chez Milly tandis que Marceline et elle installaient le second lit, sous la fenêtre. Milly hésita car les courants d'air étaient fréquents et désagréables à cet endroit. Finalement, elle préféra placer la petite table dans la salle de classe pour créer un peu d'espace. Milly s'en réjouit et regretta de ne pas avoir déplacé le meuble plus tôt. Les enfants manquaient dramatiquement d'endroit pour poser leur cahier et ce guéridon allait lui être très utile à côté. Rien ne l'empêchait, en fait, de prendre désormais ses repas dans la pièce voisine.

Tim Clyne voulait en savoir plus sur l'histoire qui avait opposé les deux frères. Milly lui rapporta ce que Josh avait pu relater en arrivant. Tim s'enorgueillit d'avoir enfin mis Mitch sous les verrous. Cela n'avait pas été compliqué, finalement. Il l'avait retrouvé ivre mort sur la route de Virginia City. Dès qu'il avait repris connaissance, Mitch avait parlé de « son petit frère adoré, qu'il venait de tuer... » et il s'était mis à pleurer sans relâche.

– On va juger Mitch à Virginia City. Pas un truc de *Vigilantes*, mais un véritable procès. Il a tué tellement de monde que j'ai du mal à croire qu'il s'en sorte vivant. J'aime pas ça, embarquer les bandits vers l'échafaud. Je me demande parfois si ce n'est pas pour ça que je n'arrivais pas à mettre la main sur lui... Y a des jours où je me dis que j'ai eu tort de me faire shérif.

Il se tut et réfléchit. Il attendait peut-être qu'on lui dise qu'il était parfait à son poste, qu'on le rassure sur ses qualités de shérif. Il ajouta que le nouveau juge de Virginia City venait de Pennsylvanie. Là-bas, la peine de mort avait été abolie. Il avait donc bon espoir que cela s'applique ici aussi. D'ailleurs, cette pratique tendait à disparaître peu à peu dans d'autres États. Sans doute la guerre de Sécession et ses 700 000 morts avait-elle décidé les gouvernements à ne plus priver l'Amérique d'autres âmes. La dernière condamnation à mort légale sur le territoire du Montana remontait à 1863. Il s'agissait de Peter Hora, un mineur.

– Pour quel motif l'a-t-on pendu déjà ? demanda Phil.

– Meurtre, répondit le shérif. C'était il y a quatre ans déjà... Les temps changent. Heureusement. Je suis contre la peine de mort.

Meg rejoignit son mari à l'école. Elle voulait saluer Milly et l'inviter à un autre spectacle à Virginia City.

– Je crois que je vais être un peu bloquée ici jusqu'à ce que Josh se sente mieux.

Au fond d'elle, Milly s'imaginait déjà le pire. Cette journée avait été trop éprouvante. Elle ne retrouvait pas son enthousiasme habituel.

– Pourquoi Josh est-il revenu ici, un dimanche en plus ? demanda le shérif.

– Il s'était inscrit pour le concours d'orthographe. Il savait que l'école serait pleine et que l'on pourrait lui venir en secours, expliqua Milly.

Meg adressa un clin d'œil à son mari. Elle n'était pas dupe. Ses prédictions se révélaient exactes.

– Ma pauvre Milly, s'exclama-t-elle, les journées vont être longues et les nuits trop courtes... N'hésitez pas, si vous avez besoin de moi. Je pourrais faire la lecture de temps en temps, si ça vous laisse un peu de temps supplémentaire.

23

La première nuit, Milly veilla un peu trop sur Josh. Elle ouvrait l'œil dès qu'il gémissait, elle lui touchait le front tous les quarts d'heure. L'angoisse l'étouffait par moments. Il sortit de sa torpeur vers 5 heures du matin et parvint à sourire à Milly. Il s'étonna de l'énorme pansement sur sa jambe. Il se souvenait à peine d'être venu à l'école. Mais la morphine ne faisait plus d'effet et une douleur violente l'assaillit. Heureusement, le docteur avait prévu quelques cachets pour prendre le relais de l'injection. Josh souffrait malgré tout et parlait peu. Milly lui fit boire un bouillon de poulet, à la cuillère.

– Comment j'aurais fait si t'avais pas été là ? demanda Joshua.

– Tu aurais demandé de l'aide aux Indiens.

– Je ne peux plus faire ça.

Il fronça les sourcils, comme si Milly venait d'évoquer la source d'un tourment.

– Wapun, murmura-t-il.

Milly lui conseilla de ne pas se tracasser. Elle lui expliqua comment s'étaient organisés les jours à venir. Il était encore groggy et ne semblait pas tout comprendre. Milly lui prit la main et allongea son buste à côté de lui en laissant ses pieds au sol. Elle s'endormit sans réaliser qu'il lui demandait à boire.

Lorsque les enfants frappèrent à la porte, leur institutrice dormait encore. Elle s'était glissée sous les couvertures de Josh dans une position tellement inconfortable qu'elle eut du mal à se déplier pour se mettre debout.

Milly enfila une robe à la hâte et accueillit les élèves. Entre les repas préparés par Annette, la venue de Phil Johanson, l'aide de Johanna Gartrell, de Meg et de Marceline, qui passa à trois reprises s'assurer que tout allait bien, la journée se déroula sans problème.

Mais Josh avait mal et les cachets du docteur Ha Fong semblaient ne plus faire d'effet.

Le soir, Marceline apporta une longue pipe bourrée d'herbes médicinales et incita Josh à fumer.

– On dirait ce que fument les Indiens quand ils sont malades, dit Josh. Je connais… mais ça me donne la nausée.

Marceline reconnut qu'il s'agissait d'un remède indien et tira quelques bouffées.

– Vous êtes indienne ? demanda Josh en grelottant.

– Mon père était français, répondit-elle.

– Et votre mère ? tenta une nouvelle fois Milly.

Elle réitérait une question que Marceline avait déjà éludée.

– Ma mère vit dans la région, répondit encore une fois Marceline.

– Indienne, donc ? insista Milly qui en avait un peu assez des cachotteries de sa voisine.

– Je faisais partie d'une tribu de Métis, finit par avouer Marceline.

– Trappeur français, mère indienne, marmonna Josh, amis des Crees...

– Faisais ? dit Milly.

– Je ne me sens ni nomade ni indienne. Je crois que je dois ressembler beaucoup plus à mon père. En outre, ma mère n'est pas une femme très respectable. Je n'ai pas d'estime pour elle. Je ne veux pas qu'on sache que j'ai du sang indien. Les gens n'aiment pas les Indiens ici...

– Vous ne devriez pas avoir honte de vos origines, dit Milly. Vous êtes une femme fantastique. Et vous ne seriez pas la même si vous n'aviez pas une mère indienne.

– Vous garderez le secret, hein ? demanda Marceline de nouveau. Je ne voudrais pas qu'on n'achète plus mes tricots à cause de ça. Et vous non plus, Josh, vous ne direz rien ? ... Josh ? ... Josh ? Oh mon Dieu, je crois qu'il a tourné de l'œil !

– Il est beaucoup plus chaud que tout à l'heure, constata Milly. Je cours chercher le docteur.

– J'irai plus vite à cheval, remarqua Marceline.

Le docteur nettoya consciencieusement la plaie, refit une piqûre à Josh et pria Milly de lui faire boire des tisanes et remèdes chinois.

Joshua ouvrit les yeux quelques secondes et réclama Wapun.

– Qui est Wapun ? demanda le docteur.

– Son amie indienne.

– Sa petite amie ?

Milly hocha la tête. Son cœur se fendillait.

– Il faudrait peut-être aller la chercher... au cas où... dit le docteur en repartant.

– Mais elle est à Virginia City, elle travaille au théâtre, réagit Milly.

– Je vais demander au boulanger de la ramener demain, puisqu'il descend là-bas. J'espère qu'elle reviendra à temps. Si Josh s'en sort, ce serait bien qu'il soit aidé par cette fille. Il est tellement seul. Et vous, ça vous ôterait du travail, Miss Burnett.

– Seul mais bien entouré, quand même, fit remarquer Marceline qui lisait beaucoup de tristesse dans le regard de Milly.

Milly s'était couchée. Mais entre l'état inquiétant de Josh, ses délires fiévreux et la peine qu'elle ne parvenait pas à chasser depuis qu'il avait appelé Wapun à son secours, la jeune femme ne trouvait pas le sommeil. Pourtant, Marceline lui avait proposé de veiller quelques heures au chevet du malade, afin qu'elle se repose et assure, sans fatigue, ses heures de cours le lendemain.

– Moi, je pourrai toujours dormir le matin. Je n'ai pas de contraintes horaires, avait dit Marceline.

À plusieurs reprises, Joshua rappela Wapun et Milly réalisa la place importante que l'Indienne tenait dans sa vie. Elle pensa qu'elle-même n'avait sans doute été qu'un divertissement. De grosses larmes affluèrent sous ses paupières closes.

Ces heures pendant lesquelles elle aurait dû dormir ne furent qu'une continuelle remise en question de l'utilité de son séjour à Tolstoy. Pourquoi s'était-elle embarquée dans une aventure si difficile ? Avait-elle au moins trouvé ce dont elle rêvait ? Ici, finalement, seuls les oiseaux lui avaient paru plus libres… et Finn… et Meg… et Marceline… et Josh… À l'Ouest, tout était possible. Peut-être trop possible. On pouvait aimer n'importe qui, tuer n'importe qui, ouvrir n'importe quelle boutique, être complètement soi-même ou tout à fait quelqu'un d'autre. Les limites n'étaient en fait fixées que par l'individu lui-même et non par le groupe. Pour que cela fonctionne, on attendait de chacun un comportement altruiste et raisonné. Mais il fallait déjà manquer d'un peu de raison pour commencer une nouvelle vie dans une région sauvage. Quant à l'égoïsme, rares étaient ceux qui avaient traversé le pays ou les océans pour le plaisir d'être utile aux autres. Comme l'avait si justement expliqué Elwood McDonahue, la plupart des gens ici étaient venus pour faire fortune, rien de plus, et « l'autre » n'était pas prévu dans leurs plans de vie.

Milly se réjouit tout de même de ne pas faire partie des égoïstes. Elle essayait de se rassurer, de trouver des points positifs à sa nouvelle vie qui la chamboulait tant. Le Montana avait acquis depuis peu le statut de territoire. Il s'agissait d'une région en pleine domestication, d'un cheval sauvage que le gouvernement essayait de dominer, de dompter. Les Indiens étaient les seuls êtres concernés par les modifications gouvernementales. On leur imposait des frontières, on délimitait leurs zones de chasse et d'habitation. Eux qui avaient toujours vécu librement se retrouvaient contraints et encadrés, tandis que les pionniers découvraient soudain sur ce terrain de jeu, déblayé par les autorités, un espace de liberté qu'ils avaient du mal à utiliser intelligemment. Ils étaient enivrés par ce trop-plein de possibilités, enivrés par cette totale prise en charge d'eux-mêmes. Milly repensa à une conversation qu'elle avait eue avec Meg.

– Un gouvernement est un tuteur, un parent pour la plupart des gens, avait-elle dit. Lorsqu'il est peu présent, voire absent, les êtres humains agissent comme des enfants tout-puissants, comme un troupeau désorganisé. Sur le territoire du Montana, tout le monde est son propre chef et la peur de l'autorité n'existe presque plus. Cela redéfinit les relations sociales et le caractère même des individus. Les choses évolueront lorsque le Montana deviendra un État.

Milly se demanda si elle-même avait vraiment changé depuis qu'elle était arrivée à Tolstoy. Se serait-elle laissé séduire par un Finn ou par un Josh dans le Massachusetts ?

Elle entendit Marceline se déplacer et ordonner à Josh d'avaler la tisane, puis cette dernière ne cessa de jurer. Elle semblait contrariée. Mais elle avait interdit à Milly d'ouvrir l'œil. Si elle était restée là, c'était pour permettre à son amie de dormir. À plusieurs reprises, Milly avait juste demandé : « Ça va ? » et Marceline avait répondu : « Ça va aller. » Josh avait encore appelé Wapun et Milly avait encore souffert. La nuit n'en finissait pas. Soudain, Marceline se mit à paniquer.

– Milly, Milly, je crois qu'il est en train de partir, là.

Milly bondit hors de son lit. Son cœur cognait si vite qu'elle n'en percevait plus aucun battement. Le docteur leur avait confié un remède d'urgence, une dose de poudre noire dans un papier plié. Il avait averti les deux femmes de la dangerosité et de l'extrême puissance du produit. En Chine, on l'appelait le « réveille-les-morts ». Milly le mélangea à de l'eau chaude et l'administra à Josh à la petite cuillère. Josh ne bougeait plus. Milly ouvrait sa bouche avec son index et introduisait la cuillère. Josh déglutissait par réflexe pour éviter de s'étouffer. Ainsi parvint-il à avaler le médicament. Les deux femmes assises de part et d'autre du lit attendirent plus d'une heure que la poudre fasse son effet. Elles ne se disaient plus rien. Milly supplia Angela de sauver Josh.

Alors, le jour se leva, les rayons vifs de l'été transpercèrent rapidement le bois fissuré des volets. Cinq lignes jaunes strièrent la pièce comme une portée musicale. Josh dormait maintenant paisiblement, sa respiration n'était plus aussi bruyante et rapide, son pouls avait ralenti.

– Putain de nuit ! jura Marceline. J'ai bien cru qu'on allait le perdre pour de bon. Mais il a de la ressource, le bougre. C'est un solide !

Milly avait d'énormes cernes et les traits tirés. Johanna Gartrell vint prendre le relais de Marceline et prodiguer les soins nécessaires au malade. Elle fit remarquer à l'institutrice qu'il faudrait changer la chemise de Josh, encore trempée par les suées de sa fièvre nocturne. Milly allait commencer la classe et se demanda comment elle pourrait récupérer des vêtements chez Josh. D'une part, elle n'était jamais allée chez lui, d'autre part, elle n'avait pas de cheval. Sur le pas de la porte, Marceline lui rappela que

Wapun allait sans doute passer en fin de journée et qu'elle réglerait sans doute ces problèmes pratiques.

– Entre-temps, je vais demander à Phil Johanson de prêter l'un de ses pyjamas à Joshua, dit Johanna Gartrell.

Elle pria Farell et Liam, qui venaient d'arriver, de retourner chez eux chercher ce qu'elle avait demandé.

Milly caressa la joue de Josh. Il venait d'ouvrir les yeux.

– Tu es belle, Milly... chuchota-t-il, et je t'aime.

Johanna Gartrell revint dans la chambre et Milly retrouva ses élèves sans avoir eu le temps de répondre à Joshua. Elle lui avait juste souri, tendrement, bouleversée par ce qu'elle venait d'entendre.

– Pourquoi Milly a-t-elle l'air si triste ? demanda Josh à Johanna Gartrell.

– Elle est juste épuisée, il me semble.

– Non, elle est triste, je la connais, marmonna Josh en mangeant tout doucement un bol de porridge recouvert de mélasse.

En deux heures ce matin-là, Milly avait déjà renversé de l'encre sur sa robe, déchiré malencontreusement la page d'un livre, buté sur le pied d'une chaise et cogné sa tête contre celle de Paul, au moment où elle se penchait sur son travail. Elle faisait tout de travers et se concentrait douloureusement afin de poursuivre sa matinée sans repenser à ce que Josh lui avait dit. Les enfants, eux aussi, aimaient Milly à leur façon. Ils le lui firent comprendre en l'aidant du mieux qu'ils pouvaient.

À l'heure du déjeuner, ils s'installèrent tranquillement et sans surveillance dans la cour, tandis que Milly partageait le repas préparé par Annette Anson avec Josh.

Johanna Gartrell était partie depuis une petite heure. Josh allait mieux, même si la douleur au niveau de sa plaie ne semblait pas s'atténuer. Il parlait peu et d'une voix très faible mais restait cohérent dans ses propos. Comme il interrogeait Milly sur les raisons de sa tristesse, elle finit par avouer :

– Wapun va sans doute venir ce soir.

Josh parut très surpris.

– Tu l'as appelée toute la nuit, et comme on ne savait pas si tu allais t'en sortir, le docteur a voulu qu'elle vienne, expliqua Milly.

– Mais elle va me trouver dans ton lit, paniqua Josh.

– Vu de cette façon, c'est vrai que ça peut être mal interprété, reconnut Milly.

– Vu de n'importe quelle façon, ça me semble clair.

– Mais tu aimes encore Wapun, sinon tu ne l'aurais pas appelée ainsi.

– Je ne sais plus. Je ne la vois plus comme avant, depuis que je te connais, expliqua le jeune homme, à bout de souffle.

L'inquiétude et le repas firent ponctuellement empirer l'état de Josh. Il se remit à suer et à grelotter. Milly lui prépara une tisane chinoise et il s'endormit.

Milly laissa la porte ouverte de façon à le surveiller de son bureau.

Dans la cour, les enfants jouaient. Il faisait beau et toujours aussi chaud, mais une brise vivifiante créait d'agréables courants d'air tièdes entre les fenêtres de l'école. Milly s'assit par terre devant la porte d'entrée. Ce n'était pas une position très digne pour une institutrice, mais elle s'en fichait. Elle savait que les enfants ne faisaient pas attention à ce genre de détail. Elle était exténuée, cependant un sentiment de tranquillité l'envahit, comme si elle venait d'achever une mission, comme si la vie reprenait un cours tranquille, une douce normalité, comme si la nature communiait avec elle, comme si plus rien n'allait désormais venir s'opposer à elle. « Trop de fatigue sans doute », supposa-t-elle, s'étonnant de cette étrange quiétude.

– Merci, Angela, articula-t-elle pourtant, persuadée au fond d'elle qu'elle venait de recevoir un coup de main de son inséparable guide.

Elle savait maintenant que tout irait bien.

24

Le shérif n'avait pas pu retrouver le vieux Bert. Il semblait avoir déserté définitivement sa cabane et l'on en déduisit que c'était lui qui était en possession de l'argent des Johanson.

Pourtant, lorsque Phil vint s'occuper de Josh en fin d'après-midi, il afficha un sourire radieux en ouvrant la porte.

– Josh, tu es un type bien ! s'exclama-t-il.

Il essaya de prendre le malade dans ses bras, mais le pauvre garçon ressemblait à une poupée de chiffon. Phil poursuivit malgré tout :

– J'ai reçu la visite d'une demoiselle Selina tout à l'heure. Une amie à toi, il paraît. Elle venait de Virginia City.

Phil rit en précisant qu'elle avait un drôle de genre qui n'avait pas plu du tout à sa femme. Selina lui avait rapporté l'argent de Mitch. C'était elle qui l'avait caché, avec l'intention de le rendre à Josh. Elle avait par la suite appris l'emprisonnement du bandit et s'était ainsi sentie plus libre d'agir à sa guise.

– Vous avez tout récupéré ? demanda Milly.

– La moitié ! Le vieux Bert doit toujours avoir l'autre partie. Mais c'est déjà incroyable ! J'ai l'impression qu'un ange veillait sur nous ! Nous sommes sortis d'affaire ! claironna Phil. Ah ! Miss Burnett, je revis ! Allez ! Vous aussi, je vous embrasse, pour la peine !

Josh ne réalisa pas vraiment ce qui se passait. Il vit des gens heureux et sourit en se rendormant.

– J'ai offert une prime de 100 dollars à la petite pour la remercier, ajouta l'épicier. Je me suis fait enguirlander par ma femme, mais je m'en fiche bien. Cette jeune femme méritait bien ça. Elle en a pleuré. Elle a dit qu'elle allait enfin pouvoir changer de vie. Vous voyez, Milly, en plus de ça, j'ai fait une heureuse… et ça, j'aime ça ! Annette Anson avait raison. Tout peut nous conduire à de bonnes choses, même les épreuves les plus difficiles.

– Vous êtes un type bien, Phil, répliqua Milly en quittant la pièce.

– Non, j'suis pas un type si bien que ça. Je n'ai pas pu empêcher ma femme d'envoyer sa plainte vous concernant au *Board*. Elle a réussi à convaincre deux ou trois parents de signer sa pétition. Pourtant, les gens vous aiment bien ici. Mais trop souvent, c'est le dernier qui a parlé qui a raison… et malheureusement, ma femme parle tout le temps !

– Ne vous inquiétez pas pour moi. On m'a proposé un poste de journaliste à Virginia City.

– Vous devriez l'accepter sans attendre. Vous êtes faite pour ça, Milly. Je ne dis pas que vous êtes une mauvaise institutrice, loin de moi cette pensée. Mais vous ne sortirez jamais de Tolstoy si vous restez à ce poste. Vous vous ennuierez... et ma femme vous ennuiera...

– Vous partagez les idées de Marceline et des Clyne. Je vais finir par écouter vos conseils.

Milly se hâta d'aller chercher du pain avant la fermeture des boutiques. Elle voulait aussi savoir si John Witherspoon était rentré car Wapun n'était toujours pas passée voir Josh.

Le boulanger venait d'arriver. Il était en train de décharger ses sacs de farine.

– Ah ! Miss Burnett ! J'avais l'intention d'aller chez vous dans la soirée. J'ai pas trouvé la petite au théâtre. Pour une bonne raison : elle n'y travaille plus. On m'a dit qu'elle était partie pour le Canada avec sa tribu. Ils ont tous été chassés du territoire par l'armée. Ceux qui n'ont pas été chassés ont été tués.

– Mais je croyais qu'on avait attribué des terres à chaque tribu.

– Pas aux Crees ! C'est pour ça qu'ils restaient dans le coin. Ici, on est sur les terrains de chasse communs.

– Mais ils vivaient là depuis longtemps, pourtant !

– Je sais, je sais... Les Crees sont pacifiques et on s'est toujours bien entendus avec eux... mais les militaires ne se posent pas de questions... Ils viennent là pour tuer de l'Indien. Le directeur du théâtre m'a dit qu'il y avait eu dix morts dans la petite tribu de la jeune fille. Ils ont tout brûlé, tout saccagé, les stocks de nourriture, les tipis... Ils les avaient mis en garde en leur demandant de retourner « chez eux ». Mais cette tribu-là n'avait jamais mis les pieds au Canada. Leurs terres, leurs amis, leurs habitudes étaient ici. Ils n'ont donc pas bougé. L'armée a sévi.

– C'est affreux ! s'exclama Milly, et elle éclata en sanglots. Je ne peux pas raconter ça à Josh... ça le tuerait. Il est si faible... Il s'agit un peu de sa famille. Savez-vous si le frère de Wapun fait partie des morts ?

– On ne m'en a pas dit plus, désolé.

– Nous sommes des barbares, John. Et la liberté que nous venons chercher ici ne nous appartient pas plus que ces terres ou que ces mines d'or. Nous sommes en train de voler leur liberté aux Indiens et nous n'en ferons rien de bien. On ne profite jamais de ce qu'on n'a pas gagné justement.

Milly paya son pain au boulanger et rentra lentement à l'école. Elle aurait voulu arrêter de pleurer avant d'arriver chez elle, mais sa peine l'occupait tout entière. Sa peine, sa colère et sa honte aussi. Elle ne pouvait pas rester à Tolstoy et accepter que tout cela se passe, à côté d'elle, sans réagir. Elle se promit d'accepter le poste de journaliste. Elle pourrait ainsi étudier et dénoncer la politique colonialiste du gouvernement. Milly vivait de nouveau l'une de ses crises d'enthousiasme démesuré et salvateur et, comme d'habitude, rien ne pouvait alors contrer ses projets, ses désirs. Il fallait que les pionniers réalisent ce qui se jouait sur les terres indiennes. Elle se fixa des objectifs pour ne pas se laisser envahir par le désespoir.

Phil remarqua les yeux rouges de la jeune femme dès qu'elle entra dans la chambre du malade.

– Un problème, Miss Burnett ? demanda-t-il.

– Je crois que je suis tout simplement à bout, répondit-elle seulement en se forçant à sourire. Mais j'ai réfléchi à ce que vous m'avez dit. Je vais accepter le travail au *Montana Post*.

Phil avait hâte de voir le visage de sa femme lorsqu'elle apprendrait la nouvelle.

– Vous lui coupez l'herbe sous le pied. Elle va enrager de ne pas avoir eu le plaisir de vous faire renvoyer.

– Elle n'aurait pas pu m'empêcher de faire mon travail. La meilleure amie de ma mère est la responsable du recrutement du *Board of National Popular Education*. J'aurais aimé montrer à Belvadara qu'elle n'était pas toute-puissante mais, si je reste, j'aurais l'impression de ne pas aller au bout de ce que je suis venue chercher ici.

– Encore cette obsession de liberté, n'est-ce pas ? C'est un leitmotiv chez vous.

– Les libertés, en fait. J'en suis devenue gourmande… Gourmande mais triste.

Elle se remit à pleurer. Phil compatit. Il avait l'air abattu à son tour et cherchait à tout prix à aider Milly. Il lui prépara une tasse de tisane de verveine sucrée au miel et s'assura qu'il pouvait la laisser seule avec Josh.

– Allez-vous réussir à vous reposer cette nuit ? Ce n'est pas facile de dormir à côté d'un malade.

– Je ne sais pas. Je n'ai pas vraiment le choix.

– Je vous proposerai bien d'échanger de lit avec moi, mais ma femme vous achèverait si vous passiez la nuit à côté d'elle.

Milly tenta de sourire, mais elle ne se reconnaissait plus. Les projets de journalisme à grande échelle qu'elle avait faits dans la rue n'avaient pas eu l'effet escompté. Son excès d'enthousiasme, pour une fois, ne l'avait pas rendue invincible. Le choc était encore trop important. Ses ruses habituelles ne lui permettaient pas de se relever complètement.

Fort heureusement pour Milly, Marceline relaya Phil. Dès qu'ils se croisaient, l'air vibrait. L'homme s'arrangeait d'ailleurs pour venir à des heures où il avait des chances de la voir. Il n'avait pourtant pas l'intention de tromper sa femme. Il se contentait du bonheur de partager quelques mots avec Marceline. Ces bouffées d'oxygène lui suffisaient amplement. Lorsque Marceline entra, Phil dit à Milly :

– Vous voyez, moi, j'ai juste besoin d'entrevoir votre voisine pour me sentir plus libre.

– Vous confondez libre et heureux, remarqua Milly.

– J'ai toujours cru qu'il s'agissait de la même chose.

Joshua dormait beaucoup. Il avait avalé une soupe sans dire quoi que ce soit. Milly craignait qu'il ne demande des nouvelles de Wapun, mais il flottait dans une sorte de torpeur, accrue par les cachets à base de morphine, et n'avait plus de réelles notions du temps. Parfois, il demandait :

– Est-ce qu'on est dimanche ?

Dès qu'il fut rendormi, Milly entraîna Marceline dans la salle de classe pour lui relater l'affreuse histoire de la tribu de Wapun.

Marceline fut à son tour émue aux larmes. Les deux femmes se prirent un instant dans les bras l'une de l'autre.

– Et tu imagines comme c'est difficile pour moi qui suis à la fois blanche et indienne… Quel que soit le point de vue, je suis à la fois le bon et le méchant.

Marceline s'adressait soudain à Milly comme à une sœur. Elles se sentaient plus proches depuis que Marceline lui avait avoué son secret.

– Mais tu peux toujours te dire que tu es française, pas américaine. Ton père n'aurait jamais été l'un de ces soldats, chuchota Milly.

Marceline remercia Milly pour ce qu'elle nomma « cette élégante solution de mieux-être ».

Lorsque Josh demanda des nouvelles de Wapun, Marceline et Milly lui répondirent, d'un commun accord, que John Witherspoon « ne l'avait pas trouvée » à Virginia City. Josh parut soulagé que l'Indienne ne soit pas venue à son chevet.

– Elle aurait tout deviné, précisa-t-il. J'irai la voir quand je me sentirai mieux, et je m'expliquerai avec elle.

Les deux femmes acquiescèrent sans rien ajouter.

Josh reprit doucement des forces. Le docteur passait de temps en temps, pour s'assurer de la bonne guérison de la plaie. Comme le tibia avait été touché, il dit qu'il fallait immobiliser la jambe du malade de façon à ce que l'os se reconstitue. Josh porta donc une attelle et on lui interdit de poser le pied par terre. Il ne pouvait se lever que pour faire sa toilette et aller aux toilettes. Le médecin lui avait prêté une paire de béquilles à cet usage. Milly apprécia de ne plus avoir à se charger des pots de chambre. Aider Josh à faire sa toilette ne l'avait, en revanche, jamais dérangée. Son corps était si parfait, sa peau si douce. Jamais elle n'avait, physiquement, autant aimé un homme. Jamais elle n'avait, totalement, autant aimé un homme.

Dès que Josh arrêta les cachets de morphine, il reprit totalement ses esprits et demanda à Milly de laisser la porte de sa chambre ouverte quand elle faisait la classe. Ainsi il ne perdait rien de ses leçons. Il monopolisait le *McGuffey Reader* et progressait dans la lecture d'une façon exceptionnelle. Afin de se faciliter la tâche avec les autres élèves, Milly demanda à Meg Clyne d'acheter pour elle un nouvel exemplaire du livre à Virginia City.

– Ainsi, avant de partir, j'en laisserai un dans l'école. Ce sera mon petit cadeau-souvenir pour les enfants. Ils vont me manquer. Vous viendrez me voir à Virginia City, n'est-ce pas ? Et vous prendrez Marceline et Phil dans votre voiture, de temps en temps, j'espère... En tout cas, moi je reviendrai souvent à Tolstoy. Je n'ai pas oublié que je vais être marraine !

Meg apprit ainsi que Milly acceptait la proposition du *Montana Post*. Elle la félicita pour son courage et sa détermination.

– Elle n'a pas 20 ans ! avait-elle fait remarquer à son mari la veille. Une telle accumulation de problèmes dans une si courte de vie doit être difficile à supporter. Elle n'a encore aucune expérience... elle n'a pas les armes pour se défendre.

– Au contraire, avait répondu Tim. Plus on est jeune, plus on peut encaisser de catastrophes. On est résistant à cet âge-là !

Les vacances scolaires approchaient à grands pas. Milly se demanda si elle était assez forte pour s'installer à Virginia City. Elle avait eu si souvent envie de rentrer chez elle depuis la mort de Finn. Elle rêvait du calme du Massachusetts. Sa famille lui avait tant manqué pendant ces heures violentes et douloureuses. Cependant, Josh la retenait à l'Ouest. Elle l'aimait un peu plus chaque jour et se réjouissait qu'il ait été obligé d'occuper sa chambre. Angela avait certainement participé à la partie positive de cette mauvaise aventure. Les recommandations du docteur autorisaient finalement les deux amants à vivre ensemble. Qui savait d'ailleurs si ce gentil médecin n'avait pas volontairement facilité le rapprochement des amoureux?

Malgré la plainte qu'elle avait envoyée au *Board*, Belvadara ne pouvait plus critiquer Milly en public. Tous les habitants fermaient les yeux sur sa relation avec Josh. Ils la protégeaient et lui reconnaissaient une énergie étonnante et un grand courage. Les enfants n'avaient pas été oubliés un seul instant. Milly avait réussi, malgré la fatigue, à faire la classe en gardant le sourire et sa gentillesse habituelle. D'ailleurs, plus Josh guérissait, plus elle se montrait dynamique et enjouée. La vie reprenait son cours, l'amour était à portée de main, à portée de corps. On ne craignait plus Mitch, les *Vigilantes* n'avaient pas refait parler d'eux depuis l'histoire d'Elwood. Josh envisageait désormais de chercher du travail à Virginia City pour se rapprocher de Milly.

Tout allait presque bien.

Milly, cependant, pensait tous les jours à l'horreur qu'avaient dû endurer les Crees et ne parvenait pas à en parler à Josh.

Josh remarqua qu'Ahanu devait s'inquiéter pour lui. Il pensait aussi beaucoup à Wapun. Il se décida à lui écrire un petit mot qu'il souhaitait confier à John Witherspoon lors de son prochain aller-retour à Virginia City.

– Mais… mais… Wapun ne… ne sait pas lire, bégaya Milly, fort dérangée par cette idée.

– Elle demandera à quelqu'un de l'aider, dit Josh. Mais au moins elle recevra de mes nouvelles et elle pourra en donner à Ahanu.

Milly observa Josh, tout appliqué à l'écriture de sa courte lettre. Fallait-il le laisser espérer ainsi, lui mentir encore ?

Milly s'approcha de lui avec l'intention de l'interrompre dans son élan.

– Je veux l'écrire tout seul, protesta Josh. Ne m'aide pas.

– Je ne veux pas t'aider. Je veux t'arrêter.

Josh, installé dans le lit, un coussin calé derrière le dos, parut surpris.

– M'arrêter ?

– Il est inutile que tu écrives cette lettre mais je ne sais pas comment m'y prendre pour t'annoncer quelque chose d'affreux.

– Wapun vit avec le marchand que j'avais repéré à la sortie du saloon, c'est ça? demanda-t-il.

Milly peina à relater l'histoire telle qu'on la lui avait racontée. Tous ces morts, toute cette haine, toute cette injustice.

– Est-ce qu'Ahanu est mort? demanda Josh, la voix tremblante.

– On ne sait pas.

– Mais je dois savoir! rétorqua Josh en tapant du poing sur le matelas. C'est mon frère.

Josh en voulut à Milly ne pas l'avoir avertie plus tôt de l'assaut barbare des militaires.

– Qu'aurais-tu fait si tu avais su? demanda tendrement Milly.

– Rien de plus que maintenant. Tu as raison. Bon sang! Je ne peux pas bouger avec cette attelle sur la jambe! Il faut que je guérisse. Il faut que je marche! Il faut que je retrouve Ahanu et Wapun.

– Tu comptes aller les chercher au Canada? Mais c'est aberrant! On ne sait même pas où ils sont allés vraiment... Ce serait comme chercher une aiguille dans un tas de foin.

– Tu as encore raison, tu as souvent raison, constata Josh en pleurant. Mais je ne veux pas que tu aies raison. Je retrouverai Ahanu et Wapun! Pourquoi tous les gens qui m'aiment disparaissent?

– Je n'ai pas disparu, moi! rétorqua Milly.

– Mais tu disparaîtras, comme les autres… tu rentreras chez toi… au Massachusetts.

– Je n'y pense pas pour l'instant, dit Milly fièrement.

– Tu y penses souvent. Tu es juste en train de me mentir pour me consoler.

Milly tendit la main à Josh. Il l'attira contre lui et le temps s'arrêta encore, le lieu n'existait plus. Ils auraient pu être n'importe où, ils n'étaient plus qu'eux deux, si perdus, si seuls en fait. Ils s'étaient trouvés, retrouvés. Ils se complétaient désormais. Chaque baiser effaçait un instant les images atroces laissées par le récit de l'attaque militaire. Chaque caresse leur redonnait des forces. Chaque mot d'amour dissolvait leurs tracas, leurs douleurs, leurs angoisses. Il fallait prolonger cet adoucissement, ce soulagement, ne plus arrêter de s'aimer, de s'enlacer, de se serrer l'un contre l'autre, de partager ces gestes tendres et passionnés. Cet amour-là était le plus beau. Celui qui guérit, celui qui parvient à chasser la peine, celui qui exclut pour un temps l'environnement, l'inévitable, la mort, la misère, la séparation, celui qui nous offre d'étincelantes syncopes d'éternité…

Création du logo litt' : Isabelle Southgate.

Impression CPI Bussière en août 2015
ISBN : 978-2-226-31851-0
Numéro d'édition : 21425/01 - Numéro d'impression : 2017153
Dépôt légal : septembre 2015